ACONTECEU naquela TURNÊ

ADIB KHORRAM

Tradução
Vitor Martins

Rio de Janeiro, 2023

Copyright © 2022 by Adib Khorram. All rights reserved including the right of reproduction in whole or in part in any form.

This edition published by arrangement with Dial Books for Young Readers, an imprint of Penguin Young Reader's Group, a division of Penguin Random House LLC.

Copyright da tradução © 2023 por Casa dos Livros Editora LTDA. Todos os direitos reservados.

Título original: *Kiss & Tell*

Todos os direitos desta publicação são reservados à Casa dos Livros Editora LTDA. Nenhuma parte desta obra pode ser apropriada e estocada em sistema de banco de dados ou processo similar, em qualquer forma ou meio, seja eletrônico, de fotocópia, gravação etc., sem a permissão do detentor do copyright.

Publisher: *Samuel Coto*
Editora Executiva: *Alice Mello*
Editora: *Lara Berruezo*
Editoras assistentes: *Anna Clara Gonçalves e Camila Carneiro*
Assistência editorial: *Yasmin Montebello*
Copidesque: *Sofia Soter*
Revisão: *João Rodrigues e Suelen Lopes*
Arte de capa: © *2022 by Eileen Schmidt*
Design de capa: *Samira Iravani e Theresa Evangelista*
Adaptação de capa e diagramação: *Guilherme Peres*

Dados Internacionais de Catalogação na Publicação (CIP)
(Câmara Brasileira do Livro, SP, Brasil)

Khorram, Adib
    Aconteceu naquela turnê / Adib Khorram ; tradução Vitor Martins. – Rio de Janeiro : HarperCollins Brasil, 2023.

    Título original: Kiss & Tell
    ISBN 978-65-6005-056-3

    1. Romance norte-americano I. Título.

23-159921   CDD-813.5

Índices para catálogo sistemático:
1. Romances : Literatura norte-americana 813.5

Aline Graziele Benitez - Bibliotecária - CRB-1/3129

Os pontos de vista desta obra são de responsabilidade de seu autor, não refletindo necessariamente a posição da HarperCollins Brasil, da HarperCollins Publishers ou de sua equipe editorial.

HarperCollins Brasil é uma marca licenciada à Casa dos Livros Editora LTDA.

Todos os direitos reservados à Casa dos Livros Editora LTDA.
Rua da Quitanda, 86, sala 218 – Centro
Rio de Janeiro, RJ – CEP 20091-005
Tel.: (21) 3175-1030
www.harpercollins.com.br

**PARA TODO MUNDO QUE
JÁ TEVE MEDO DE CANTAR JUNTO
COM UMA BOY BAND – MAS,
LÁ NO FUNDO, QUERIA MUITO.**

COME SAY HELLO: A NOVA TURNÊ DA KISS & TELL VENDE MAIS DE UM MILHÃO DE INGRESSOS EM SEGUNDOS

NewzList
12 de fevereiro de 2022

Com paradas em estádios e arenas em toda a América do Norte, a turnê *Come Say Hello*, da sensação canadense Kiss & Tell, promete um espetáculo cheio de músicas para a legião de fãs pré-adolescentes. Os ingressos começaram a ser vendidos às oito da manhã e em poucos minutos fãs desolados já estavam recebendo mensagens de erro e notificações de ingressos esgotados. Às 10h30, os ingressos se esgotaram para a turnê inteira. Estima-se que o número de assentos vendidos ultrapasse a quantidade de um milhão.

Hunter Drake, membro da Kiss & Tell que é abertamente gay, prometeu que cinquenta assentos na primeira fileira de cada show serão doados para jovens LGBTQ+ de cada cidade, e que uma porcentagem de lucro de todos os shows irá beneficiar abrigos de acolhimento LGBTQ+ locais.

CONFIRA ABAIXO A PROGRAMAÇÃO COMPLETA DA TURNÊ

25 – 27 de março: Vancouver, BC

28 de março: Seattle, WA

29 de março: Portland, OR

31 de março – 2 de abril: Los Angeles, CA

3 de abril: Las Vegas, NV

4 de abril: Phoenix, AZ

5 de abril: Salt Lake City, UT

6 de abril: Denver, CO

7 de abril: Albuquerque, NM

8 de abril: Austin, TX

9 de abril: Houston, TX

12 de abril: Dallas, TX

13 de abril: Oklahoma City, OK

14 de abril: Kansas City, MO

15 de abril: St. Paul, MN

16 – 17 de abril: Chicago, IL

19 – 21 de abril: Nova York, NY

22 de abril: Boston, MA

23 de abril: Filadélfia, PA

24 de abril: Hershey, PA

26 de abril: Montreal, QC

28 de abril: Baltimore, MD

29 – 30 de abril: Washington, DC

1° de maio: Raleigh, NC

2 de maio: Charleston, SC

3 de maio: Atlanta, GA

4 de maio: Orlando, FL

5 de maio: Miami, FL

7 de maio: Nashville, TN

8 de maio: Louisville, KY

9 de maio: Columbus, OH

10 de maio: Detroit, MI

12 – 14 de maio: Toronto, ON

17 – 19 de maio: Cidade do México, MX

Ian Souza da Kiss & Tell experimenta receitas de pão de queijo

Monte seu prato de poutine e descubra quem é a sua alma gêmea na Kiss & Tell

HUNTER DRAKE E AIDAN NIGHTINGALE TERMINAM TUDO

OBF (O Babado Forte)
5 de março de 2022

EXCLUSIVO 11h15: Hunter Drake, cantor da banda Kiss & Tell, e seu namorado, Aidan Nightingale (irmão gêmeo de Ashton Nightingale, companheiro de banda de Hunter), terminaram depois de dois anos de namoro, confirma uma fonte próxima da banda.

O público se encantou com o casal — conhecido como "Haidan" pelos fãs — em uma série de vídeos de bastidores publicados no ano passado durante os ensaios da primeira turnê da Kiss & Tell. Os dois se conheceram jogando hóquei, quando eram mais novos, e começaram a namorar enquanto Hunter se recuperava de uma lesão que acabou com a carreira dele no esporte, seguida de uma cirurgia de reconstrução do joelho.

Apesar dos boatos de infelicidade no relacionamento que seguem a dupla há seis meses, eles foram vistos juntos no Mercadão de Granville no Dia dos Namorados, dividindo um donut artesanal. Publicações nas redes sociais de Aidan mostravam que o casal parecia feliz.

A notícia do término chega semanas antes do início da turnê *Come Say Hello* da Kiss & Tell, marcada para começar com três shows em Vancouver, no Canadá.

ATUALIZAÇÃO 19h05: Hunter confirmou o término pelo Instagram. Em uma publicação breve, ele diz que "sempre amará" Aidan, mas que a vida levou os dois a rumos diferentes.

Ashton Nightingale surpreende fãs correndo sem camisa na orla da praia Kitsilano

Cantora Kelly K se assume bissexual

SET LIST

Show 1 de 3 no Estádio BC Place
25 de março de 2022

Heartbreak Fever
Found You First
Young & Free
By Ourselves
Find Me Waiting
Competition
No Restraint
Kiss & Tell

INTERVALO

Come Say Hello
Missing You
Wish You Were Here
My Prize
Chances
Prodigy
Your Room

BIS
Poutine

1

VANCOUVER, BC • 25 DE MARÇO DE 2022

Consigo escutar daqui: o zumbido de empolgação, um assovio aqui, um grito ali. A expectativa elétrica que faz a minha pele vibrar enquanto 36 mil pessoas nos esperam diante do palco.

Eu me sentia assim antes de jogos também, e na época eram só algumas centenas de pessoas, no máximo: pais e avós, amigos quando não estavam ocupados, irmãos se não estivessem brigados.

Mas esse é o jogo mais importante de todos. É no Estádio BC Place. Nós nunca nos apresentamos em um estádio.

Owen está pulando na ponta dos pés à minha frente, jogando o microfone de uma mão para a outra. Não consigo enxergar os outros garotos sob a luz baixa e azulada dos bastidores, mas aposto que estão tão ansiosos quanto eu.

A vibração do público se transforma como sempre; como se soubessem que estamos prestes a começar. Shaz, a nossa diretora de palco, diz algo no rádio comunicador. A aba do boné projeta uma sombra sobre o rosto dela.

O vídeo pré-show começa, com a percussão grave batendo que nem um coração. Imagens em câmera lenta da banda rindo, cantando e fazendo palhaçada preenchem as telas no palco, mas não dá para ver daqui de trás. O público vai à loucura, aplaudindo e gritando tão alto que não consigo escutar mais nada. Coloco os fones de retorno nos ouvidos, verificando se ficaram bem ajustados. Na frente da fila, Shaz dá um tapinha no ombro de Ashton, e nós ocupamos os nossos lugares na escuridão. A fumaça de gelo-seco se condensa nos meus cílios e eu pisco rápido para me livrar das gotículas.

Baquetas batem. A guitarra entra, depois os teclados, iniciando os primeiros acordes de "Heartbreak Fever". O público grita ainda mais alto.

Encontro a minha posição, um "x" no chão feito com fita que brilha no escuro, e olho para os bastidores por força do hábito. Da última vez que fizemos um show na nossa cidade, Aidan estava na coxia, torcendo por mim. Desta vez, não.

Eu me volto para a plateia. Uma constelação de celulares e placas de saída de emergência brilham no escuro.

Tenho vontade de vomitar, mas a sensação é substituída pela adrenalina quando um holofote atinge Ashton, bem no meio do palco. Ele balança a cabeça, tirando a franja do rosto, e a multidão grita. Ele acena, desfila pelo palco, leva o microfone à boca e canta.

Ele não tem pegada
Só um furinho no queixo
Um brilho no olhar
Um riso fofo e mais nada

À direita do palco, outro holofote ilumina Ethan, que abre um sorrisinho brega. Ele está experimentando um novo penteado, meio topetudo, e a iluminação do palco dá um tom azulado ao cabelo preto.

Ele sussurra "Tá me ouvindo?
Quero te ver sorrindo"
Te promete uma dança
Mas nem dá tchau e já vai indo

Ian é o próximo, de sorriso tímido e mão no peito; do outro lado do palco, Owen pula quando o holofote o encontra, e os dois cantam em harmonia.

Ah

Não me livro dessa sensação
Não acredito, não
Preciso botar para suar,
Essa febre no meu coração

A ponte começa, e meu corpo crepita com a eletricidade. A sensação é familiar, finalmente. A mesma coisa que eu sentia quando o apito dava início ao jogo, quando sabia que estava no controle do disco.

É euforia. Não tem outra palavra para descrever.

O holofote me cega quando levanto o microfone e começo a cantar.

Ainda estou flutuando quando o último acorde de "Poutine" soa e as luzes se apagam. A multidão continua gritando, chorando e até mesmo jogando algumas flores no palco quando as luzes se acendem para nosso agradecimento final, mas a grade é longe demais e eles não conseguem nos alcançar.

Nenhuma calcinha ou cueca desta vez, o que é um alívio, porque... eca.

Acenamos, sorrimos e saímos pela direita, nos abaixando entre dois pedaços de cenário (uma ponte Lions Gate estilizada e uma folha de bordo imensa, que também servem de painéis de vídeo) e caminhamos até o camarim. Só temos cinco minutos antes do *meet & greet*.

Na minha frente, Ashton rodopia, andando de costas. Ele está ofegante. Todos nós estamos.

— Foi demais! — exclama. Ele mostra os caninos quando sorri, e eu não consigo conter um sorriso. — Será que toda noite vai ser assim?

— Tomara — responde Owen, ao meu lado.

Ashton sorri ainda mais e se vira para a frente, quase saltitando até o camarim.

Ethan segura os meus ombros por trás, praticamente se pendurando em mim, e ri no meu ouvido.

— É daqui para melhor.

Ele me sacode um pouco e caminha para o próprio camarim. O meu é o último à direita. Entro na sala, tiro a camiseta preta, seco o peito e as axilas com as toalhas na mesinha de canto, e passo mais desodorante. Puxo a cintura da calça jeans para tentar pegar um arzinho lá embaixo, porque a minha bunda sua pra caramba e a minha cueca está toda enfiada.

Pego uma camiseta preta idêntica, mas seca, jogo umas pastilhas de menta na boca e tento dar um jeito no cabelo encharcado de suor. Não está tão ruim como ficava depois de uma partida inteira de capacete, mas, por outro lado, eu não era fotografado depois dos jogos.

Lavo as mãos, respiro fundo e volto para o corredor. Ashton já está pronto, recostado na porta. Os olhos dele brilham em um azul-acinzentado sob a luz fluorescente. Ele se parece tanto com Aidan que chega a doer.

Já faz mais de um mês que terminamos. Quando vai parar de doer?

— Hunter?

— Oi? — respondo, melhorando a expressão e voltando a sorrir. — Esta noite foi demais, né?

— Foi foda pra caralho!

Ashton fala como se fosse nosso primeiro show.

Mas é verdade que foi o maior até agora. Na turnê anterior, nos apresentamos em teatros e arenas menores, não em estádios. Não no BC Place.

— Foi legal pra caralho mesmo — concordo. — Anda. Vamos lá encontrar seus fãs devotos.

— *Seus* fãs, você quer dizer, né?

— Nossos, então.

Dou um soquinho no ombro dele e o puxo pelo corredor até a sala da recepção.

O *meet & greet* está lotado. A fila de Ashton é a maior (como sempre), mas o resto da banda tem filas bem consideráveis também. Por algum motivo, a minha tem uma porcentagem estranhamente alta de mães.

Não sei por que mães gostam tanto do garoto gay.

Algumas pessoas da fila choram ao me encontrar. Agradeço a presença, autografo um pôster, faço pose para fotos.

— Eu saí do armário por sua causa — diz um adolescente.
— Você é um ótimo exemplo! — acrescenta a mãe.
— Sinto muito por Aidan.
— As músicas de vocês me ajudaram a passar por momentos difíceis.
— Quero ser como você quando eu crescer.
— Você acha que tem chance de você e Aidan voltarem?
— Posso te dar um abraço?

Uma equipe está gravando imagens para o nosso documentário, e um dos operadores de câmera não sai de trás de mim. Acho que ele se chama Brett. Todos os câmeras até o momento têm barba cheia e estão vestindo camisa preta e calça cargo preta, então é difícil diferenciar.

Quando os jovens do abrigo LGBTQ+ chegam, eu abandono o sorriso forçado e abro um de verdade.

Para ser sincero, às vezes é muito angustiante conhecer pessoas da minha idade que foram expulsas de casa, deserdadas, magoadas por aqueles de quem mais esperavam amor. Também me sinto meio merda, porque sou um cara gay cis branco e rico, e muitos desses jovens são pobres, não brancos e trans.

Eu achava que eles ficariam tristes. Achava que ficariam furiosos com o mundo pelo jeito como as crianças queer são tratadas quando não se parecem comigo. Porém, eles estão rindo, sorrindo e contando piadas, aceitando os meus abraços e me agradecendo pelos ingressos.

As filas finalmente vão diminuindo. Sou o último a terminar, depois de agradecer à diretora do abrigo por trazer os jovens hoje. Sou uma péssima pessoa por já ter esquecido o nome dela, mas a mulher estava usando óculos de lentes rosadas e exibia um sorriso enorme, com covinhas e tudo.

— Obrigada por fazer isso acontecer — diz ela. — Faz muito tempo que não vejo nossas crianças tão felizes.

Balanço a cabeça, brincando com a tampinha da garrafa d'água vazia.

— Fico feliz por ter dado tudo certo.

— Essas crianças são sortudas por terem você como inspiração.

As minhas sardas coçam quando ela me cumprimenta e vai embora. Assim que a mulher sai da sala, me jogo na cadeira e solto um suspiro. Estou acabado como um pano de chão.

— Ei — chama uma voz grave ao meu lado.

Levo um susto e me viro, encontrando Kaivan Parvani encostado na parede atrás de mim.

Kaivan e os irmãos fazem parte da banda que abre nossos shows, PAR-K. (Ainda não acredito que nesta turnê temos uma banda de abertura.) Já vi os caras por aí, durante as checagens de som e tal, mas ainda não consegui conversar direito com eles.

Kaivan tem a minha idade, cabelo curto e preto, sobrancelhas grossas e olhos castanho-escuros. Ele é o baterista da PAR-K, ou seja, tem braços de baterista, o que, devo admitir, acho meio sexy. Os braços marrons e volumosos estão cruzados por cima da regata preta.

Decido beber um gole da garrafa d'água, mas aí lembro que está vazia.

— Isso foi demais — diz Kaivan.

— Obrigado. O show de vocês também foi ótimo. Só ouvi a primeira parte do set deles, mas a música é boa. Moderna, porém, de certa forma, nostálgica.

— Não. Tô falando do que você fez aqui. Tipo, com os jovens queer. Foi muito legal.

Começo a corar porque Kaivan está olhando para mim com olhões castanhos como se eu fosse algum tipo de herói, e eu não sou.

— Valeu. Quer dizer, eu tento.

— Bom, para nós, jovens queer, ver você fazendo uma coisa dessas já é muito importante.

Pisco para Kaivan, e é a vez dele de corar.

— Meio que sou gay também — diz ele, suave. — Me assumi faz uns meses.

— Ah. Nossa. Parabéns, cara.

Não acredito que perdi isso. Mas há certa leveza no meu peito, como o som de uma celesta.

Não sou o único garoto gay nessa turnê.

Kaivan dá de ombros.

— Foi mais fácil, sabe? Ver você se assumindo. Me deixou menos assustado.

— Nossa. Tipo, que bom. Tipo, a Gravadora sabe?

— Agora sabem. — Kaivan ri. — O nosso empresário estava meio hesitante, mas eu disse que, se ficaram de boa com você, teriam que ficar de boa comigo também.

— Que demais.

Estou sorrindo feito bobo, e ele provavelmente já está me achando esquisito, então pergunto:

— Qual é a história de vocês, hein? Ninguém nunca conta nada pra gente.

— O de sempre. Escrevemos umas músicas, fomos chamados pela Gravadora... acho que foi sorte.

— Deixa disso, o som de vocês é bom.

— Valeu. Mas, ainda assim, foi sorte. Muitas bandas fazem música boa.

— O fato de você ser bonito ajuda também — digo, antes que possa me segurar.

Ele é mesmo bonito. Tem o tipo de rosto que demanda atenção, e um sorriso que merece ter músicas escritas sobre ele.

Pigarreio e olho para as minhas mãos.

— Foi mal. Que climão.

— De boa. Você também é.

Mordo o lábio para segurar o sorriso, mas tenho certeza de que ele está me vendo corar. Sou ruivo, e quando fico vermelho dá para ver até do espaço.

— É tudo truque — digo, porque ele está me encarando e há uma tensão esquisita entre nós.

Mas aí Kaivan ri, e a tensão parece diminuir, mas não vai embora por completo. Aproveito a oportunidade para analisar o ambiente. Os outros garotos já foram embora, menos Ashton. Ele está esperando na porta, com a cabeça virada para o lado, confuso. Dispenso ele com um aceno e me levanto, passando a mão pelo cabelo.

— Acho que só sobrou a gente. Onde a Gravadora hospedou vocês? — pergunto.

— No Fairmont.

É um hotel superchique no centro da cidade.

— Nossa. Eu nunca fiquei lá. Tô até com inveja.

— Você não tá lá também?

— Não. Minha mãe quer que eu fique em casa até as viagens da turnê começarem.

— Fofa.

Kaivan abre a porta para mim e me segue pelo corredor. Minha nuca fica arrepiada com a proximidade dele. Acho que estou com um friozinho na barriga. Uma nevasca inteira.

Faz mais de um mês que eu e Aidan terminamos, e tem dias em que eu ainda acordo com saudade dele. Prometi a mim mesmo que não iria começar a gostar de outra pessoa até a turnê acabar. Que iria focar em mim. Não posso ficar a fim de um cara novo. Mesmo que ele seja bonitinho. Mesmo que tenha covinhas nos ombros, e o tipo de pescoço que dá vontade de beijar. Respiro fundo, tentando pensar em outra coisa, mas, em vez disso, sinto o cheiro dele. Kaivan está usando um perfume bem intenso, talvez de vetiver, misturado ao odor de suor e pele quente. Não me permito pensar no sabor da pele dele. É tesão reprimido, só isso. Vai ficar tudo bem depois que eu voltar para casa e der um jeito nisso sozinho.

Eu e Kaivan seremos amigos — preciso desesperadamente de amigos gays, ainda mais durante a turnê —, mas nada além disso.

HUNTER DRAKE, DA KISS & TELL, FALA DE VIDA, AMOR, HÓQUEI E MÚSICA

Perfil na revista Perception
Edição de 21 de janeiro de 2022

Tudo começou com uma piada: cinco adolescentes de Vancouver cantando uma música engraçada sobre poutine, a comida de fast-food favorita dos canadenses. Ninguém poderia prever que iriam bombar. O clipe viral dos adolescentes logo chamou a atenção da empresária Janet Lundgren. Lundgren, por sua vez, conectou os rapazes — Ashton Nightingale, Ethan Nguyen, Ian Souza, Owen Jogia e Hunter Drake — com o executivo Bill Holt, da Gravadora, que lançou o álbum de estreia da banda.

Os fãs da Kiss & Tell admiram a banda etnicamente diversa por sua harmonia impressionante, musicalidade encantadora e letras (em sua maioria compostas por Hunter) que alternam entre ironia e romantismo.

Ex-jogador júnior de hóquei, Hunter escreveu "Poutine" enquanto se recuperava de uma lesão no joelho, e convenceu os amigos a gravarem o vídeo no refeitório do colégio usando apenas iPhones. A *Perception* se encontrou com ele em uma loja de chá no bairro de Kerrisdale, em Vancouver.

RP: O segundo álbum de estúdio da banda acabou de ser lançado. Como você está se sentindo? Nervoso? Empolgado?

HD: Tudo isso junto. E também cansado e um pouquinho enjoado. Há muita pressão em cima da gente para que este álbum seja ainda melhor do que o primeiro.

RP: Suas letras foram o carro-chefe do primeiro álbum, e com o *Come Say Hello* não foi diferente. De onde você tira suas ideias?

HD: Bom, é um esforço coletivo. Sabia que Owen estudou piano clássico? Ele escreveu algumas das músicas e ajudou a produzir os dois álbuns. Algumas das minhas faixas favoritas são as que ele compôs o instrumental, e eu, a letra. E, neste novo projeto, convencemos Ian a contribuir com algumas letras também. Talvez tenhamos pegado no pé dele depois que descobrimos uns poemas que ele escreveu. Mas são muito bons.

Sei lá, eu curto muito o processo criativo colaborativo. É como voltar a ser parte de um time. É uma das coisas do hóquei que me dá saudade.

RP: Você estava em uma trajetória de sucesso para fazer carreira no hóquei, não estava?

HD: Eu era um dos artilheiros da liga, sim. Eu, Aidan e Ashton éramos imbatíveis no gelo. Achei que conseguiria uma bolsa universitária para jogar pela Universidade da Colúmbia Britânica, ou algo assim; pensei até em estudar medicina do esporte e me tornar fisioterapeuta. Ou isso, ou entrar para a Liga Nacional de Hóquei, mas, apesar das expectativas, as estatísticas não são das melhores, né? Principalmente para homens gays.

RP: Mas isso não te impediu de se assumir quando ainda jogava, certo?

HD: Isso. Pensei muito nesse assunto, mas já era meio óbvio que eu sou gay, se é que me entende. Mas foi tranquilo. O time levou na boa. E, sabe, Aidan se assumiu uns dois anos depois e todo mundo sabe no que deu.

RP: Sabemos mesmo! Podemos dizer, com tranquilidade, que vocês são o casal gay favorito de todo mundo.

HD: Não sei, não, hein?

RP: Por que você diz isso?

HD: Sei lá. Somos dois garotos brancos de classe média. Não acho que deveríamos ser, tipo, os garotos-propaganda da liberdade queer ou algo do tipo. Nós dois ainda temos muito a descobrir, e agora os holofotes estão bem em cima da gente. Eu quero fazer as coisas direito — nós dois queremos —, mas nem sempre é fácil descobrir o que "fazer as coisas direito" significa. Nesta nova turnê, vamos distribuir ingressos para jovens queer das cidades pelas quais passarmos, além de doar dinheiro para casas de acolhimento e tal. A Gravadora mandou muito bem ao me ajudar a organizar tudo isso.

RP: Que incrível. Aposto que fará a diferença.

HD: Tomara. Acho que estão me dando crédito demais, mas pelo menos já é um começo.

KISS & TELL: O DOCUMENTÁRIO

Transcrição de imagem
003/04:12:57;00

IAN: Bom, acabamos de encerrar nossa primeira noite no BC Place.

ASHTON (fora de cena): B! C! PLACE!

IAN: É esquisito. Geralmente a gente entra no ônibus e vai para a próxima cidade, ou entra no carro e vai para o hotel. Mas hoje a gente está voltando para casa.

ETHAN (fora de cena): Eu preciso tomar um banho, cara. Meu fedor tá inacreditável.

OWEN (fora de cena): A gente acredita.

IAN: Recebi uma mensagem do meu padrasto me pedindo para ligar a lava-louça antes de ir dormir. É tão esquisito, tipo, a gente acabou de começar essa turnê enorme, mas ainda temos tarefas domésticas por alguns dias.

OWEN: A minha mãe tá toda emocionada.

IAN: Ah, é?

OWEN: É. Ontem eu a peguei chorando olhando fotos da turnê passada. Mas ela vai ficar bem.

IAN: Vai, sim. Como eu estava dizendo, é esquisito, mas é bom. Vamos passar quase três meses na estrada. Vou ficar agarrado com esses caras. Ei, cadê Hunter?

ETHAN: Acho que ele estava conversando com um dos caras da PAR-K.

IAN: Sério? Ashton, você o viu?

ASHTON: Oi? Ah. Vi.

IAN: Show.

2

VANCOUVER, BC • 25 DE MARÇO DE 2022

Não sei ao certo como aconteceu, mas eu e Kaivan continuamos conversando a caminho do camarim para pegar as minhas coisas e, como estamos no meio de um assunto, ele entra comigo.

— Então, a Gravadora decidiu que, como a nossa banda se chama PAR-K, a gente tinha que fazer parkour no clipe.

Balanço a cabeça. A Gravadora é ridícula às vezes.

— E como foi? Eu tô ouvindo — digo, entrando no banheiro que fica no canto.

Pego meu Invisalign na caixinha, dou uma lavada antes de colocá-lo na boca, e depois jogo tudo dentro da mochila.

Kaivan está apoiado no braço do sofá de couro bege.

— Bom, Kamran praticava corrida, então ele até que não foi tão mal assim, mas Karim tentou dar uma cambalhota e conseguiu torcer o punho e machucar o cóccix.

— Ai!

— Pois é, a Gravadora pirou com isso, daí tentaram transformar o clipe em uma coisa dançante supercoreografada.

— Ah, é? Você manda bem nos passinhos?

— Nem pensar, eu não danço. E a gente não queria acabar parecendo todas as outras bandas, sabe?

Balanço a cabeça. Quer dizer, eu e os meninos fazemos muita coreografia, nos clipes e nos shows. Dá muito trabalho, mas é superdivertido.

— Sabe como dizem, só dança quem não sabe cantar de verdade.

— Nossa!

Faço cara feia, e Kaivan levanta as mãos.

— Desculpa, não foi isso que eu quis dizer. Vocês mandam bem em tudo. Mas, sabe como é, eu e meus irmãos... Nós buscamos um certo visual, e a Gravadora vivia tentando nos empurrar para outra direção, para sermos o que eles querem em vez do que a gente quer.

— Certo, entendi. Mas e aí? O que aconteceu?

— Bom, finalmente conseguimos fazer eles esquecerem essa ideia e nos deixarem gravar um clipe durante um show mesmo. É meio básico, mas faz mais o nosso estilo.

Apoio o quadril na outra ponta do sofá, mas meu joelho está começando a doer, então deslizo até o assento. Kaivan desliza também e se senta ao meu lado.

— Beleza, agora que eu já contei a minha, qual é a sua melhor história de terror?

— Nossa, cara. São tantas.

Tipo a do nosso primeiro clipe, para a música "Kiss & Tell". Ninguém sabia que eu era gay, e tentaram me fazer beijar uma garota antes de Janet finalmente interferir.

Ou no clipe de "No Restraint", quando tentaram fazer Ashton fingir dar uns pegas na professora do colégio.

Ou até mesmo a coisa toda com Aidan, quando um dos assistentes de Bill me perguntou se eu tinha "certeza absoluta" de que Aidan e eu nunca iríamos voltar a namorar.

— Tá bom. Já sei. Então, a gente fez um cover daquela música "Don't Speak" para uma ONG de tratamento do HIV, gravamos um vídeo e tudo o mais.

Kaivan assente.

— Estávamos gravando na praia, de pé na arrebentação, e eu ouvi um barulho estranho, tipo *ping!*, e um dos cabos da câmera se soltou e me acertou de lado.

Kaivan arregala os olhos.

— Ai, meu Deus, sério?

— É, me pegou bem aqui — digo, apontando para o lado direito da costela. — Me jogou com tudo na água. Ainda bem que Ian me puxou pra fora. Mas fiquei com um hematoma enorme.

Abro as mãos para demonstrar.

— Puta merda.

— Depois, tivemos que fazer uma coletiva de imprensa e eu estava com a costela enfaixada, e eles mandaram trazer de avião um monte de crianças soropositivas, da África, acho, e tive que tirar fotos e mais fotos, fazendo careta o tempo todo, porque tudo em mim doía.

— Cara... Que sacanagem.

— Pois é, mas não dava para remarcar.

— Não, tô falando de levar as crianças de avião. Não podiam ter investido esse dinheiro em pesquisa científica, sei lá?

— Ah. É. — Ele tem razão. — Mas você sabe como a Gravadora é. Eles adoram sair bem na mídia — digo, e pigarreio. — Além do mais, arrecadamos mais de um milhão de dólares. E eu e os meninos fizemos aquela coisa de dobrar o valor com a nossa grana.

— Maneiro — diz Kaivan. — Mas o que você fez depois? Com a costela e tal.

— Por sorte foi um ferimento superficial. E naquela época estávamos passando bastante tempo no estúdio, então deu tempo de descansar. Cicatrizou direitinho. Levanto a camiseta para mostrar.

— Aaah! — exclama ele, brincando, como se eu o tivesse deixado cego.

— Ah, nem vem. Não sou tão branquelo assim.

Ele ri.

— Que nada. Tá de boa.

Solto a camiseta e fico inquieto. O estofado de couro do sofá foi afundando aos poucos, e meu joelho está tocando de leve o dele, mas é esquisito. Quente, mas de um jeito confortável, não de um jeito sensual. Sorrio.

— Que foi? — pergunta ele.

— Nada. É só legal, sabe? Conversar com outro garoto gay, para variar.

— Cara, você acabou de conversar com uma fila inteira de jovens queer.

— Não é a mesma coisa. Aquilo lá, tipo... Não dá trabalho, eu adoro, mas é meio cansativo. Ouvir todas as histórias e tal, é bem pesado às vezes — digo, e balanço a cabeça. — Quer dizer, eles têm a nossa idade. É meio...

Kaivan assente.

— Enfim, não é uma conversa propriamente dita. Não como a nossa. Nós dois só conversando.

— Sei bem como é.

— Pois é.

Ele encara a minha boca por um segundo, e eu só percebo porque talvez esteja analisando os olhos dele. São castanho-escuros, mas a luz ressalta os pontinhos cor de âmbar.

— Que foi? — pergunto.

— Você está usando Invisalign?

Fecho a boca.

— Ei, tudo bem, eu também já usei aparelho. O meu ficava no céu da boca, e tinha uma chave que eu precisava girar de vez em quando para expandir a arcada. Era péssimo.

Parece apavorante mesmo, mas valeu a pena, porque o sorriso de Kaivan é radiante.

Eu deveria parar de olhar para a boca dele.

Não sei dizer se ele está se aproximando de mim ou se eu estou me aproximando dele. E, sinceramente, não sei o que quero que aconteça. Porque ele é muito atraente. Porém, é tão bom poder só conversar com alguém parecido comigo. Desde que deixei de ir à escola, não tenho muitos amigos gays com quem conversar.

Kaivan abre a boca e não sei se ele vai dizer alguma coisa ou se está querendo me beijar, porém uma batida na porta me assusta.

— Hunter? Tá aí? — pergunta a voz grave de Nazeer.

Nazeer é o nosso chefe de segurança. Ele é meio que um acompanhante / motorista / guarda-costas, dependendo do que precisamos.

Pigarreio.

— Tô. Desculpa.

Olho para o relógio na parede. Já deveria ter saído há dez minutos.

— Me distraí aqui — explico. — Já estou pronto.

Eu me viro para Kaivan.
— Foi mal. O carro...
Kaivan se levanta.
— Tudo bem. Meus irmãos provavelmente estão me procurando também.
Ele estende a mão e eu aceito. É quente e cheia de calos, exceto pela palma, que é surpreendentemente macia. Ele me ajuda a levantar.
— Obrigado.
Ele sorri.
— Não tem de quê.
Abro a porta e Nazeer imediatamente fixa os olhos pretos em Kaivan, atrás de mim.
— Desculpa — repito. — Estávamos conversando e eu perdi a noção do tempo.
Penduro a mochila no ombro e pego o case da guitarra.
— Tudo pronto — acrescento.
Kaivan nos segue até a área de carregamento.
— Bom — diz ele.
— É.
É esquisito me despedir. Não é como se isso fosse um encontro, nem nada, mas ainda assim.
Talvez eu só esteja muito cansado, mas me aproximo de Kaivan e lhe dou um meio abraço desengonçado, seguido de um beijo rápido na bochecha. Tudo platônico.
Porém, me descuido com o case da guitarra e acerto o rosto dele em cheio.
— Desculpa!
Ele só ri e esfrega a bochecha que eu beijei (e atingi logo em seguida).

— Tudo bem. Até mais, Hunter.

— Beleza. Até.

Eu o observo caminhar até um carro e, ao me virar, encontro Nazeer me observando.

— A gente só estava conversando.

Nazeer sorri para mim, os lábios finos tremendo.

— Anda logo. Vou te levar para casa.

Ainda há uma multidão de fãs na alameda Pacific, caminhando em direção à estação de trem. Alguns acenam, como se soubessem que sou eu (ou, no mínimo, alguém da banda), e eu aceno de volta, embora ninguém me veja por causa do insulfilme.

Uma chuva fina cobre o para-brisa enquanto Nazeer dirige em direção à ponte Cambie.

— O show foi bom?

Encontro o olhar dele pelo espelho retrovisor e sorrio.

— O melhor.

Quando chego em casa, a minha mãe já saiu para trabalhar no turno da noite no hospital. O apartamento está escuro e silencioso, mas ainda estou agitado demais para dormir, então tiro as roupas do show e visto uma camiseta desbotada do Canucks e leggings com estampa do mar que comprei um tempo atrás por causa de um anúncio no Instagram.

Antigamente, eu usava mais calças de moletom, mas descobri que leggings são superconfortáveis e eu gosto do jeito como a minha bunda fica. Não tenho mais a bunda de hóquei, mas ela continua dando pro gasto. Aidan sempre gostou.

Chegou uma mensagem dele. Devo ter perdido quando estava no carro.

foi bom o show?

Suspiro e ignoro. Não estou no clima para lidar com ele hoje. Em vez disso, publico algumas fotos dos bastidores, junto com um agradecimento a todos os fãs que compareceram e um link de doação para os abrigos que estamos apoiando. Coloco o celular para carregar, escovo os dentes, passo hidratante no rosto e me aninho na cama com o meu caderno.

A Gravadora está no nosso pé para gravarmos um terceiro álbum, mas o *Come Say Hello* saiu há uns dois meses, e desde então mal tivemos tempo para respirar por causa dos ensaios e do documentário. Sem falar da turnê. Trabalhar na estrada não é tão ruim enquanto estivermos de ônibus, mas assim que sairmos do país, voando pelo mundo inteiro, será bem mais frenético.

E precisamos que este seja o melhor álbum até agora. Todo mundo sabe que o terceiro lançamento é um divisor de águas, para o bem ou para o mal.

Owen já preparou três demos para eu compor as letras. São muito boas, uma evolução perfeita do nosso som, mas toda vez que pego o caderno me dá um branco.

Tento escrever alguns poemas mais soltos, mas tudo fica deprimente rapidinho, com os pensamentos alternando entre Aidan e o disco novo. Aí começo a pensar nas crianças do abrigo, e em como estavam felizes lá, apesar de todas as dificuldades. E cá estou eu, choramingando por causa de um bloqueio criativo e um término. Eu me esforcei muito para não chorar na frente delas, mas eu queria. São jovens da minha idade, todos expulsos de casa; enquanto eu estou aqui, são e salvo, reclamando por não conseguir escrever.

A onda de culpa se espalha pelo meu estômago, mas só me deixa mais furioso, porque é um sentimento inútil pra cacete. Só queria saber como melhorar as coisas. Fazer a diferença.

— Droga.

Seco os olhos e pego o celular para conferir a hora. Já está cheio de notificações: comentários, perguntas e curtidas nas fotos do show. Mas também há uma notificação de novo seguidor. É Kaivan.

Eu o sigo de volta. Será que devo mandar mensagem? Digito algumas tentativas, mas todas me parecem formais demais ou melosas demais. Por fim, envio apenas um 👋. Bem tranquilo e neutro.

Ainda estou agitado demais parta dormir, então abaixo a calça para bater uma, o que sempre me dá sono. Imagino todas as coisas que eu e Aidan fazíamos. Mesmo quando o resto estava ruim, o sexo era bom. Mas não é Aidan que me vem à cabeça; é Kaivan. O cheiro dele, a voz rouca, os músculos dos ombros quando eu o abracei, a barba por fazer que arranhou minha boca na hora em que beijei a bochecha dele...

Corro até o banheiro para me limpar, encontro uma parte geladinha do travesseiro e finalmente caio no sono.

AIDAN NIGHTINGALE DESATIVA COMENTÁRIOS DO INSTAGRAM APÓS TÉRMINO DO CASAL HAIDAN

NewzList Canadá
6 de março de 2022

Faz menos de 24 horas desde que Hunter Drake e Aidan Nightingale anunciaram o término e, embora a maioria dos fãs esteja lamentando, alguns parecem ter parado na etapa da raiva do luto. O motivo do término não foi divulgado, mas um grupo pequeno, porém barulhento, de fãs decidiu que a culpa é de Aidan, enchendo o rapaz de mensagens que o acusam de ter "partido o coração de Hunter", o chamando de "fracassado" e "uma vergonha".

Sofrer hate na internet não é novidade para Aidan (nem para Hunter): a dupla já enfrentou ataques homofóbicos separadamente e como casal, mas desta vez as investidas tomaram um tom bem mais pessoal.

"Você nunca foi bom o suficiente para ele!", diz um comentário nervoso (e já deletado); "Hunter merece coisa melhor!", afirma outro internauta; "Nunca irei te perdoar", sentenciou um terceiro.

Um usuário (já banido por violar os termos de uso) chegou a sugerir que Aidan se matasse.

Depois disso, Aidan Nightingale desativou os comentários em suas postagens. Em sua última publicação antes de bloquear a conta, ele afirmou que as pessoas "não sabem a história toda". Hunter, que parou de seguir Aidan após o término, permanece em silêncio, exceto por um pedido para que os fãs "deem um tempo aos dois".

Masha Patriarki não está aqui para te agradar

Escolha uma receita de pho e descubra qual solo de Ethan Nguyen você é

3

VANCOUVER, BC • *26 DE MARÇO DE 2022*

O despertador toca às 6h30, pura homofobia, mas Ashton vem me buscar às sete. Mando uma barrinha de proteína pra dentro enquanto visto um moletom e arrumo a mochila de patinação.

A minha mãe chega em casa quando já estou amarrando os cadarços. Os olhos verdes dela exibem olheiras profundas, mas se animam ao me ver.

— Oi, Hunter — diz, me puxando para um abraço.

Ela prendeu o cabelo ruivo em um coque bagunçado, e algumas mechas soltas fazem cócegas no meu rosto.

— Vai patinar? — pergunta.

— Vou.

Ela beija a minha bochecha e tira o meu cabelo desgrenhado da testa.

— O show de ontem foi bom?

— Foi, sim.

— Me desculpa por ter perdido.

— Não tem problema. Como foi no trabalho?

Com o dinheiro que ganho, a minha mãe não precisaria mais trabalhar. Já conversamos sobre isso. Mas ela insiste que gosta do trabalho como enfermeira neonatal, e não me deixa bancá-la financeiramente.

— Bom — diz ela. — Cheio.

— Dorme um pouco — respondo. — Te amo.

— Também te amo.

Ela me abraça de novo. Enrolo mais um pouco na cozinha, lavando a louça que eu deveria ter lavado ontem à noite, até receber a mensagem de Ashton avisando que chegou. Pego a mochila, visto a touca e saio de casa.

— Certo — diz Jill Nightingale para o Bluetooth do carro. — Beleza. Aham.

Ela está no telefone com Anthony, seu ex-marido, pai de Ashton e Aidan. Ashton se vira para trás no banco do carona e me lança um olhar de compaixão.

Eu, ele e Aidan patinávamos todo dia, antes e depois da aula. Mas, ultimamente, mal tenho tido tempo para pisar na pista. Os ensaios me mantêm ocupado, e os meus joelhos não aguentariam patinar depois de horas dançando.

Além do mais, o rinque me lembra de Aidan.

Porém, vamos passar três meses viajando, e só Deus sabe quando teremos a oportunidade de patinar de novo, então Ashton me fez prometer que viria com ele antes de pegarmos a estrada.

— Não, ele tem que manter a média acima de seis, você sabe disso — diz Jill, soltando um suspiro cansado. — Vai precisar, sim. A gente viaja no domingo, logo depois do show.

Jill vai com a gente, na função de adulta responsável e tutora. Os nossos pais não nos deixariam abandonar o colégio sem aulas particulares.

— Bom, se é assim, coloca ele de castigo.

Eu me pergunto o que Aidan fez. Sei que não deveria me importar. Ashton se vira para a mãe e abre a boca, mas ela não o deixa falar.

— Não sei mais o que dizer, Anthony. Eu sempre avisei que essa ideia era péssima.

Finalmente estacionamos na frente do rinque, e eu saio do carro o mais rápido possível, porque senão vou sufocar.

— Obrigado! — exclamo, fechando a porta.

Ashton demora mais um pouco para sair, mas, quando sai, está de ombros caídos.

— Sinto muito por você ter escutado tudo aquilo.

Conhecendo os Nightingale desde criança, já me acostumei com as brigas de Jill e Anthony.

— Tudo bem.

Assim que pisamos no rinque, Ashton se transforma. Empertiga a postura e abre um sorriso.

Respiro fundo e aproveito o cheiro fresquinho do gelo. Não há nada igual.

Somos os primeiros a chegar. A pista está impecável, recém-nivelada, e o ar no rinque está seco e frio.

Assim que as lâminas dos patins tocam o gelo, me sinto energizado. É a melhor sensação do mundo. Não sei quem acordou um dia e decidiu amarrar facas nos pés para patinar, mas agradeço por isso.

Eu me sinto vivo. É diferente de me apresentar em um show, mais primitivo.

É euforia.

Ashton está logo atrás de mim, me vigiando como sempre, mas não vou cair. Começo devagar, aquecendo os joelhos enquanto dou voltas mais tranquilas, trabalhando os cruzamentos. Ashton me ultrapassa e dá meia-volta, patinando de costas.

— E aí? — pergunta, estreitando os olhos.

— E aí o quê?

— Kaivan Parvani, hein?

— A gente só tava conversando.

— Ah, é?

Ashton abre um sorrisão que mostra os dentes, o mesmo que Aidan abria, e sinto uma fisgada esquisita no coração porque, na maior parte do tempo, ainda estou muito puto com Aidan, mas às vezes sinto saudade. Não dá para prever o que vou sentir, mas estar aqui, na pista de gelo, só piora as coisas. Às vezes é um saco ser melhor amigo do irmão gêmeo do meu ex. Às vezes Ashton sorri, gargalha ou faz qualquer coisa que me lembra tanto Aidan que chega a doer.

— É só amizade — explico. — Caso você não tenha reparado, não tem muita gente queer no nosso meio para eu conversar. Quer dizer, tem algumas pessoas queer na equipe, mas não é a mesma coisa. Primeiro, são pessoas mais velhas. Segundo, todo mundo fica meio reservado perto de mim, o que faz sentido já que eu sou "famoso", mas ainda assim é péssimo. A única pessoa com quem realmente converso é Patricia, a minha técnica de guitarra, uma mulher lésbica muito legal de Kamloops.

— Tá bom, justo — diz, e dá uma volta rápida ao meu redor. — E como vai a nossa nova música?

Solto um grunhido.

— Ruim assim? Ainda está com bloqueio criativo?

— Não é bloqueio criativo.

Não posso ter bloqueio criativo. Precisamos compor logo esse álbum.

— Bill disse que a gente pode chamar outros compositores, se quisermos.

— Não precisamos de outros compositores. Isso sempre foi a nossa marca registrada: compomos as próprias músicas. Não vamos mudar isso por minha causa. Só preciso me concentrar.
— Hunt, se for muita pressão, não tem problema pedir ajuda.
— Tá tudo bem, sério. Vai ficar tudo bem. Eu não estou com bloqueio criativo de jeito nenhum.

Patinamos em silêncio por um tempo, o único som sendo a música das lâminas de aço contra o gelo lisinho.

— Aidan me contou que te mandou mensagem ontem — diz Ashton depois de um tempo.
— Sério?

Desde que começamos a namorar, eu e Aidan estipulamos uma regra: não falaríamos um do outro para Ashton, porque não era justo colocá-lo no meio das nossas coisas, fossem elas boas ou ruins.

Havia um monte de outras regras também, porém a Gravadora gostava de chamá-las de "diretrizes" enquanto namorávamos e de "gestão de crise" depois que terminamos.

— Sério — diz Ashton. — Você não recebeu?
— Recebi, sim — respondo. — Quer dizer, sério que ele te contou?
— Ah. É.

Ainda não respondi à mensagem. Provavelmente nem vou.
— Sinto muito. Não quero te meter no meio de nós dois. Os pais dele sempre usaram ele e Aidan de cabo de guerra, e não quero fazer isso também.
— Eu sei.

Ele suspira. Eu me pergunto o quanto exatamente Aidan contou para ele, e que porcentagem é verdade.

— Eu tô bem, Hunt — acrescenta. — Sério. E ainda consigo amar vocês dois, mesmo que não se amem mais.
— Obrigado, Ash.
— Já está aquecido? Quer apostar corrida?
— Não tenho a menor chance de vencer, mas isso não importa.
— Tô dentro.

Estou suado e feliz quando o alarme toca, anunciando o fim do nosso tempo no rinque. Eu e Ashton voltamos para as arquibancadas para tirar os patins.

Enquanto massageio a sola do pé direito, que está com um pouquinho de câimbra, o celular vibra. Kaivan finalmente respondeu meu 👋.

Oi

Oi!

Tem alguma dica de lugar legal para almoçar aqui perto? O hotel só me sugeriu restaurantes chiques.

— Hunt?
— Oi?!

Ashton está me analisando com um sorrisinho de canto.
— Você tá sorrindo.
— Não tô nada.

Mas, para o Kaivan, envio:

Gosta de sanduíche?

KISS & TELL: A BOY BAND DO FUTURO?

VAN ART
16 de dezembro de 2021

Na teoria, a Kiss & Tell se parece com qualquer outro grupo de barítonos bonitões em busca de lucro em cima de um público bastante cobiçado — mas a banda rapidamente provou o contrário. Um mosaico delicioso de etnias (entre todos os membros canadenses, há descendentes de vietnamitas, brasileiros e indianos) e um integrante gay assumido (Hunter Drake) tornam a banda uma representação inovadora do Canadá atual. Essa diversidade vem criando frutos na imaginação dos fãs, especialmente com o romance amplamente divulgado de Hunter com Aidan Nightingale, o irmão gêmeo do seu colega de banda Ashton. Os dois começaram a namorar pouco depois do estouro da Kiss & Tell com um clipe independente gravado com iPhones no colégio dos rapazes e publicado no YouTube.

Hunter e os irmãos Nightingale se conhecem desde a infância, quando jogavam hóquei juntos, antes que um acidente acabasse com os sonhos de uma carreira no esporte para Hunter. O rapaz passou o tempo de recuperação compondo músicas e, finalmente, convenceu Ashton e três colegas de turma — Ethan Nguyen, Ian Souza e Owen Jogia — a gravarem com ele.

"Tudo começou com uma piada", relembra Hunter em uma entrevista antiga. "Nós cantávamos juntos no coral. A nossa professora sempre nos chamava de Garotos do Fundão, porque vivíamos rindo, fazendo graça e tal. Daí começamos a gravar vídeos por diversão."
Depois que a música "Poutine" viralizou, os rapazes rapidamente assinaram contrato com a Gravadora. "Levamos um tempão para decidir o nome", confessou Hunter. "Fui voto vencido quando sugeri 'Queerly Canadian'. Na verdade, foi Aidan quem deu a ideia de 'Kiss & Tell' e todo mundo curtiu a sonoridade."

Embora Aidan Nightingale não tenha se juntado à banda, ele sempre esteve por perto: enquanto a Kiss & Tell se preparava para a primeira turnê, câmeras flagraram Hunter e Aidan abraçados durante as pausas dos ensaios, jogando hóquei nos corredores e trocando beijos quando achavam que ninguém estava olhando.

Um vídeo tremido e mal iluminado no qual Hunter canta para Aidan uma das músicas novas da banda, no estilo de uma serenata, viralizou imediatamente, com mais de cinco milhões de visualizações até o momento.

Ao descrever o início do relacionamento, Hunter relembra: "Aidan e Ashton são meus melhores amigos desde que tínhamos dez anos, por aí, e acabamos entrando na liga mirim de hóquei juntos. Daí, quando me descobri e Aidan também, logo depois, as coisas aconteceram naturalmente. Quando a Kiss & Tell começou a ficar séria, ele foi carinhoso e nos apoiou".

Isso, certamente, não passou despercebido pelos fãs.

"Eu amo Haidan", declara Cam, que mora em Burnaby, referindo-se ao apelido para o "ship" que os fãs criaram juntando os nomes de Hunter e Aidan. "Eles são tão puros!"

Linda, mãe de Cam, concorda. "Apesar de serem dois garotos, eles são respeitosos e mostram aos fãs como é um relacionamento saudável. Espero que Cam namore alguém assim um dia."

4

VANCOUVER, BC • 26 DE MARÇO DE 2022

Tomo banho em casa e pego o ônibus para encontrar Kaivan em Gastown. Com um gorro cobrindo o cabelo e óculos aviador que cobrem metade do meu rosto, ninguém me reconhece sentado no fundo do ônibus enquanto mexo no celular e denuncio fotos de pau.

Eu recebo muitas fotos de pau. E de cu. Não sei qual é o problema das pessoas.

Desço na frente do Harbour Centre e caminho até o Sammies. Kaivan está me esperando na rua, de jaqueta cinza e calça jeans preta.

— Oi — digo.

Ele ergue os olhos do celular.

— Oi! O cheiro desse lugar é incrível!

Abro a porta para ele.

— Espera até provar.

O Sammies é uma loja de frente para a rua que faz os melhores sanduíches de Vancouver, se não do mundo. São preparados em focaccia fresquinha com alecrim, e usam *tapenade* de azeitona em vez de maionese ou mostarda.

Tiro os óculos e entramos na fila.
— O que é bom aqui? — pergunta Kaivan.
— Tudo.
— Qual é o seu favorito?
— Peito de peru defumado.

Pedimos dois. Kaivan insiste em pagar, já que a Gravadora está bancando a alimentação dele, mas, quando digo que eles também estão bancando a minha, ele simplesmente declara:

— Nunca discuta com um iraniano para decidir quem vai pagar a conta. Não vamos chegar a lugar algum.

Então eu sorrio e o deixo pagar pelo meu sanduíche. Outra coisa incrível no Sammies: os sanduíches são enormes. Tipo, do tamanho da minha cabeça, embrulhados em papel xadrez vermelho e branco já encharcado de azeite.

— Minha nossa — diz Kaivan quando pega o sanduíche. — Isso aqui parece delicioso.

Vamos para um cantinho no balcão de madeira escura encostado na janela, e eu pego um monte de guardanapos porque sei que vamos fazer sujeira.

Enquanto comemos, Kaivan me pergunta como foi crescer aqui: como era o colégio, o que eu faço para me divertir, onde gosto de comer.

— Tinha um restaurante de macarrão com queijo lá em Kerrisdale — conto. — Bem perto do rinque onde patino. Você escolhia um tipo de macarrão, um tipo de queijo e os acompanhamentos, e eles grelhavam em uma panelinha de ferro individual. Só que fechou há alguns anos.

Kaivan me conta como foi crescer em Columbus, Ohio. Fala da família e dos irmãos.

— Vocês já foram para o norte de Vancouver, né? — pergunto. — Onde ficam todas as lojas e restaurantes iranianos.

Kaivan franze as sobrancelhas por um segundo antes de soltar uma risada.

— Fomos, até passamos o Noruz lá.

— Noruz?

— Ano-Novo persa. Foi uns dias atrás.

— Ah — digo, sentindo coceira nas sardas. — Foi mal.

— Tudo bem — diz ele, se inclinando para perto de mim. — Tem um...

Ele gesticula para a minha boca, e eu limpo com o guardanapo.

— Saiu?

— Não. Vem cá.

Ele usa o próprio guardanapo para limpar a minha boca. Sinto a pele formigar com o contato do polegar dele no meu queixo, e minhas sardas ardem.

— Valeu.

Conversamos por horas: sobre a indústria da música, sobre composições, sobre a turnê.

— Não se esqueça de comer muitas verduras — digo a ele. — É a coisa mais difícil de fazer durante as turnês.

— Você me trouxe para uma loja de sanduíches!

— Pelo menos tinha alface.

Ele faz uma bolinha com o guardanapo e arremessa no meu peito.

É tão fácil conversar com ele. Não havia me dado conta de como sentia falta de ter amigos gays. No colégio eu participava da Aliança Queer-Hétero, mas não me sinto parte de uma comunidade queer de verdade desde essa época.

— Merda — diz Kaivan, olhando para o celular. — A passagem de som é daqui a meia hora.

— Caramba! Melhor irmos logo.

Jogo os guardanapos no lixo e seguro a porta para Kaivan. O sol apareceu enquanto conversámos, e a cidade está banhada no brilho dourado da tarde.

— Precisa voltar para o hotel?

— Não — diz Kaivan, levantando a mochila. — Tá tudo aqui.

— Perfeito.

Visto o gorro, mas não antes de ser reconhecido por duas garotas do outro lado da rua. Sorrio e aceno para a foto que tiram de mim, e depois me viro em direção à rua Cambie.

— Vamos nessa.

HUNTER DRAKE ESTÁ SAINDO COM KAIVAN PARVANI

OBF (O Babado Forte)
26 de março de 2022

Será que Hunter Drake já encontrou uma nova paixão? Imagens mostram o cantor canadense no Sammies, uma lanchonete no bairro de Gastown, em Vancouver, dividindo uma deliciosa refeição com o baterista da PAR-K, Kaivan Parvani. PAR-K é a banda de abertura da turnê *Come Say Hello*, da Kiss & Tell; o grupo vai abrir o segundo dos três shows lotados no BC Place, em Vancouver, hoje à noite.

Recentemente, Hunter terminou o namoro de longa data com Aidan Nightingale; representantes de Hunter e Kaivan não responderam ao nosso contato.

Confira o Festival das Cores de Owen Jogia

Ian Souza envia mensagem fofa de aniversário para Lily Yeoh e levanta boatos de um possível namoro

MENSAGENS DE TEXTO DE AIDAN NIGHTINGALE PARA HUNTER DRAKE

27 de março de 2022

Oi
Tá ocupado?
Saudade
Entregue às 11h35

Você tá mesmo saindo com esse tal de kaivn?
Achei que precisava de um tempo sozinho
Entregue às 11h48

Tá me ignornado???
Entregue às 11h56

                              Estou trabalhando
                              Não cometa
                              Começa*

Tô com saudade h
Não tô começando nada, só quero saber
Eu mereço saber

                              Me deixa em paz.

Vai tomar no cu

                              Agora não

Piranha
Entregue às 12h11

5

VANCOUVER, BC • 27 DE MARÇO DE 2022

Odeio entrevistas. Nunca sei o que fazer com as mãos. E eu gosto da minha voz, mas quando estou de frente para as câmeras fico com medo de soar muito gay. O que é ridículo, já que eu sou mesmo gay, mas será que minha voz é gay demais?

Nós deixamos Ethan falar pelo grupo. Ele é engraçado e acompanha o ritmo das apresentadoras do *Sunday Morning*. Stacey e Nicole se encantam por ele imediatamente. Sorrio e assinto, torcendo para não ter que falar nada até que...

— Agora, Hunter, você vem passando por poucas e boas, né?

Tento soltar uma risada relaxada. Como eu respondo a uma coisa dessas? Olho de relance para Janet, que está de pé na lateral do palco, atrás de uma das câmeras, mas ela dá de ombros.

— Seu término foi superinesperado — comenta Stacey. Ela é uma mulher branca e magra com dentes perfeitos, uma quantidade preocupante de delineador e uma saia lápis que torna impossível o simples ato de andar. — E justo com o início da turnê. Como você tem lidado com isso?

Odeio falar do término. Não é da conta de ninguém, só da minha e de Aidan.

Todos agem como se soubessem como era o nosso namoro. Ninguém via as nossas brigas. Não viam o jeito como Aidan ficava com ciúme quando eu viajava em turnê, as mensagens que ele me mandava toda vez que um tabloide escrevia qualquer coisa sobre mim, sobre ele, sobre nós.

As pessoas só viam o que compartilhávamos nas redes sociais, o que a Gravadora queria que fosse visto. As fotos fofas, as dancinhas bobas, as músicas românticas. A Gravadora aprovava tudo.

Balanço a cabeça e faço uma expressão séria.

— Bom, como você disse, estamos em turnê, então ando bem ocupado. Além do mais, estamos trabalhando no próximo álbum, e eu já estou com a mão na massa.

Nicole, que é canadense de ascendência chinesa e também está usando uma cacetada de delineador e uma saia lápis azul, faz a clássica Balançada de Cabeça de Entrevistadora Compreensiva.

— Muitas das músicas de vocês são sobre amor. Estar de coração partido dificultou seu trabalho?

— Bom... — começo, mas não sei como responder.

Sim. Não. O coração partido não é a parte difícil, mas essa atenção toda. São as pessoas achando que eu sou a mesma pessoa no palco e em casa. A mesma pessoa na cama.

Não literalmente, graças a deus. Ninguém nunca perguntou o que eu e Aidan fazemos — fazíamos — na cama. Não na minha cara.

A internet é cheia de tarados.

— É um trabalho conjunto — diz Owen, apoiando a mão no meu ombro. — Então, quando Hunter está para baixo, nós ajudamos. É para isso que servem os amigos.

Stacey abre um sorriso de TV para ele e se volta para mim.
— Enfim, que bom saber que você tem conseguido manter o alto astral. — Ela se vira para a câmera. — Depois do intervalo, Hunter vai usar seus olhos afiados para nos ajudar a arrumar a mesa do brunch de domingo. Chame as amigas! O *Sunday Morning* volta já, já!

Olho para Janet de novo, de sobrancelhas arqueadas. Ela assente e começa a digitar no celular.

Não acredito que vou ter que participar de mais um quadro de brunch. Como se todos os gays do mundo amassem brunch, ou fossem bons em arrumar a mesa ou fazer arranjos florais e tal.

Os meninos saem do palco para retirar os microfones, enquanto uma assistente de produção me leva até uma cozinha cenográfica, o que me parece desnecessário, já que dava para ver a cozinha do sofá onde demos a entrevista. Estúdios de TV são muito menores do que parecem.

O brunch já está organizado na bancada: ovos mexidos, aspargos grelhados, uma pilha de pãezinhos tostados tão perfeitamente que nem parecem de verdade, um prato com abacate cortado, xicrinhas de café, uma jarra de suco de laranja e duas garrafas de champanhe com os rótulos escondidos da câmera. Tudo parece lindo e arrumado, mas não acho uma fumacinha que seja, nem mesmo do café. Ou a comida está fria, ou é de mentira, ou as duas coisas.

Estou vestindo uma camisa de botão azul-claro com as mangas dobradas e calça jeans preta. É um visual que escolhi para as aparições na imprensa durante a turnê, e gostei bastante dele.

Uma assistente de produção diferente me entrega um avental salmão para vestir por cima de tudo. Eu fico horroroso de salmão: não combina com as minhas sardas nem com o meu cabelo, que é "bronze queimado" segundo o time de marketing da Gravadora, mas "ruivo" segundo qualquer pessoa. O meu pai também era ruivo, mas, quando faleceu, o cabelo já estava mais para o castanho.

Acho que a produção percebeu que eu fiquei péssimo, porque a assistente volta com um avental lilás e o amarra em mim enquanto começa a contagem regressiva para a volta do intervalo.

— Estamos de volta com Hunter Drake, da Kiss & Tell, que está aqui para nos ajudar a planejar o brunch de domingo perfeito. Hunter, qual é o seu prato favorito em um brunch?

Invoco o que imagino ser um sorriso de campeão.

— Nossa, eu adoro qualquer coisa que leve espinafre.

Stacey ri e apoia a mão no meu braço.

— Bom, infelizmente hoje não temos espinafre, mas temos um mexidinho saudável e superproteico que vai te dar toda a energia necessária, seja para um dia no parque ou para uma noite dançando.

Sorrio e assinto, enquanto as apresentadoras mostram o cardápio, e tento não me encolher todas as vezes que elas me tocam e comentam sobre o meu cabelo ou sobre como fico bem com esta calça.

— Você precisa compartilhar o seu treino de pernas com a gente — acrescenta Nicole, dando uma olhadinha encenada para a minha bunda e uma piscadinha para a câmera.

— Agora, nenhum brunch está completo sem um copo de Caesar bem apimentado, não acha, Hunter?

— Bom, não sei. Tenho só dezessete anos.

— Ah, claro! Ainda bem que temos aqui todos os ingredientes para um drinque sem álcool, perfeito para a garotada.

Elas preparam um Caesar sem álcool para mim — basicamente suco de tomate, caldo de mariscos e pimenta — e me entregam a coqueteleira para eu "mostrar como se faz", elogiando a minha técnica e o meu "braço forte" enquanto balanço o copo de metal o mais rápido que consigo. Chego a ficar enjoado, mas já me acostumei com isso. Mais ou menos. Todos nós temos que interpretar papéis e, no momento, eu sou o garoto gay ajudando a preparar o brunch.

Ajudo as apresentadoras a escolher os guardanapos e os porta-guardanapos, a arrumar a mesa com pratos diferentes e talheres que são "achadinhos vintage", e então brindamos ao nosso brunch com o Caesar sem álcool, que tem um sabor horrível.

Até que finalmente acaba.

— Muito obrigada por ter topado participar — diz Nicole depois de chamar o intervalo.

— Foi perfeito — concorda Stacey. — Mal vejo a hora de te receber aqui de novo.

Ela dá outra apertadinha no meu braço e assume a posição para o próximo bloco.

Eu me desvencilho e deixo uma assistente de produção me ajudar a tirar o avental e o microfone. Janet está esperando ao lado da porta, respondendo a e-mails no celular, a julgar pelo maxilar tenso e pelas sobrancelhas franzidas, mas levanta a cabeça quando me aproximo.

— Você é um anjo, Hunter — diz ela.

Janet tem mais ou menos a idade da minha mãe, um pouco mais velha, talvez, com o cabelo preto sempre preso em um rabo de cavalo, olhos castanhos e uma verruga no cantinho da sobrancelha direita. Ela é branca, mas está sempre bronzeada, até mesmo no inverno, e ainda tem um pouquinho do sotaque de Saskatoon, cidade onde cresceu.

— Eu avisei à Gravadora que você não iria mais fazer quadros de brunch, mas alguém da equipe de assessoria não recebeu a informação. Já estou resolvendo.

— Tá tudo bem. Já estou acostumado. Mas é um saco ser diferenciado dos outros o tempo todo.

— Tem certeza? — pergunta Janet.

Sinto um nó na garganta e respiro fundo para tentar afrouxá-lo. Não é culpa dela; Janet está sempre cuidando da gente.

— Certeza.

Ela assente.

— Vamos nessa. O carro está esperando lá fora.

De: Bill Holt (b.holt@agravadora.com)
Para: Janet Lundgren (janet@kissandtellmusic.com)
Assunto: Re: Brunch de novo?!
27/03/22 13h32

Aliás, tenho novidades para a gravação do FMW. Reservei um estúdio na Universal, entre 30/03 e 02/04. Que horas é melhor para os meninos gravarem sem se cansarem muito para os shows?
Finalizamos o elenco para o vídeo; em anexo.

Obrigado,
BH

De: Janet Lundgren (janet@kissandtellmusic.com)
Para: Bill Holt (b.holt@agravadora.com)
Assunto: Re: Re: Brunch de novo?!
27/03/22 14h15

Obrigada, Bill. Acho que entre 10h e 16h é o máximo que conseguimos. Talvez eu possa puxar para as 9h, mas eles gostam de dormir até mais tarde. Vou conversar com eles e te retorno.
O elenco está bom.

Obrigada,
Janet

6

VANCOUVER, BC • 27 DE MARÇO DE 2022

Na noite de domingo, depois do último show no BC Place, embarcamos no ônibus e pegamos a estrada.

Temos um ônibus novo para esta turnê, com camas mais confortáveis, uma área comum melhor e, o mais importante, um estúdio de gravação nos fundos. Quando estivermos estacionados e conectados, dá para gravar de verdade lá dentro, em vez de improvisar isolamento acústico com colchões e cobertores em um quarto qualquer.

Assim que passamos pela alfândega e pegamos a interestadual, tiro as roupas do show e visto uma camiseta desbotada do Canucks e leggings com estampa camuflada cinza. Ian e Owen estão na área comum, jogando o novo game da NHL no PlayStation que trouxemos para conectar à TV. Ethan queria um Xbox, mas eu e os outros garotos fomos maioria, porque não somos monstros.

Pego um lugar vazio no sofá de couro vermelho brilhante e gravo um vídeo curto.

— Então, acabamos de atravessar a fronteira dos Estados Unidos. Vocês sabiam que, tecnicamente, eu nasci aqui? Os meus pais viajaram para fazer compras, e a minha mãe entrou em trabalho de parto. Enfim, espero ver todos os fãs de Seattle na Arena Key amanhã. Ou hoje mais tarde, no caso. Amo vocês. Publico o vídeo e checo as DMs. A PAR-K tem outro ônibus, e Kaivan e eu estamos conversando, mandando memes engraçados um para o outro. Coisa de amigo, apesar do que os tabloides andam dizendo.

Somos só amigos e o almoço no Sammies não foi um encontro.
— Hum, Hunt? — chama Ashton, se sentando ao meu lado.
— Hum, Ash? — Sorrio, e encosto o ombro no dele. — O show de hoje foi bom.
— Aham. Você está sorrindo de novo.
Largo o celular.
— Tô nada.
Ian mantém o olhar na tela da TV, mas pergunta:
— Não tem nada a ver com um certo baterista, tem?
— Hunter Nome do Meio Drake — diz Ethan, chegando na área comum. — Você está pegando alguém da nossa banda de abertura?
— Ele é só um amigo — respondo. — Diferente de vocês, seus palhaços.

Ethan solta uma exclamação e coloca a mão no peito para fingir choque, enquanto se joga no sofá ao meu lado.
— Você tem noção de que dá para ver a sua mala com essa calça, né?

Reviro os olhos. Cresci em vestiários de hóquei e, depois, vieram as trocas de figurino rápidas nos bastidores dos shows. Vez ou outra, nos vemos praticamente pelados.
— Você só está com inveja porque a sua bunda é reta demais para um look desses.
— Quem disse? Eu fico ótimo de meia-calça!

— Leggings.

Estico as pernas para o alto e as cruzo lentamente, o que faz Ian rir e perder um gol.

Ele pausa o jogo e balança a cabeça para tirar o cabelo castanho dos olhos. Ele tem a pele marrom-clara, tão clara que às vezes pensam que ele é branco, um nariz pontudo, olhos acinzentados e sobrancelhas grossas que estão franzidas enquanto ele me analisa.

— E aquela entrevista, hein?

— Tá falando daquela coisa toda do término?

— Não. A parada do brunch. Foi... Bizarro.

Dou de ombros.

— Ah, tô acostumado a ser feito de chaveirinho.

Owen inclina a cabeça para o lado.

— Chaveirinho?

— É, tipo um acessório que elas gostam de colecionar.

— Ah... Que zoado.

A voz dele está meio rouca por causa do resfriado que pegou durante os ensaios, e ele está com olheiras profundas, dando ainda mais destaque aos olhos cor de mel, em contraste com a pele marrom-avermelhada. Os pais de Owen são da Índia (de Guzerate, ele me contou, e eu fiquei meio envergonhado por ter que pesquisar), e ele tem um nariz elegante, sobrancelhas perfeitas e um cabelo preto lindo e sedoso, que está sempre com cheiro de coco e que ele vive jogando para trás.

— Acho que já me acostumei – digo. – É assim mesmo.

— Mas você devia falar com Janet – diz Ethan. – Avisar a ela que não quer ser usado de bingolinho.

— Não, cara! É chaveirinho! — Engulo a risada. — Ela já sabe. Ela tenta.

Mas mesmo assim. Nenhum dos outros caras é feito de chaveirinho.

O meu celular vibra de novo. Kaivan.

— Tá sorrindo de novo — diz Ashton, dando uma cotovelada na minha costela.

— Não tô! A gente tá só conversando.

Owen cerra os olhos e balança a cabeça.

— Você tá devendo uma pizza pra gente!

Criamos uma regra no ano passado que quem começar a namorar deve pagar pizza para o grupo, só para compensar caso a pessoa comece a agir feito um babaca, o que sempre acaba acontecendo. Especialmente Ethan, que nunca consegue manter a mesma namorada por mais de um mês.

Eu já estava com Aidan quando a regra foi criada, então nunca precisei pagar pizza.

Além do mais...

— Somos só amigos.

— Ah. Claro. — Ethan balança a cabeça para tirar o cabelo escuro da testa e se vira para a TV. — Eu entro na próxima!

MONTE SEU PRATO DE POUTINE E DESCUBRA QUEM É A SUA ALMA GÊMEA DA KISS & TELL

NewzList
12 de março de 2022

Escolha uma batata:
Batata frita
Batata rústica
Batata rosti
Batata chips

Escolha um molho:
Molho madeira
Molho branco
Molho de carne
Sem molho

Escolha um queijo:
Coalhada
Parmesão
Queijo temperado
Sem queijo

Que tal uma carne?
Costelinha
Frango frito

Porco desfiado
Sem carne

Mais tempero?
Salsa
Coentro
Alecrim
Não, valeu

Bebida para acompanhar?
Refrigerante
Café gelado
Limonada
Água

VOCÊ TIROU: Hunter Drake

Você tem gosto refinado — um bom queijo, molho encorpado —, mas também é um purista, e deixa a carne para depois. Você sabe que o encontro perfeito precisa ter café gelado. Pegue o seu poutine e dê um passeio pela rua Davie, ou veja se consegue convencer Hunter a te levar para patinar no gelo e mostrar algumas manobras de hóquei.

7

SEATTLE, WA • 28 DE MARÇO DE 2022

Já é quase hora do almoço quando eu finalmente acordo. O ônibus estacionou na área de carga da Arena Climate Pledge. Está tudo quieto, exceto pelo ronco da minha barriga, então saio do beliche com cuidado para não perturbar Ashton, que ainda está dormindo na cama de cima.

A área comum tem uma copa, e eu ligo a chaleira elétrica e pego um Cup Noodles. Sei que não deveria comer isso, já que o sal sempre me deixa inchado, mas é tão gostoso...

Antes que a água comece a ferver, meu celular vibra. Outra DM de Kaivan.

Já comeu?
Descobri um lugar legal

Fico feliz que os outros garotos estejam dormindo, assim eles não podem me zoar. Além do mais, é só um almoço com um amigo. Troco a calça legging por uma jeans, visto um moletom do Canucks e encontro Kaivan me esperando na frente do ônibus.

— Oi — diz ele.

— Oi. Aonde vamos?
— É aqui mesmo no Seattle Center. Podemos ir andando, se não tiver problema.
— Claro. Mas vamos precisar de escolta. Não podemos ir a qualquer lugar fora do estádio sem alguém da segurança. E mesmo no estádio, geralmente somos escoltados.
— Já combinei com Nick.

Kaivan aponta para um homem branco alto e entediado, de pé ao lado do portão.

— Ah. Perfeito.

Kaivan mexe as sobrancelhas.

— Vamos.

Nick nos acompanha em silêncio, o que é meio esquisito, já que Nazeer geralmente fica contando piadas de tiozão. A mão de Kaivan esbarra na minha algumas vezes durante a caminhada, e não sei se ele está fazendo de propósito ou não, mas, como está ventando um pouco, acabo enfiando as mãos nos bolsos para aquecê-las.

— Aonde vamos, afinal?
— Você vai ver. Passei as férias aqui uns dois anos atrás.
— Ah, é?

Kaivan assente.

— O meu pai trancou o carro alugado com a chave dentro quando fomos ao Pike Place. Ficamos umas duas horas esperando lá.
— Mentira!
— Sério! — Os olhos do Kaivan brilham quando ele ri. — O meu pai ficou muito bravo por ter que pagar a mais pelo estacionamento.

— Nossa.
— Pois é.

Eu e Kaivan compartilhamos histórias sobre Seattle enquanto caminhamos. A minha mãe me trazia aqui, junto com a minha irmã Haley, uma ou duas vezes ao ano, para comprarmos roupas nas lojas baratas que não temos no Canadá. Acho que o meu pai chegou a vir com a gente algumas vezes, mas não me lembro direito.

Kaivan me leva a um prédio enorme de concreto. Letras garrafais dizem ARMORY em cima das portas, e duas esculturas gigantes e estilizadas de águias nos encaram com desdém do alto.

— Minha nossa.

— Pois é, bem cara de americano mesmo. — Kaivan segura a porta para mim. — Antigamente era um arsenal. Tipo, do Exército. Hoje em dia só tem um monte de salas comerciais e uma praça de alimentação muito boa.

A voz do Kaivan ecoa no chão de concreto liso. A acústica aqui é horrorosa, o que fica ainda mais aparente quando entramos na praça de alimentação e vemos uma banda tocando em um palco pequeno no canto.

É uma banda cover, do tipo que eu imaginaria ter se formado depois que vários colegas do mesmo escritório começaram a cantar uma música ao mesmo tempo; eles se entreolharam por cima das divisórias dos cubículos e decidiram criar uma banda.

Estão fazendo um cover desafinado de "Poutine", o que me faz soltar um grunhido e puxar o gorro para baixo.

— Mais adequado impossível — brinca Kaivan, esbarrando no meu cotovelo. — Espera só.

Ele me leva até um dos restaurantes no cantinho, com uma cozinha ampla e aberta; há frigideiras de aço penduradas em uma prateleira acima do fogão. As mesas e bancadas são feitas de madeira de demolição, e as cadeiras e bancos, de algum tipo de metal reciclado pintado de um vermelho vibrante.

Eu me aproximo dele e sussurro:

— Tá de sacanagem.

Porque, em letras luminosas acima do caixa, está o nome do restaurante: POUTINE.

Kaivan ri.

— Que foi? É seu grande sucesso, não é?

Kaivan pede um poutine grande com queijo parmesão, o que, na minha opinião, nem é poutine de verdade. Tem que ter coalhada, senão é só batata frita com queijo.

Peço uma porção pequena, com coalhada e molho madeira extra, que é a melhor parte.

Eu me viro para ver se Nick quer alguma coisa, mas ele está aguardando na entrada, nos dando espaço. Pego o cartão de crédito, mas Kaivan tenta me impedir.

— Não, sem essa. A ideia foi minha.

— Você já pagou da última vez. Agora sou eu — relembro.

As nossas cestinhas de poutine chegam fumegantes. Bom, a minha é uma cestinha; a de Kaivan é enorme. Começo a salivar.

— Faz tanto tempo que não como poutine — digo, enquanto pegamos dois lugares na bancada.

— Sério? Achei que era o seu prato favorito.

— Que nada, é só um bom nome para uma música engraçada. Tem muitas calorias.

Ninguém da Gravadora diz na minha cara, mas eles deixam bem claro de várias maneiras sutis que eu devo me manter o mais magro possível. O que é péssimo, já que sempre fui parrudo demais para manter o visual magrinho. Anos jogando hóquei me deram uma bunda grande e coxas musculosas, e, embora eu tenha emagrecido bastante desde aquela época, ainda estou bem maior do que eles gostariam que eu fosse.

— Mas é tão bom.

Kaivan enche a boca com uma garfada de batata frita. Eu também como. A batata está fresquinha, tão quente que até amolece os dentes do garfo reciclável.

Enquanto comemos, Nick se aproxima para sussurrar no meu ouvido.

— Parece que você foi reconhecido.

Ele indica a outra ponta da praça de alimentação com a cabeça, onde uma aglomeração está começando a se formar. Finjo que não vejo porque, se eu fizer contato visual com alguém, já era.

— Que foi? — Kaivan olha o grupo. — Ah. Nossa.

A multidão está se aproximando. Nick nos bloqueia com o corpo, mas não há muito que ele possa fazer. Ele analisa a multidão e se abaixa para dizer:

— Melhor irmos embora.

Assinto e me viro para Kaivan.

— Tudo bem por você?

— Tudo. Desde que o meu rosto não esteja sujo de molho.

— Só um pouquinho.

Assim como ele fez comigo no Sammies, limpo a boca dele. Ele fica corado.

— Se você continuar fazendo isso, as pessoas vão achar que a gente tá namorando.

— Desculpa. São só tabloides.

— Não precisa pedir desculpa. Tem coisas muito piores no mundo do que acharem que eu estou namorando um garoto gato.

É a minha vez de corar. Eu pigarreio.

— Podemos tirar uns minutinhos para dar um oi, né?

Nick arqueia a sobrancelha e, por fim, concorda.

Pego duas canetas no bolso do moletom e entrego uma para Kaivan. Tento sempre andar com canetas, porque não tem nada pior do que alguém me encurralar e pedir um autógrafo e eu não ter com o que assinar.

— Anda. Vamos lá falar com os seus fãs.

Assim que aceno para a multidão, o barulho começa. Pessoas gritam, algumas choram, outras apontam o celular para nos fotografar. O ar vibra de empolgação.

— Oi, pessoal — digo.

Faço pose para algumas selfies, autografo pôsteres e gravo vídeos mandando oizinhos um milhão de vezes.

Kaivan espera, um pouco afastado, até eu o chamar para mais perto.

— Vocês conhecem Kaivan, da PAR-K? Eles são a nossa banda de abertura!

Então as pessoas começam a tirar fotos dele também, e ele abre o sorriso mais fofo do mundo toda vez que alguém pede um autógrafo.

— Vocês dois estão mesmo namorando?! — pergunta uma fã.

— Somos apenas amigos — respondo.

— Ai, meu Deus, eu acho que vocês super deveriam namorar! Eu e os meus amigos shippamos vocês.

Não sei o que dizer. Sempre tive dificuldade com essa coisa de desconhecidos se sentindo parte da minha vida amorosa. Aidan gostava da atenção, mas eu sempre me senti meio mal.

Kaivan cometeu o erro de se meter em uma conversa — o melhor é sempre ignorar, e andar rápido. Olho para Nick, que pigarreia e usa a sua presença para afastar um pouco a multidão.

— Desculpa, pessoal — diz ele, com a voz clara e firme, que deve ser coisa de quando ele serviu no Exército, sei lá. — Os rapazes precisam fazer a passagem de som.

— Desculpa! — Paro e deixo mais algumas pessoas tirarem fotos. — Nos vemos hoje à noite!

Então Nick começa a escoltar Kaivan e eu pela saída lateral, falando com alguém pelo fone sem fio. Ele chamou um carrinho de golfe para a gente, que já está nos esperando do lado de fora. Deixo-o ir na frente enquanto eu e Kaivan ocupamos o banco de trás, acenando para os fãs ao nos afastarmos.

— Nossa, isso foi intenso!

Kaivan se joga no sofá do meu camarim.

— Pois é — digo. — Mas é legal, né? Quer dizer, sei que é clichê e tal, mas somos muito sortudos por termos fãs tão incríveis. São os fãs que fazem o sucesso da banda.

— É.

Eu me sento ao lado dele e afundo no estofado, mas logo me levanto em um pulo.

— Merda! Esquecemos o resto do seu poutine!

Kaivan ri.

— Tá tudo bem.

Fecho a cara para ele.

— Não, isso é inaceitável. Prometo que vou dar um jeito de arrumar mais poutine pra você em breve.

— Tá bom, tranquilo. — Ele me lança um olhar vulnerável, e só me resta olhar para baixo, de tão intenso. — Ei, guitarra maneira.

Ele está olhando para a minha Stratocaster apoiada no suporte. É um modelo *Made in America* preto com escala clara, captador personalizado e um escudo preto, parecido com a famosa Black Strat de David Gilmour.

Pink Floyd era a banda favorita do meu pai, mesmo ainda não sendo nascido quando eles começaram a gravar. Ele era obcecado pela banda, dizia que *Dark Side of the Moon* era o álbum mais perfeito já gravado, e os solos do David Gilmour, os melhores já feitos.

É mesmo um álbum excelente. Sempre me faz lembrar de quando o meu pai me levava para o treino de hóquei no carro caindo aos pedaços, batucando no volante ao som de "Time".

Às vezes me pergunto o que ele acharia de eu ter me juntado a uma boy band, se teria vergonha dessa coisa toda. Ou do fato de eu ser gay. Ele morreu antes que eu pudesse contar para ele.

Tiro a guitarra do suporte.

— Valeu. Quer tocar?

— Claro.

As nossas mãos se esbarram quando entrego a guitarra para ele.

Kaivan passa a alça por cima da cabeça, desliza a mão pela escala, testa a tensão das cordas e toca alguns acordes.

— Gostei. Eu geralmente uso Gibson.

— É, eu gosto muito dos braços em "C" da Strat. E do som do captador único.

Kaivan toca uma melodia e balança a cabeça no ritmo. Ele parece um pintinho ciscando, e eu solto uma risadinha.

— Que foi?

Balanço a cabeça.

— Nada. Não sabia que você também tocava guitarra.

Kaivan torce a boca, dando destaque para o formato de arco dos lábios cheios.

— Toco, sim, mas Kamran é muito melhor. Além do mais, a gente precisava de um baterista.

— Um monte de bandas têm dois guitarristas. Vocês podem arrumar um baterista que só acompanha nos shows.

— É, mas a nossa parada sempre foi essa, sabe? Eu, Kamran e Karim, cada um tocando seu próprio instrumento. Somos músicos de verdade.

Há algo no jeito como ele diz isso, algo que desenha uma linha imaginária entre nós dois.

— Eu e os meninos não somos?

Vivem dizendo essas merdas. Especialmente os críticos que odeiam toda e qualquer boy band. Mas é péssimo ouvir isso da boca de Kaivan. Parece que estou sendo empurrado contra a parede.

Ele para de tocar e abaixa a cabeça, encarando a guitarra.

— Não foi isso que eu quis dizer.

— O que você quis dizer, então?

Kaivan se mexe no sofá, encostando o joelho no meu e me olhando por um segundo, antes de abaixar a cabeça de novo.

— É só que, desde o começo, o nosso lance sempre foi tocar os nossos próprios instrumentos. Somos autênticos.

Afasto o joelho do dele.

— Eu e os garotos também somos autênticos. Compomos as nossas músicas. Eu toco guitarra em todos os shows. Owen toca piano. Ele é muito bom, inclusive.

Kaivan engole em seco, tensionando os músculos do pescoço.

— Eu sei. Desculpa. Não foi isso que eu quis dizer. Sério. Vocês são incríveis. É só que...

— O quê?

— Sei lá. Desculpa. — Ele esbarra o joelho no meu. — Toma. Toca alguma coisa pra mim.

Ele ergue a guitarra, tirando a alça dos ombros, e a camisa dele sobe um pouquinho, mostrando a barriga reta e marrom, e também o caminho da felicidade desaparecendo dentro da calça.

Sinto um nó na garganta de novo. Pego a guitarra e toco alguns acordes de "Breathe (In The Air)", que tem uma das minhas progressões de acorde preferidas, indo de D7♯9 para D7♭9. Quando relaxo os ombros, acabo me apoiando nele, e ele se apoia em mim.

Apenas amigos.

Mas há algo elétrico. Algo empolgante.

Não me sinto assim com outro cara desde Aidan.

Engulo em seco.

— Então... — começo a dizer, mas alguém abre a porta.

Nós dois nos endireitamos, e eu acerto a costela de Kaivan com o braço da guitarra.

Ele grunhe e esfrega o ponto dolorido bem quando Ashton entra no camarim.

— Hunt! — Ele nem reage à presença de Kaivan. Está de olhos arregalados e respiração ofegante. — Hunter. Você viu? Ficou sabendo?

— O quê?

— Cadê seu celular?

Pego o aparelho na mesinha de canto. Perdi algumas mensagens do Aidan enquanto estava almoçando:

Vc tá transanod com ele????
Pq não me respodne

Reviro os olhos e ignoro. Tenho uma cacetada de notificações, tantas que nem sei por onde começar. Começo a deslizar o dedo pela tela, mas Ashton está impaciente demais. Ele estende o próprio celular.

— Aqui. Olha.

O meu dedão toca uma das rachaduras na película da tela dele. Ashton é a pessoa mais amaldiçoada que eu conheço quando se trata de tombos de celular. Ele abriu o Twitter. Estamos entre os assuntos mais comentados. Eu estou.

Clico no meu nome para ler os tuítes.

— Puta merda.

MATOU A COBRA E MOSTROU O PAU: MENSAGENS SAFADINHAS DE HUNTER DRAKE PUBLICADAS NA INTERNET

Rainbow News Now – Notícias Bafônicas
28 de março de 2022

Aidan Nightingale, ex-namorado rejeitado de Hunter Drake, da Kiss & Tell, está bombando depois de publicar prints de mensagens bem picantes que trocou com o cantor. As mensagens revelam novidades sobre o que pode ter acontecido entre os dois, mostrando que o jeitinho inocente do casal não passava de uma fachada, e respondendo à pergunta que não sai da mente dos gays do Twitter: Hunter é ativo ou passivo?

Em uma série de tuítes cheios de erros de digitação, Aidan afirma que publicou os prints para provar que não era "o vilão da história", e que a culpa do término era a infidelidade de Drake. Nem a assessoria da Kiss & Tell, nem o próprio Hunter Drake comentaram o assunto.

Quer se afiliar ao site?
Clique aqui e saiba mais.

TWEET DE @AIDANNIGHTINGALE

Todo mundo acha que o vilao sou eu, q parti o coracao dele, ngm sabe o que vc fez, ngm saeb que vc eh uma passivinha imunda, ngm sabe que vc partiu meu coracao priemiro

3 DE MAIO DE 2021

muita sdd
sdd do seu 🍆🍆🍆

                                                Saudade

vc botou o lençol p lavar

                                            Sim, relaxa

vou me preparar melhor da prox vez

                                            Tudo bem

to um pouquinho beabdo

                                       Você tá seguro?
                              Já tá sentado no carro?

quero sentar em vc

                          Nossa, que safadinho haha
                      Me liga quando estiver sóbrio

15 DE JANEIRO DE 2022

                                       Não acredito

Que foi??

                              Essas fotos por aí
                        Ontem à noite no Orpheum

Ele me seguiu até o banheiro
Os seguranças pegaram ele
logo em seguida

                            Para de mentir pra mim

Não aconteceu nada!!

                                                Tá bom
Eu acreditaria se vc não desse em cima de todo mundo

15 DE FEVEREIRO DE 2022

Você deu entrevista para o OBF?
<u>Haidan está "mais forte do que nunca", apesar dos boatos de infidelidade</u>

                      Cansei de todo mundo inventando mentiras sobre nós
É tudo mentira, né?

Por que você surta com qualquer matéria??

                      Porque é um homem diferente em cada cidade. É humilhante.

Vai se foder

                      Não tenho tempo para ficar esperando na fila.

Não aguento mais isso

16 DE FEVEREIRO DE 2022

                      Desculpa, eu estava chateado.
Foi sem querer.
Hunt?

VAI SE FODER

                      Por favor.
Eu te amo.

PORRA, AIDAN! CANSEI!

HAIDAN: A HISTÓRIA VERDADEIRA

Revista Lion Heart
11 de maio de 2021

LH: Certo, vamos começar do começo. Como vocês se conheceram?

HD: Bom, a gente... Quer falar?

AN: Bom, eu e Ashton estávamos jogando na liga júnior quando um ruivo magrelo apareceu, e ele não falava com ninguém, só ficava sentado no banco.

HD: Eu era tímido.

AN: Era mesmo. Como que você conseguiu virar um astro da música?

HD: Não faço a menor ideia.

AN: Um dia, ele finalmente saiu do banco, e era uma fera no jogo! Inacreditável. Em menos de um ano, já era centroavante, e eu e Ashton éramos laterais direito e esquerdo. Juntos, éramos imbatíveis. Achávamos que iríamos dominar o mundo.

HD: Calma aí, sejamos sinceros. A gente meio que se odiava no começo.

AN: Que nada!

HD: Nem vem, você sabe que é verdade.

AN: Acho que era mais rivalidade do que ódio.

HD: Talvez. Mas aí, quando o meu pai morreu, eu meio que me fechei. Não sei se foi por pena, mas Aidan e Ashton me adotaram como um terceiro irmão. Foi muito importante para mim. Quer dizer, as coisas ficaram um pouquinho complicadas depois...

LH: Quando você se assumiu?

HD: Isso. Eu tinha o quê? Uns doze anos?

AN: Foi no verão antes do sétimo ano.

HD: Isso mesmo, doze. Você levou mais um tempinho para se assumir.

AN: Precisei de mais tempo para entender as coisas. Mas aí veio o acidente.

LH: O acidente que acabou com a carreira de Hunter no hóquei?

HD: Isso. Foi uma parada muito bizarra. Quer dizer, é hóquei, as coisas ficam meio agressivas de vez em quando, mas, quando eu e Ashton colidimos, a lâmina dele acertou o meu joelho com tudo e... Bom, deu no que deu.

AN: Você precisou de muita fisioterapia depois.

HD: Pois é, a recuperação foi bem pior do que a reconstrução. Precisei fazer um monte de exercícios. Mas Aidan e Ashton sempre apareciam para me ajudar, ver se eu estava fazendo tudo certinho, me fazer companhia. Até que um dia...

AN: Um belo dia!

HD: Juro, parece cena de filme. Quer dizer, Aidan estava sozinho comigo, porque Ashton tinha ensaio do coral, e eu estava em um dia muito triste. Daí Aidan se sentou ao meu lado, me abraçou, disse que ia ficar tudo bem e, quando me dei conta, estávamos nos beijando.

AN: Não sei quem beijou quem primeiro.

HD: Eu culpo os analgésicos.

AN: Culpa nada!

HD: Eu sei, eu sei. Naquela época eu já não estava mais tomando remédio.

AN: Enfim, depois disso as coisas meio que... evoluíram. Enquanto se recuperava, Hunter começou a escrever algumas músicas...

HD: E Aidan arrasava na liga...

AN: Daí a coisa toda bombou quando "Poutine" viralizou.

HD: Sabia que foi Aidan quem inventou o nome da banda? Foi pouco tempo depois de contarmos para Ashton sobre nós dois.

AN: Verdade. Sei que essa coisa de telepatia entre gêmeos não existe, mas ele com certeza sabia que alguma coisa estava rolando. Então alguém precisava contar.

HD: Mas a parte do beijo foi melhor do que ter que contar depois.

AN: Ah, obrigado. Você também não é de se jogar fora.

HD: Ei!

LH: Mas, Aidan, você continuou jogando hóquei? Nunca quis entrar para a banda?

AN: Na verdade, não. Isso sempre foi o lance de Ashton. Eu não acho que os nossos pais saberiam lidar com nós dois entrando em uma banda. Além do mais, não sei dançar.

HD: Que mentira! Eu já vi os passinhos dele.

AN: Falando sério, fiquei tão feliz de ver Hunter fazendo algo que ele amava. E o meu irmão também. Ele não voltou para o hóquei depois do acidente.

HD: Acho que se sentiu culpado por ter saído ileso, e eu, não.

AN: A banda fez bem para ele. E para você também. Eu gosto de ver vocês dois felizes. Além do mais, é bem daora namorar uma estrela do rock.

LH: Então você nunca sente ciúme?

AN: Nem um pouco. Não acho que ciúme seja saudável para um relacionamento.

HD: Pois é. Quando temos um problema, resolvemos na conversa.

LH: E toda essa atenção do público dificulta o relacionamento às vezes?

HD: Bom...

AN: Na verdade, não. No fim das contas, continuamos sendo melhores amigos, só que agora a gente se beija muito. E nada vai mudar isso.

HD: Pois é...

AN: E, cá entre nós, Hunter é muito, muito gato. Nunca que eu iria deixar ele escapar.

HD: Sem breguice.

AN: É você quem escreve músicas de amor para mim.

HD: É verdade. Escrevo mesmo.

8

SEATTLE, WA • 28 DE MARÇO DE 2022

Sou uma supernova.
Sou um buraco negro.
— Hunter?
Kaivan toca o meu braço, mas eu me afasto. Há uma pergunta nos olhos dele, mas não consigo encará-lo. Não posso deixá-lo enxergar quem eu sou.
Acho que estou tendo um ataque de pânico.
O celular do Ashton escorrega dos meus dedos dormentes e cai no chão, certamente ganhando mais uma rachadura na película da tela.
— O que foi? — pergunta Kaivan, mas a voz soa distante.
As minhas orelhas estão zunindo.
Só me lembro mais ou menos do meu acidente. Tudo vem em clarões misturados: a sensação da lâmina de Ashton contra o meu joelho, o capacete rachando no chão, o mundo girando antes de ficar tudo escuro. Sofri uma concussão cerebral e vomitei a caminho do hospital.
Sinto a mesma vontade de vomitar agora.
Corro até o banheiro e tranco a porta. Caio de joelhos com força no piso, mas ignoro a dor e apoio os braços na borda da

privada. Sinto ânsia, mas não sai nada. Os meus olhos ardem, porém nada de lágrimas.

— Vai ficar tudo bem, Hunt — diz Ashton do outro lado da porta. — A minha mãe já está ligando para o meu pai para descobrir o que aconteceu. Vamos fazer eles apagarem a matéria.

— Não adianta! — grito. — Se está na internet, é para sempre.

Acho que é isso que finalmente me faz conseguir chorar. Não tem como desfazer.

Eu amei Aidan. E deixei ele fazer isso comigo. Porra. Qual é o meu problema?

— Hunter? — A voz do Kaivan é baixa e gentil.

— Vai embora.

— Conversa comigo.

— Você não tem passagem de som? — pergunto, fungando.

Uma pausa. Kaivan e Ashton murmuram um com o outro, mas não consigo entender nada.

— Te vejo depois.

— Não — respondo, com a voz embargada.

— Vai ficar tudo bem.

Ele dá um tapinha na porta, e os seus passos se afastam.

— Quer beber água? — pergunta Ashton.

— Não. Quero acordar e descobrir que isso tudo não passou de um pesadelo.

Pego um pedaço do papel higiênico fino e horrível que sempre tem nas arenas e o uso para assoar o nariz.

— Desculpa. Não sei onde ele estava com a cabeça. Sinto muito.

— Não é culpa sua. Você não fez nada.

Ashton suspira. A porta range quando ele se recosta nela.

Desisto de tentar vomitar e me sento apoiado na porta, massageando o joelho inchado.

— Não acredito que ele fez isso.
— Pois é.
Respiro fundo, tremendo.
Piranha.
Aidan foi a única pessoa com quem já transei. E, sim, eu gostava muito, principalmente depois que aprendi algumas coisas, tipo como ter certeza de que eu estava limpo. Mas era para ficar entre a gente. Particular. Parte da nossa vida que não compartilhávamos com os fãs.

A Gravadora bateu muito nessa tecla depois que Ethan admitiu ter uma vida sexual ativa durante uma entrevista. Fizeram um abaixo-assinado para que ele fosse expulso da banda. Queriam que todos acreditassem que éramos virgens. Puros. Os garotos que você leva para casa e apresenta para a família.

Eu sempre soube exatamente quem eu deveria ser: o gay de família. O melhor amigo gay. O cara que pinta as suas unhas. O cara que te ajuda a planejar um brunch.

Quer dizer, eu e Aidan já namorávamos havia dois anos; as pessoas deveriam imaginar, né? Talvez essa fosse a questão: imaginar, mas não ter certeza.

Fico enjoado de novo. Porque aquilo não era da conta de ninguém. Não era da conta dos nossos fãs e muito menos da internet.

Eu me abraço com mais força. O som abafado de Kaivan afinando a bateria ecoa pelo monitor do camarim.

Como vou me apresentar hoje? A plateia inteira vai saber.

O mundo inteiro já sabe.

Piranha.

A porta treme contra as minhas costas enquanto Ashton desliza do outro lado até se sentar no chão.

— Fala comigo, Hunt.

— Ele me perguntou sobre Kaivan, sabia?
— Quê?
Jogo a cabeça para trás, batendo na porta com um baque surdo.
— Aidan me mandou mensagem. Querendo saber se eu e Kaivan estávamos nos pegando. Isso foi quando ainda estávamos no Canadá e hoje, de novo. — Ashton fica calado. — Não estamos, aliás. Somos apenas amigos.
— Eu sei.
— E também nunca traí Aidan.
— Eu sei, Hunt. — Ele também bate a cabeça na porta. — Vai se esconder aí dentro para sempre?
— Estou pensando seriamente nisso.
Ashton fica quieto por um segundo. Então:
— O seu celular vibrou.
— Alguém importante?
A sombra de Ashton desaparece do vão da porta por um segundo.
— É Aidan.
— Ignora.
— Ele pediu desculpas.
Seguro uma risada.
— Disse que fez merda.
Quero quebrar alguma coisa. Arrancar a privada do chão. Sair do camarim, pegar a guitarra e quebrá-la contra as paredes, como uma verdadeira estrela do rock.
— Foda-se ele — grito pela porta. — Foda-se você também. Me deixa em paz.
Não sei por que estou tão puto com Ashton, mas estou.
Só quero ficar sozinho.
Finalmente, ouço os passos dele se afastando também.
Merda.

ASSUNTOS DO MOMENTO:
HUNTER DRAKE
#VAZAHUNTER
#PASSIVONA

@jayman01: Hunter traiu os fãs e precisa sair da banda antes que ele arraste todo mundo para o fundo do poço. #vazahunter

@i_luv_aidan: Tem que ter coragem para trair Aidan. Ele deveria pedir desculpas publicamente!!! #AidanEstamosComVocê

@haidanfan12: Gente a K&T nem EXISTIRIA se não fosse pelo Hunter. Por que vocês querem que ele saia da banda?! #SemHunterSemBanda

@macattacc: Minhas filhas não param de chorar. Que vergonha, Hunter. Ninguém precisa ler sobre esse tipo de coisa.

@magggs_rt: pq a gravadora vai continuar com ele depois disso? eles não têm uma cláusula moral nem nada? #vazahunter

@h34rtbr34kfever: blz mas vocês acham que Hunter Drake cospe ou engole?

@leviah59: arrasaaaa hunter o orgulho das passivas!!!

@_lady_gege_: Eu amo a Kiss & Tell desde o primeiro single, mas não vou passar pano para a atitude de @hunterdrake. Ele precisa sair da banda! #vazahunter

@hdidi04: Gente????? Hunter e Aidan têm só 17 anos! Adolescentes erram!

@heckyeah_hunter: Então ele está mesmo pegando Kaivan? Foi por isso que eles terminaram?

@hashtaghashton: Sinceramente, eu sempre shippei Hunter e Ashton mesmo.

@samalicious: @hunterdrake @aidannightingale blz já vimos as mensagens agora cadê os nudes???

9

SEATTLE, WA • 28 DE MARÇO DE 2022

Os azulejos do banheiro estão ficando gelados, então destranco a porta e me jogo no sofá. O celular vibra com mais notificações: marcações, menções, mensagens. Começo a ler, mas paro rapidinho, porque tudo me dá nojo. Quer dizer, algumas até são mensagens de apoio, dizendo que as pessoas deveriam deixar a minha vida pessoal em paz, mas muita gente está fazendo piada de mim, especulando se sou bom de cama, questionando se traí Aidan, ou, o mais nojento, torcendo para nudes vazarem.

(Eu e Aidan nunca trocamos nudes. Na aula de educação sexual do nono ano, tivemos que ouvir uma palestra terrível sobre o que acontece com pessoas, mesmo menores de idade, que enviam ou recebem nudes de outros menores de idade, e aquilo basicamente nos deixou apavorados para sempre.)

Estou com calafrios, mas as minhas axilas estão suadas. O meu rosto está ardendo.

Deleto todos os aplicativos de redes sociais e jogo o celular do outro lado do camarim.

O interfone faz um ruído e Shaz anuncia:

— Kiss & Tell, passagem de som em quinze minutos. Quinze minutos.

Não sei como vou conseguir sair daqui e me apresentar para pessoas que sabem tudo da minha vida sexual. Que acham que sou uma piranha passiva.

Quer dizer, eu sou passivo, e não tem nada de errado com isso, exceto o julgamento moral heteronormativo que o patriarcado impõe, mas ninguém precisa saber das minhas preferências.

A minha garganta se fecha ainda mais forte, tentando segurar o choro que quer sair. A minha voz vai ficar péssima.

Alguém bate na porta.

— Hunter? Sou eu, Janet. Você tem dez segundos para se vestir antes que eu entre.

— Eu estou vestido — murmuro.

Ela entra no camarim, tomando o lugar ao meu lado no sofá.

Desde que conheci Janet — no momento em que nos mandou um e-mail dizendo que queria ser a nossa empresária —, ela sempre nos tratou como adultos. Mesmo quando fazemos zoeira ou cometemos erros, Janet nunca nos tratou como crianças.

Mas agora? Agora ela está olhando para mim como se eu fosse um garotinho.

— Tá tudo bem, Hunter?

Balanço a cabeça em negativa.

— Imaginei. É foda, e nós vamos levar um tempinho para resolver tudo isso.

— Desculpa.

— Não se desculpe. Eu que sinto muito. Sei que você gosta de manter a sua vida pessoal privada. Você não merecia isso.

— Como que eu vou subir naquele palco hoje?

— Lembrando que há dezessete mil fãs que vieram aqui porque te amam. E que talvez nunca tenham uma oportunidade dessas de novo. Alguns deles, foi você quem convidou. Sei que está tudo um caos agora, mas você é profissional. E já demonstrou diversas vezes como é corajoso. Você consegue ser corajoso hoje?

Engulo em seco e assinto.

— Muito bem. Então veste uma roupa de gente grande e faz cara de mau.

Talvez Janet tenha sido treinadora de hóquei em alguma vida passada, porque o discurso dela funciona. Eu me sinto um pouquinho melhor, de verdade.

Ela dá um tapinha no meu joelho bom e se levanta.

— Tire uns minutos para se recompor. Eu aviso a Shaz que você vai para a passagem de som assim que estiver pronto. Tá bom?

Respiro fundo e solto o ar.

— Tá bom.

Assim que ela sai, volto para o banheiro e encaro o teto até ter certeza de que não vou chorar de novo, então olho para o reflexo. Estou todo inchado e vermelho.

— Segura essa barra, Hunter — digo a mim mesmo. — Você consegue.

O show acaba sendo bom. Não erro nenhum passo, canto as minhas partes. Sorrio para as câmeras e dou risada na hora certa. Os holofotes me cegam, e não consigo ver a plateia me encarando.

Mas o *meet & greet* é péssimo. Todo mundo me olha torto, age esquisito.

Um homem na casa dos quarenta anos me pergunta se prefiro de luz acesa ou luz apagada.

Uma garota de braços cruzados, acompanhada pela mãe de braços igualmente cruzados, me pergunta se eu traí mesmo Ashton. Diz que eu era o seu favorito da banda, mas que agora não sou mais.

Um rapaz de vinte e poucos anos me apresenta a loja virtual dele, que vende aquelas duchas de chuca, caso eu ainda esteja com "dificuldades para deixar limpinho".

Uma mulher passa os dedos pelo meu cabelo enquanto estou autografando o pôster dela e solta um gritinho que deixa o meu maxilar travado.

Quero arrancar a minha pele e jogar no lixo.

Em dado momento, Nazeer aparece e começa a anunciar que só terei tempo para dar autógrafos, nada de fotos ou conversas. Quando os jovens do abrigo chegam, peço a ele para relaxar um pouco só para que eu possa dar um oi, mas não saio de trás da mesa. Se alguém me abraçar, vou começar a chorar de novo.

Quando a coisa toda finalmente acaba, volto para o camarim, lavo o rosto e guardo a guitarra. Passo a alça da mochila pelo ombro e, ao me virar, encontro Kaivan na porta. Ele está me esperando com o sorriso mais gentil e os olhos mais doces, e eu sou obrigado a desviar o olhar.

— Oi — diz ele.

— Oi — respondo para o chão.

— Você tá bem? — Dou de ombros. — Imaginei. Olha...

— Eu já sei.

Já estava esperando. Ele não pode mais andar comigo, não depois de todas as notícias. Vou arrastar a reputação dele para a lama.

Sou uma piranha.

Kaivan franze as sobrancelhas.

— Já sabe o quê?

— Você não veio aqui me dizer que não podemos mais ser amigos?

— Quê? Não. Isso nem faz sentido. Quem faria uma coisa dessas?

— Ah.

O meu rosto fica todo corado, do queixo até a testa.

— Eu só... Imagino que você não esteja a fim de trocar mensagens ou DMs no momento, mas pensei em te passar o meu número, caso você queira conversar. Tipo, me ligar e tal.

— Ah. Tudo bem. — Pego o celular, mas está sem bateria.

— Merda.

— Relaxa. — Kaivan me entrega o celular dele. Eu salvo o meu contato e devolvo. — Te mando mensagem e você anota o meu número depois.

— Valeu.

Ele olha para mim de novo, e os olhos estão, de alguma forma, ainda mais doces do que antes. De um castanho bem quente, com sobrancelhas escuras e perfeitamente arqueadas. Ele curva a boca em um pequeno sorriso. A minha pele está vibrando, em um ritmo suave e constante.

— Bom. Te vejo em Portland?

— Tá.

Ele aperta o meu braço rapidinho, se aproxima e me dá um beijo na bochecha.

— Se quiser, me liga.

— Obrigado.

Logo que entramos no ônibus, tiro as roupas do show e visto outro par de leggings (com estampa de raios), mas aí tenho uma sensação muito esquisita, porque Ethan tinha razão. Dá para ver a minha mala marcando a calça. E a minha bunda. Tiro a legging e visto a bermuda mais larga que tenho. Assim que coloco o celular para carregar, recebo uma mensagem de um número desconhecido de Ohio.

Oi, Kaivan aqui

Oi

Não sei mais o que dizer. Há uma chamada perdida da minha mãe também. Ela deixou uma mensagem de voz.

— Oi, Hunter, é a mamãe. — A voz dela está animada demais, o que significa que certamente já ficou sabendo. — Só queria saber como você está. Hoje mais cedo Jill me contou o que Aidan fez. — Uma pausa. — Eu sinto muito. Foi um horror. Você provavelmente também está se sentindo péssimo agora. Mas só quero que você saiba que, independentemente do que vocês dois fizeram, foi particular, e você tinha todo o direito de acreditar que ele manteria a sua privacidade. Ao postar aquilo tudo, ele traiu a sua confiança. Isso não é culpa sua. Você não fez nada de errado.

Sinto um aperto no peito.

Fui eu que quis transar primeiro.

Eu que comecei isso tudo.

— Enfim, te amo e estou com saudade. Me liga quando der. Beijo, tchau.

Os meu olhos começam a arder de novo. Os meninos estão lá na área comum, então vou ao estúdio para me esconder.

As paredes são forradas com espuma acústica, o teto também, e há um par de colchonetes alinhados contra a parede dos fundos que usamos para improvisar uma pequena cabine de gravação. No canto mais próximo à porta, há uma mesa com um computador e dois monitores presos à parede.

Mesmo com toda a parafernália de isolamento acústico, escuto o ruído dos pneus na estrada. Não gravamos nada em movimento, só brincamos mesmo. Tenho outra guitarra aqui, verde-água com braço de jacarandá. Parece mais calma do que a Strat preta, mais aconchegante. Toco algumas sequências de acordes que estão martelando na minha cabeça nos últimos dias.

Antigamente, eu tocava por diversão. Agora, toda vez que me sento para tocar e não avanço no álbum novo, fico me perguntando qual é o sentido disso tudo.

A porta se abre e eu pressiono as cordas com a palma da mão para interromper o som. Owen entra, de calça de pijama preta, como sempre, e uma camiseta antiga dos *Transformers*.

— Não para. O som tava bom.

— Sei não, hein.

— É sério. — Ele se senta diante do teclado. Nós dois balançamos quando o ônibus faz uma curva. — Anda, vamos tocar um pouco.

A gente vivia fazendo isso. Ficar de bobeira tocando o que desse na telha, gravando tudo caso saísse alguma coisa legal. Era divertido.

Olho para a guitarra mas não consigo arrancar nada dela, nem uma nota sequer. Tudo dentro de mim foi arrancado e esmagado, como um rinque de patinação liso e gelado.

Então Owen começa a tocar uma progressão simples em ré menor, meio melancólica. Ele me encara e assente, e, embora eu ache que não dá, os meus dedos se mexem sozinhos e eu começo a tocar junto.

No fundo, até que é divertido.

De: Bill Holt (b.holt@agravadora.com)
Para: Janet Lundgren (janet@kissandtellmusic.com)
Assunto: Próximos passos
28/03/22 23h07

Bom, hoje foi uma merda atrás da outra. Bom trabalho protegendo os meninos.

Ainda estou tentando descobrir no que isso tudo vai dar. H está perdendo muitos seguidores, não sei quando a poeira vai baixar. Algumas das ONGs que fizeram parceria com H já expressaram preocupação com a imagem pública. Dobrar o valor das doações é interessante para as relações corporativas, e gostaríamos de continuar, se pensarmos em algo. Vou dando atualizações conforme for recebendo novidades.

A equipe de publicidade acha que um pronunciamento cairia bem. Mais infos em anexo. Precisamos que ele poste amanhã de manhã, se possível.

O marketing acha que precisamos agir rápido em um rebrand. Figurino novo, estilo diferente. Uma vibe meio Troye Sivan, estampas florais etc. Vamos mudar o elenco do clipe também; lista atualizada em anexo. Alguma novidade do terceiro álbum? Precisamos planilhar os prazos assim que possível. Tenho um produtor em mente, se eles precisarem de ajuda.

Até breve,
BH

De: Janet Lundgren (janet@kissandtellmusic.com)
Para: Bill Holt (b.holt@agravadora.com)
Assunto: Re: Próximos passos
28/03/22 23h35

Obrigada, Bill. Dando o nosso melhor aqui.

Vou botar Hunter para escrever um pronunciamento amanhã. Qualquer coisa, me avisa.

Owen está trabalhando nas demos do álbum novo. Algumas são muito boas. Nada de Hunter até o momento, o que não me surpreende, levando em conta tudo o que ele vem enfrentando ultimamente. Mais cedo ou mais tarde ele vai conseguir, mas já pode me mandar o contato do produtor de uma vez.

Abraço,
Janet
Enviado do meu iPhone

De: Bill Holt (b.holt@agravadora.com)
Para: Janet Lundgren (janet@kissandtellmusic.com)
Assunto: Re: Re: Próximos passos
29/03/22 01h08

Segue o contato de Gregg em anexo.

Ideia maluca: e se H começar a namorar Kaivan da PAR-K? Os dois são gays, já foram vistos juntos, seriam um bom casal e uma história interessante para a imprensa. Conversa com H; vou pedir para Ryan falar com Kaivan.

— BH

KISS & TELL: O DOCUMENTÁRIO

Transcrição de imagem
012/01:08:57;00

CHRIS (fora de cena): Essa gravação tá agendada, não tá?

BRETT (fora de cena): Bom, tá aqui na minha planilha.

CHRIS (fora de cena): E se a gente acordasse ele?

BRETT (fora de cena): Você é o diretor, cara, não sou pago pra isso.

ETHAN: Não se preocupem. Tenho um método infalível. Hunter. Hunter!

HUNTER: Humm? Mmm.

ETHAN: HUNTER!

HUNTER: (grito)

ETHAN: ALERTA PAU DURO! (risadas) Foi mal, cara!

HUNTER: Ethan!

ETHAN: Esse filme precisa ser classificação livre.

CHRIS (fora de cena): Corta!

10

PORTLAND, OR • 29 DE MARÇO DE 2022

Vou matar Ethan.

Quer dizer, não é culpa dele que eu tenha dormido e perdido a hora para a gravação do documentário, mas, na minha defesa, ontem à noite foi uma merda.

Depois de resolver as coisas com Chris, o diretor — vamos regravar amanhã —, escovo os dentes e vou para a área comum. Janet está me esperando.

— Bom dia — diz ela.

— Bom dia. — Pego uma barrinha de proteína no armário. — Cadê o pessoal?

— Nazeer os levou para comprar donuts.

Suspeito. Principalmente porque não fui convidado.

— Agora é a parte em que a gente conversa sobre a redução de danos?

Janet assente.

— Um pronunciamento seria um bom começo. A Gravadora mandou algumas sugestões. — Ela me entrega um pedaço de papel dobrado. — Quanto antes, melhor.

Imaginei que essa hora iria chegar: O Pedido de Desculpas no Aplicativo de Notas.

— Entendi.

— E você tem horário marcado com o figurinista hoje à tarde.

— Pra quê?

— A Gravadora acha que uma repaginada cairia bem.

— Como assim, repaginada?

— Eles acham que, como isso tudo deu uma mudada na sua imagem pública, seria melhor abraçar um visual mais... Feminino?

— Eles querem que eu me vista de passivo? É isso?

— Não precisa, se não quiser. São apenas sugestões.

Até parece. O que mais eu poderia fazer?

— Tá.

— A última coisa, eu não sou a favor, mas a decisão é sua.

— Janet fecha a boca com força. — Bill acha que seria uma boa ideia você e Kaivan fingirem um namoro por um tempo.

— Oi?

Chego a ficar tonto. Isso só pode ser brincadeira.

— Posso brigar com eles se você quiser. Você sabe disso.

— Eu sei.

Fecho os olhos e apoio a cabeça na janela. Está chovendo; gotas lentas e pesadas batem no teto do ônibus.

Não sei o que fazer.

Mas essa banda foi ideia minha. A gente não estaria aqui se eu não tivesse convencido os meus amigos a gravar aquele primeiro vídeo. Não posso decepcioná-los. Preciso dar um jeito na situação.

Então digo:

— Vou pensar.

— Tudo bem. Estou do seu lado de qualquer jeito.
— Obrigado.

Janet dá um tapinha no meu joelho e se levanta.

— Aliás — digo, antes que ela vá embora.
— Fala.
— Ainda dá tempo de pedir para Nazeer trazer um donut pra mim?

PEDIDO DE DESCULPAS NO APLICATIVO DE NOTAS

Oi, gente. A essa altura vocês já devem saber de algumas mensagens pessoais minhas que vazaram ontem. Sempre tentei manter certas partes da minha vida mais discretas, não por vergonha, mas porque são coisas particulares que dizem respeito apenas a mim e às pessoas que amo. Peço desculpas a qualquer pessoa que ofendi, decepcionei ou magoei.

Eu e o meu ex tivemos um relacionamento fiel e monogâmico por muito tempo, e tudo o que fizemos foi seguro, consensual e, até o momento, particular.

Vou ficar quietinho por aqui durante um tempo enquanto coloco a cabeça no lugar. Mas espero que vocês continuem apoiando a banda e a turnê. Estamos muito empolgados para compartilhar as nossas músicas com todos vocês.

Com amor,
H.

11

PORTLAND, OR • 29 DE MARÇO DE 2022

Os donuts são ridículos. Ashton pegou para mim um com sabor de refrigerante de laranja, confeitado com aqueles pozinhos que explodem na boca; uma mistura esquisita de nojento e maravilhoso, presente nas melhores sobremesas. Eu como no camarim enquanto publico o Pedido de Desculpas no Aplicativo de Notas. Tive que baixar todos os meus aplicativos de redes sociais de novo para publicar, e cometi o erro de dar uma olhada nas notificações.

O desastre continua. Além do mais, a leva diária de fotos de pau parece estar maior do que o comum. A quantidade, quero dizer, não os paus.

Deleto tudo de novo e pego a guitarra. Eu e Owen conseguimos uma boa progressão de acordes ontem à noite, mas não estávamos gravando, e, por mais que eu tente, não consigo lembrar. Deu branco.

Talvez a gente precise mesmo de ajuda com o álbum. Odeio perder o controle criativo, mas precisamos lançar logo. A maioria das boy bands só tem uns cinco anos de vida antes de se separarem ou implodirem, e nós já passamos do segundo.

Passo as mãos pelo cabelo, massageando o couro cabeludo. Não sei o que fazer.

Acabo só jogando no celular, um daqueles joguinhos em que você recebe um monte de letras embaralhadas e precisa formar o máximo de palavras que conseguir. Só falta uma de quatro letras quando a minha mãe liga.

— Alô?

— Oi, Hunter.

Mesmo com o tom cansado, a voz dela é o meu som favorito.

— Oi, mãe. Desculpa. Eu deveria ter te ligado.

— Tudo bem. Como você está?

— Estou bem. E você? Como vai Haley?

— Você conhece a sua irmã. Sempre estressada por causa de algum trabalho que precisa entregar.

A minha irmã é meio perfeccionista, embora nunca admita ser, e fique superofendida quando alguém comenta isso com ela.

— E está tudo bem comigo também. Tive um turno dobrado ontem, mas hoje estou de folga.

— Que bom.

— Como você está de verdade, Hunter?

— Não sei. — Escondo o rosto com o cotovelo, apesar de não ter ninguém aqui me vendo. — Furioso. Magoado.

— Você está se cuidando? Bebendo água? Comendo direitinho?

— Tô.

— Que bom. — A minha mãe fica quieta por um segundo antes de dizer: — Eu já imaginava que você e Aidan estavam tendo relações sexuais. Vocês se protegeram, né?

Sinto o sangue subir pelo peito até o pescoço.

— Meu Deus, mãe. Sim.

— Que bom. Só me importo com isso: que tudo seja seguro e consentido. Tá bom?

— Tá bom.

— Só mais uma coisa. Falei com Anthony hoje de manhã.

O sangue sobe até o rosto.

— Ele pediu para te avisar que Aidan está arrependido.

— Agora não adianta de muita coisa.

— Eu sei, meu bem.

Suspiro. A pele continua quente demais, só que agora o calor se moveu para o canto dos olhos.

Estou tão cansado de chorar.

— Hunter?

— Hã? — Sinto um nó na garganta.

— Vai ficar tudo bem. Talvez demore um pouco. Mas uma hora vai. Outras notícias vão aparecer. Um dos seus amigos logo vai passar vergonha. Ethan não está de namorada nova?

— Não. Quer dizer, ele estava namorando Kelly K, mas terminou uns meses atrás.

Kelly K é outra artista da Gravadora, uma garota afro-latina de Nova York que começou a carreira se apresentando na Broadway. Ela e Ethan namoraram por, tipo, uns três meses antes de terminarem.

— E, além do mais — continuo —, é diferente para os outros garotos. Nenhum deles é gay. Nenhum deles é tratado do mesmo jeito que eu. Para garotos héteros, fazer sexo não é algo vergonhoso; diferente de mim, que sou...

Não tenho coragem de dizer para a minha mãe que sou passivo. Sei que não tem nada a ver. Tipo, se ela leu todas as matérias, já deve saber a essa altura.

Mas ainda assim.

— Hunter?

— Oi?

— Sei que as coisas estão difíceis agora. Mas você é corajoso, inteligente e gentil. Tudo vai se resolver.

— Obrigado, mãe — digo. — Te amo. Saudade.

— Te amo, e também estou com saudade. Até mais.

Depois da aula particular mais constrangedora da vida, com Jill e Ashton alternando entre me encarar e me evitar, finalmente vou experimentar os novos figurinos. Poderia ser bem pior. Algumas das camisas floridas são bem bonitas. Mas há uma arara inteira de moletons e jaquetas cor-de-rosa me esperando, e eu fico horroroso de rosa.

— Desculpa — diz Julian, nosso figurinista. Ele é um homem negro e gay com as covinhas mais poderosas que já vi e cabelo curto, raspado na régua. — Sei que você odeia rosa, mas quem sabe só uma foto já não vai fazê-los parar de sugerir essas coisas.

— Justo.

Faço pose vestindo algumas das peças cor-de-rosa; Julian ri enquanto me fotografa e diz:

— Isso aí, parecendo chiclete de tutti-frutti.

Ele até me faz experimentar uns shortinhos em tons pastel que batem no meio da coxa. Não me importo de mostrar as pernas, mesmo com as cicatrizes no joelho, mas minha nossa...

— Talvez dê para usar quando formos para a Europa — digo.

— Mas vocês ainda não anunciaram a turnê de lá, né?

Balanço a cabeça em negativa.

— Teremos uma coletiva de imprensa em Nova York.

— Bom, vamos deixar os shorts na pilha do "talvez", então.

Depois de algumas horas, finalmente escolhemos algumas combinações que podem funcionar.

— Obrigado, Julian — digo.

— Não tem de quê. Que barra, hein?

— Pois é.

— Bom, quem nunca, né?

— Você já teve um ex vingativo que postou prints das suas conversas na internet?

Julian ri.

— Nunca, mas já tive mais de um ex vingativo. O segredo é não deixar eles te derrubarem.

— Não vou deixar. Obrigado.

Na volta para o camarim, recebo uma mensagem de Kaivan.

Cadê você?
Tá tudo bem?

Indo para o camarim
Estou bem

Ele está esperando por mim na porta, e eu tento não sorrir.

— E esse visual novo?

Estou vestindo uma camisa de botão branca com flores azuis (Julian chamou as flores de "gencianas", mas eu nunca fui um Gay das Plantas), calça jeans cinza e um par de All Stars amarelos, que no fundo eu até gosto.

— Pois é. A Gravadora que pediu. Acho que o visual antigo não era "passivo chique" o suficiente.

Kaivan fica perplexo.

— Sério? Eles disseram isso?

— Não com essas palavras.

Kaivan entra atrás de mim e se joga no sofá. Parece uma boneca de pano, o corpo todo mole. Muito confortável. Já eu, estou de camisa de força. Uma camisa de força fashion, mas ainda assim. Eu me acomodo ao lado dele.

— Bom, se for a pior consequência disso tudo, nada mal, né?

Solto uma risada nervosa.

— Ah, mas tem mais.

— Tipo o quê?

— Tive que postar um Pedido de Desculpas no Aplicativo de Notas.

Kaivan ri.

— Eu vi.

— Por que você está tão de boa com tudo isso, aliás?

Kaivan deveria estar tentando se afastar o máximo possível de mim.

— Você e Aidan transarem não é nenhuma surpresa. E eu também não sou virgem, sabe?

— Sério?

— Aham. Foi com a minha última namorada. Acho que eu ainda estava tentando me convencer de que eu era hétero.

— Sinto muito.

— De boa. Ainda somos amigos. E foi bom. Só não era o que eu queria.

— Que bom. Quer dizer, que bom que foi bom, e que vocês são amigos agora.

— Pois é.

De alguma forma, ele chegou mais perto de mim, ou eu cheguei mais perto dele. De repente, fica impossível não perceber o corpo dele junto ao meu. Kaivan está de regata, como sempre, mostrando aqueles ombros incríveis e, mesmo através da camisa, sinto o calor da pele dele. Dá arrepios. Eu me afasto um pouco.

Ele franze as sobrancelhas.

— Que foi?

— Tem mais uma coisa que a Gravadora sugeriu.

— Ah, é?

Olho para o teto, porque não consigo olhar para Kaivan.

— Eles querem que eu... meu Deus, é tão idiota dizer isso. — Respiro fundo. — Eles querem que eu finja ser o seu namorado. Querem que a gente finja um namoro. Tipo... Um namoro de fachada. — Kaivan fica em silêncio, e não consigo me conter: — Eles acham que pode distrair o público de toda a parada com Aidan, e as pessoas já estavam especulando mesmo, porque saímos juntos, e eu sei que somos só amigos, mas você sabe como a internet funciona. Mas Janet vai conversar com eles para esquecerem essa ideia, já que, obviamente, não é justo com você, desculpa por ter comentado, e...

— O namoro precisa ser de fachada?

Perco a voz. Nunca perdi a voz antes.

Kaivan fica corado.

— Quê? — finalmente consigo perguntar, com voz de pato.

— Tipo... Precisa ser de fachada?

— Não entendi.

Kaivan ri.

— Eu gosto de você. E tenho a sensação de que você gosta de mim também, né?

— Gosto.

— Mesmo?

— Mesmo. — Mordo o lábio para conter o sorriso. — Mas é tão esquisito, com a Gravadora pedindo e tal.

— Só porque eles querem isso por um motivo merda, não significa que a ideia é ruim.

— Você quer mesmo fazer isso?

— Quero. Se você quiser.

É isso. Eu quero. Quero segurar a mão dele. Quero sair para comer mais poutine e sanduíches gigantes, e dormir de conchinha depois.

Quero beijar Kaivan.

— Eu quero — admito. — Mas temos que conversar. Tá bom? Tipo, se alguma coisa estiver te chateando, você precisa me contar. Eu e Aidan nunca fomos bons nessa parte.

— Tá bom. Claro. E você também precisa me contar, combinado?

— Combinado.

Relaxo contra o corpo dele e solto uma risadinha.

— Que foi?

— Isso parece coisa de fanfic.

— Se isso fosse uma fanfic, a gente já estaria se pegando.

— Bom... — Engulo em seco. — A gente pode.

Kaivan olha para mim e depois desvia o olhar. O sorriso dele se desfaz, mas só um pouquinho.

— Sabe, eu nunca beijei outro garoto.

— Nunca?

— Nunca.

Considerando a perfeição da boca de Kaivan, isso é basicamente um crime contra a humanidade. Ele lambe os lábios enquanto eu o olho.

— Bom. — O meu coração acelera. — E você gostaria de tentar?

— Pelo amor de Deus, sim.

Toco a bochecha dele e o puxo para perto, inclinando o nariz para a direita. Porém, ele também inclina o nariz para a mesma direção e a gente acaba colidindo. Dou uma risadinha, viro para o outro lado e levo a boca à dele.

Os lábios de Kaivan são quentes, macios e delicados, como se ele tivesse aplicado protetor labial há tempo suficiente para o produto gastar um pouco e a boca não estar mais pegajosa. Ele apoia a mão no meu joelho, e com a outra toca no meu cabelo.

Chupo um pouquinho o lábio inferior dele, e deixo a língua explorar.

Isso faz com que ele solte uma risadinha de nervoso, e eu interrompo o beijo. A minha pele está elétrica.

— O que achou?

— Incrível — diz ele.

Estou prestes a perguntar se ele quer continuar, mas os olhos dele estão marejados.

— Ei — digo.

— Desculpa. — Ele funga. — É só que... Quando eu era mais novo eu achava que nunca faria isso na minha vida.

— Tudo bem. Eu sei o que você tá sentindo.

— Sabe como? Você é assumido desde sempre.

Reviro os olhos e apoio a testa contra a dele por um segundo. Ele está praticamente vibrando, e eu não sei se é de nervoso ou de empolgação.

Seguro as mãos dele.

— Eu morri de medo de me assumir para o time. Passei anos basicamente fechando os olhos no vestiário. Não queria que ninguém achasse que eu estava olhando. Não queria que usassem qualquer palavra homofóbica para me ofender.

Para ser sincero, alguns garotos me xingaram assim que eu me assumi, mas eles foram expulsos do time rapidinho por causa da política de inclusão. E também porque eram péssimos e eu era bom, e o treinador não precisou pensar duas vezes em quem ele gostaria de manter na equipe.

— Entendi — diz ele. — A minha família foi super de boa. No colégio também, com a maioria das pessoas. Eu já sabia quem eram os babacas.

— Ah, é?

— Aham. Ohio não é exatamente o melhor lugar do mundo para ser descendente de iranianos.

— Sério? Pensei que fosse um estado bem diverso.

Posso jurar que Kaivan franze as sobrancelhas por um segundo. Mas talvez seja coisa da minha imaginação.

— Quer dizer, algumas partes são, mas a gente veio do subúrbio, que ainda tem um pezinho ali no sul. Tipo, algumas partes de Ohio são basicamente Kentucky.

— Ah. Sinto muito.

Ele dá de ombros, e depois ri.

— Foi mal, olha aonde a conversa foi parar.

— Tudo bem.

Eu me arrasto para mais perto e o abraço. Ele é forte e quente. Kaivan lambe os lábios de novo.

— Ei — diz ele.

— Que foi?

— Não sei se aproveitei a experiência completa. Do beijo e tal.

— Ah, é mesmo?

— É. Será que podemos fazer de novo?

Dou uma risada e beijo Kaivan mais uma vez.

CANTA PRA MIM, por HUNTERDEOLHOSVERDES

Acervo de fanfictions
Classificação: Explícita
Categoria: M/M
Fandom: Kiss & Tell (Banda)
Relacionamentos: Hunter Drake/Aidan Nightingale
Tags Adicionais: ativo!Hunter, passivo!Aidan, dor/conforto, não entendo nada de hóquei mas blz, eles se gostam mas não sabem, muito drama, primeira vez
Tamanho: 18.000 palavras (incompleto)
Capítulos: 5 de ??

Sinopse: Depois que Aidan sofre um acidente feio no campeonato de hóquei, Hunter interrompe a turnê para ir para casa cuidar do namorado. Quando a música não basta para animar Aidan, Hunter tenta meios ~mais diretos~.

Notas: Gostaria de agradecer a todo mundo pelos comentários, fico muito feliz! Vou atualizar essa fic de quinze em quinze dias, sempre às segundas-feiras.

Aliás, para todos vocês que perguntaram nos comentários: sim, eu li tudo o que aconteceu no Twitter, mas não vou reescrever. Ainda acho que faz mais sentido Hunter ser ativo, então parece que a minha fic vai ser UA a partir de agora ;)

ALERTA: NOVO CASAL! EQUIPE DE HUNTER DRAKE CONFIRMA NOVO ROMANCE

OBF (O Babado Forte)
30 de março de 2022

OBF confirma: Hunter Drake, cantor da Kiss & Tell, está namorando o baterista iraniano-americano Kaivan Parvani, da banda PAR-K, ato de abertura da Kiss & Tell.

A equipe da Kiss & Tell anunciou o casal na manhã de hoje e sugeriu que o romance se desenvolveu recentemente, conforme Hunter e Kaivan foram se conhecendo melhor durante a turnê.

Nos últimos dias, Hunter virou manchete quando mensagens de texto com o ex-namorado Aidan Nightingale foram publicadas no Twitter. Logo depois, o cantor pediu desculpas, embora o estrago já estivesse feito: várias marcas parceiras decidiram se distanciar de Hunter, assim como diversas ONGs LGBTQ+.

Kaivan se assumiu gay em uma série de postagens nas redes sociais em dezembro do ano passado, nas quais enfatizou que quer ser visto primeiro como músico e que "ser gay é apenas parte" de quem ele é.

A partir de amanhã, Kiss & Tell (com abertura da PAR-K) irá apresentar três shows esgotados no famoso Hollywood Bowl, em Los Angeles.

Aidan Nightingale deleta todas as redes sociais
Callum Wethers nega boatos de possível romance

LISTA DE ELENCO PARA GRAVAÇÃO DE VIDEOCLIPE ATUALIZADA 30/3/22

Kiss & Tell — *Come Say Hello* — "Find Me Waiting" (3:57)
Direção: Tessa Wooten
Direção de elenco: Natalie Carlisle

Conceito: Os rapazes da Kiss & Tell são policiais canadenses que se recusam a ir para uma festa. Quando param um carro cheio de adolescentes a caminho de um acampamento, rola um clima e eles abandonam suas obrigações para se juntarem ao acampamento.

Elenco:
Garoto dirigindo o carro: Bonito rústico, estilo camisa de flanela e calça jeans com um pouquinho de barba. Par romântico de Hunter.

Garota 1, ~~dirigindo o carro~~ no banco da frente: Loira meiga. Par romântico de Ashton.

~~Garoto no banco da frente: Jovem esguio, meio tímido (étnico OK). Par romântico de Hunter.~~

Garota 2: Festeira e fofa (étnica OK). Par romântico de Ethan.

Garota 3: Baixinha, biotipo atlético (étnica OK). Par romântico de Ian.

Garota 4: Quieta, estudiosa. Usa óculos (étnica OK). Par romântico de Owen.

12

LOS ANGELES, CA • 30 DE MARÇO DE 2022

Geralmente eu gosto dos dias mais parados: dias sem show, quando podemos dormir até mais tarde (em um hotel, com sorte) e relaxar. Antigamente, dávamos uma de turista — passeávamos, explorávamos, fazíamos compras —, mas tudo está muito mais coordenado agora, com escolta e planos de fuga. Não somos mais invisíveis.

Eu e Kaivan vamos à praia no fim da tarde, já que a Gravadora achou que seria uma boa oportunidade de "aparecermos em público", e Nazeer está coordenando as coisas com uma empresa local de segurança. Queria poder só pegar um táxi e ir, como um garoto normal, mas acho que isso já é melhor do que nada.

Porém, primeiro preciso sobreviver à gravação do clipe.

O problema não é a música. Eu gosto muito de "Find Me Waiting", mais uma que eu escrevi com Owen. Tem uma progressão de acordes em um estilo de jazz meio melancólico, até triplicar o ritmo para mostrar como Ian canta rápido.

O problema também não é a equipe; a maioria é bem legal, embora eles sejam bem mais sérios do que o pessoal de Vancouver.

Não, o problema é o conceito do clipe: policiais sedutores. Estamos vestindo a jaqueta vermelha típica da Real Polícia Montada do Canadá, que se alonga pela lateral do corpo e para bem em cima da bunda, e mais uma vez agradeço por não ter a bunda reta, porque pelo menos a calça de equitação preta me cai bem. As jaquetas estão desabotoadas, algumas mais, outras menos. A figurinista até abriu a de Ashton para mostrar a tatuagem dele: um galho retorcido de cerejeira na altura do coração, com algumas pétalas caindo pela costela. É uma tatuagem linda. E Ashton tem um peitoral que faz jus a ela. (Nunca consegui um peitoral assim, independentemente de quantas flexões eu faça.) Aidan também tinha um ótimo peitoral.

Ele deu uma sumida, o que é bom, acho, já que não vai causar mais estragos se continuar de boca fechada. A minha raiva está se transformando em algo diferente, uma nota aguda de traição que está sempre murmurando no peito; mas há um fundinho de tristeza também, porque, se eu tivesse feito as coisas de um jeito diferente, talvez Aidan não estivesse tão convencido de que eu o traí, não sentisse que o mundo inteiro estava contra ele, não fizesse o que fez.

Sei lá.

— Mais uma vez, do começo.

A diretora, Tessa, está encolhida na cadeira de direção, com o capuz do moletom preto cobrindo o cabelo castanho-avermelhado, olhando o monitor e bebendo uma garrafa d'água maior do que a própria cabeça.

Respiro fundo e volto para a minha posição. Nesta parte, estou contracenando com Garrett, que com certeza tem pelo menos uns 25 anos. Sua "barba por fazer" está mais para uma "barba que nunca foi feita", e ele é ainda mais branco do que eu (e olha que a minha família é escocesa dos dois lados). Para piorar, ele tem 1,93 metro, fato que já mencionou duas vezes hoje.

— Hunter, consegue entrar no carro com mais delicadeza?

Nessa parte, tenho que pular na carroceria da caminhonete que interditamos, jogar o chapéu para o alto e anunciar que estamos indo para a festa em vez de aplicar uma multa. Não faz o menor sentido, mas e daí?

— Vou tentar — digo, mas a calça de equitação dificulta um pouco as coisas.

— Eu posso dar uma mãozinha para ele — oferece Garrett. — Tenho um e noventa e três.

Três vezes.

Balanço a cabeça em negativa.

— Não precisa.

A assistente de direção anuncia os retoques finais e a minha equipe de figurino vem correndo. Abotoam a jaqueta, arrumam o meu cabelo, limpam uma mancha nos óculos escuros e saem antes mesmo que eu possa agradecer. Ocupo a minha posição, apoiando o quadril na carroceria da caminhonete, segurando um bloquinho e uma caneta, ameaçando Garrett com uma multa por excesso de velocidade.

— Posso te dar um empurrãozinho depois — murmura Garrett, com um sorrisinho que ele deve achar sexy, mas parece desesperado.

É tão nojento e ridículo, que eu congelo quando a música começa e Tessa grita "ação".

Eu deveria jogar o bloquinho longe e subir no carro, mas só estou encarando Garrett. Quem diz uma coisa dessas?

Ele segura o meu quadril e me levanta para dentro do carro, mas eu o empurro.
— Não encosta em mim, cara. Eu já disse que não precisa.
— CORTA! — grita Tessa. Um segundo depois, a música para.
— Hunter? Algum problema?
Garrett ainda está em cima de mim. Eu o empurro de novo e saio do carro.
— De boa. Vamos de novo.
Janet está ao lado de Tessa, e se inclina para sussurrar algo. Tessa assente e diz:
— Que tal uma pausa de dez minutinhos?
— Beleza. Tá bom. Claro.
Corro para o camarim antes que qualquer um possa me impedir.

Eu me escondo no trailer que divido com Ashton, segurando uma caneca de chá de mel, gengibre e limão com tanta força que vai quebrar a qualquer momento. As minhas mãos estão tremendo, e eu nunca tive mãos trêmulas. Nem sequer bebo cafeína.

Alguém bate na porta. O trailer inteiro balança um pouquinho.
— Oi?
A porta se abre e eu cerro os olhos contra o sol da Califórnia. Ian coloca a cabeça para dentro.
— Oi. Tá tudo bem?
Dou de ombros. Ele entra, tira a mochila de Ashton do sofá e se senta. Ele já tirou a jaqueta vermelha, mas ainda está usando o chapéu de guarda, e o empurra de leve para trás com as juntas dos dedos.
Dou uma risadinha.
— Chapéu maneiro.
Ele ri.

— Melhor do que o sombreiro, de qualquer forma.

— Nossa, cara. Eu tinha bloqueado essa lembrança da minha mente.

— Tá de brincadeira? Acho que Owen tem estresse pós-traumático até hoje.

Um dos nossos primeiros clipes com a Gravadora foi para "Young and Free", e o tema eram viagens, mas o figurino tinha umas merdas racistas. Ian teve que usar "parafernálias brasileiras", incluindo um sombreiro, que nem brasileiro é. Owen teve que fazer um número completo de Bollywood. Ethan tinha certeza de que o figurino dele era tailandês, e não vietnamita.

Me vestiram com um kilt arco-íris, o que não fazia o menor sentido, mas acho que eles tinham medo de as pessoas esquecerem que eu sou gay se não me pintassem de arco-íris dos pés à cabeça.

Enquanto isso, Ashton só vestiu uma camiseta do Canucks.

Foi terrível, e Janet os fez apagar tudo e inventar um conceito novo. Pior: gravamos em um fundo verde, então nem chegamos a viajar.

Ian me analisa.

— O que rolou lá na gravação?

— Nada.

— Não foi o que pareceu.

Balanço a cabeça e encaro o chá.

— Aquele cara lá está sendo superbizarro. Sei lá. Só estou meio sensível.

— Você falou com alguém?

— Não. Quer dizer, não foi isso que me deixou chateado. Quer dizer, isso me chateou também, mas... Enfim. É difícil explicar.

Ian não diz nada, só continua me olhando.

Como eu explico para um garoto hétero como é ruim quando as pessoas tentam nos encaixar à força em uma certa definição do que é ser gay? Quem seria um parceiro "crível" quando se é passivo? É a mesma situação das camisas floridas, tudo de novo.

— Sei lá — digo. — Talvez eu só esteja cansado.

Ian suspira e se espreguiça. As pernas compridas dele esbarram na mesinha de centro e os braços batem na persiana que cobre a janela atrás da gente. A camisa dele sobe, revelando uma fresta da pele marrom-clara que evito olhar.

— Talvez você esteja se sentindo forçado a interpretar um papel que não é seu.

Às vezes Ian faz essa coisa de dizer o que pensa e, no fim das contas, aquilo ser surpreendentemente verdade. O meu rosto começa a arder.

— Talvez.

— Você deveria falar com Janet.

— Deixa pra lá, é só um clipe. Além do mais, já causei problemas demais.

— Tecnicamente, foi Aidan quem causou.

— Você entendeu o que eu quis dizer.

Alguém bate à porta do trailer. Uma assistente de produção diz:

— Sr. Drake? Cinco minutos.

— Valeu — respondemos para a porta.

Eu me levanto e alongo o pescoço. Ian ajusta o chapéu e coloca a mão no meu ombro.

— Você sabe que eu tô do seu lado, não sabe?

— Sei, sim, Ian. Obrigado.

TUDO O QUE SABEMOS SOBRE KAIVAN PARVANI, O NOVO NAMORADO DE HUNTER DRAKE

NewzList Canadá
30 de março de 2022

Recentemente, Hunter Drake, da Kiss & Tell, revelou o seu relacionamento com o músico iraniano-americano Kaivan Parvani, da banda PAR-K. Para aqueles que ainda não o conhecem, aqui vão algumas informações sobre o Kaivan:

Ele se assumiu gay em dezembro do ano passado.

Ele tem dezessete anos e faz aniversário dia 7 de junho — ou seja, é cinco dias mais novo do que Hunter.

Ele é nascido e criado em Columbus, Ohio.

Ele é o filho do meio: tem dois irmãos mais velhos (Karim, de vinte anos, e Kamran, de dezenove) e duas irmãs mais novas (Parvin, de quinze e Persis, de doze).

Ele e Hunter se conheceram durante os ensaios da turnê *Come Say Hello*, da Kiss & Tell. Foram vistos juntos pela primeira vez em uma lanchonete em Vancouver.

Ele praticava nado competitivo no Ensino Médio.

Ele platinou o cabelo no Ensino Fundamental.

Gays do Twitter reagem a Hunter Drake ser passivo

Callum Wethers é massacrado após ser visto no drive--thru da lanchonete homofóbica Chick-fil-A

OS GAROTOS DA PAR-K TRAZEM UM TOQUE DO ORIENTE MÉDIO PARA A MÚSICA POP

Revista Gramofone
12 de novembro de 2021

É uma combinação que não deveria funcionar: três garotos imigrantes de pele marrom, misturando um pop jovem com ritmos e instrumentos centenários do Oriente Médio, e samples em farsi, mas a PAR-K conseguiu o impossível. Os irmãos Kamram, Karim e Kaivan Parvani, filhos de imigrantes iranianos (os garotos também têm duas irmãs), não se encaixam muito bem no estereótipo. Nascidos e criados em Ohio, cresceram ouvindo uma mistura de clássicos iranianos, como Bijan Mortazavi e Googoosh, e ícones estadunidenses como Bruce Springsteen e Michael Jackson, e criaram uma combinação que deixou os ouvintes ansiosos por mais.

Depois de shows pelo Meio-Oeste dos Estados Unidos, a PAR-K ganhou atenção nacional durante um teste para o programa *America's Best Band*, no qual, apesar do apoio dos jurados, não conseguiram prosseguir para a etapa final. A Gravadora assinou com a banda logo depois, e lançou o álbum de estreia da PAR-K, que atingiu a décima quarta posição nas paradas pop, e quinta nas de alternativo.

PAR-K volta à estrada na primavera, após serem anunciados como a banda de abertura para a turnê *Come Say Hello*, da boy band canadense Kiss & Tell.

Nós nos encontramos com os irmãos Parvani e conversamos sobre o Sonho Americano, estilos musicais e planos para o futuro.

13

LOS ANGELES, CA • 30 DE MARÇO DE 2022

Ashton está no celular com a mãe na volta para o hotel. Só consigo pegar o finalzinho da conversa, mas já é o suficiente para me deixar sem ar.

— Sim, eu sei que ele estava bêbado, mãe, mas não acho que... Só uma cerveja depois do show, às vezes, não tem problema. Pode conferir a fatura do cartão, se quiser... — Ele suspira. — Não, eu não acho que você está favorecendo ninguém.

Ashton, de boca fechada com força e narinas infladas, passa a mão pelo cabelo. Ele tem o cabelo ondulado, com uns cachos largos que eu jamais conseguiria ter sem usar uma tonelada de produtos e pensamento positivo. Ele deixou o cabelo crescer um pouquinho durante a turnê, e o visual combinou com ele.

Ashton me flagra olhando. Arqueio as sobrancelhas, mas ele só dá de ombros.

— Não, a gente não conversou. O pai pegou o celular dele... Sem essa, mãe. Tá... Isso. Estamos indo para o hotel... Não, Hunter está ocupado. Tá bom, te amo, tchau. — Ele desliga, solta um grunhido e recosta a cabeça no apoio do banco. — Nem pergunte.

— Eu não ia perguntar.

— Você sabe como os meus pais são. Estão discutindo se já castigaram Aidan o suficiente por causa do... Bom, você sabe. — Ele balança a cabeça e se vira para mim. — Não se surpreenda caso a minha mãe tente fazer você escolher um lado. Ela acha que o meu pai está pegando leve demais com Aidan. O estrago já foi feito. De que importa qual é o castigo?

— Foi mal. — Ashton dá um soquinho no meu joelho. — Enfim. Qual foi a daquele cara na gravação, hein?

— O Sr. Um E Noventa e Três? — diz Ethan, se esticando entre nós dois do banco de trás. — Que babaca.

— Escroto total — concordo. — E o que rolou com a sua parceira?

A parceira de cena do Ethan era uma menina de pele marrom com um sorriso radiante e uma risada mais radiante ainda. Ethan parecia estar dando em cima dela com uma frequência bem alarmante.

— Sam? Ela é legal. Acho que ela vai ao show hoje à noite.

— Cara — diz Owen, cutucando Ethan com o cotovelo. — Não diz que você deu ingressos pra ela.

— Claro que não dei. Pedi a Janet para dar.

— Você é ridículo — diz Ian do banco da frente.

— E vocês são um bando de invejosos.

— Menos Hunter — argumenta Owen. — Ele tem um encontro hoje.

Fico corado, mas sorrio.

— Tenho mesmo.

Nazeer vai nos levar ao píer Santa Monica, que fica na praia, mas não é como se fosse verão. Faz 21 graus, mas vai esfriar assim que o sol se pôr, sem falar na brisa do mar.

Depois do banho, visto uma camisa de botão verde-pastel e calça social branca. A roupa não tem nada a ver comigo, mas aparentemente é praiana e afeminada o suficiente. Mando uma foto do visual para Julian, que responde com um emoji de joinha.

Estou ajeitando o cabelo quando Nazeer bate à porta.

— Pronto?

Ele está vestindo uma calça jeans de paizão e um moletom do Roots com um castor na frente, e é tão esquisito vê-lo sem terno que, por um segundo, o meu cérebro congela.

— Hunter? — insiste.

— Oi — respondo. — Pronto.

Kaivan está hospedado no andar de baixo e, depois que eu bato à porta, ele atende vestindo só uma cueca boxer.

(Não acredito que ele usa cueca boxer.)

— Desculpa! Não sei o que vestir.

Nazeer segura a risada, e eu entro no quarto para ajudar.

O quarto dele é simples, diferente da minha suíte, e eu me sinto meio esquisito e culpado. A cama está coberta com o que me parecem ser todas as roupas que ele trouxe.

— Você está tão bonito — diz ele, me analisando. — O que será que vai combinar?

— Obrigado.

Eu o ajudo a escolher uma calça jeans escura e uma camisa salmão que fica perfeita em contraste com o tom quente de marrom da pele dele.

— Tem certeza?

— Tenho, vai ficar ótimo.

Kaivan desaparece banheiro adentro, o que é tanto uma decepção quando um alívio, porque eu gostei demais de vê-lo só de cueca. Kaivan é esguio e alto, e os ombros têm umas covinhas que me dá vontade de lamber.

Penso em jogadas de hóquei para fazer a ereção ir embora. Eu deveria ter batido uma antes de vir para cá.

Kaivan finalmente retorna, vestido e com o cheiro suave do perfume amadeirado. Ele passa a mão pelo cabelo, deixando uma espécie de topete na frente.

— Pronto.

Um dos meus lugares favoritos de Vancouver é a praia Jericho. Na época em que eu jogava hóquei, o time fazia piqueniques lá. É uma bela extensão de areia na English Bay.

A praia de Santa Monica também é incrível. Já tinha visto o lugar em filmes, séries e fotos, mas ao vivo é outra coisa. Estendo a mão para Kaivan enquanto caminhamos, e ele só hesita por um instante antes de aceitar.

Eu entendo. Tipo, eu também faço esse cálculo mental, tentando entender se é seguro ser gay em qualquer ambiente novo. Mas Nazeer está conosco, mantendo o ritmo a alguns metros de distância, e temos toda uma equipe de segurança para controlar a aglomeração caso fiquemos cercados.

As pessoas acenam e sorriem, pegam o celular e tiram fotos, mas é de boa. Nazeer avista alguns paparazzi, mas eles mantêm certa distância, então tudo bem. A intenção aqui é sermos vistos, afinal.

Aperto a mão de Kaivan e aproveito o calor da pele dele, a sensação da brisa do mar no meu cabelo. A Gravadora pode até ter armado isso tudo por marketing, mas o cheiro da água salgada, os pelos nos dedos de Kaivan, o sorriso delicado que ele abre para mim, tudo isso é de verdade. Tudo isso é nosso.

Faz uma eternidade desde que saí em um encontro. O aroma celestial de bolinhos fritos enche o ar.

— Você gosta de *funnel cake*? — pergunta Kaivan.

— Na verdade, eu nunca provei.

— Mentira. — Dou de ombros. — Tá bom, temos que dar um jeito nisso.

Ele me puxa até uma barraca amarela brilhante e pede um para nós dois dividirmos.

O *funnel cake* é feito de massa frita superquente e polvilhada com açúcar, e eu queimo os dedos ao partir um pedaço.

Kaivan fecha os olhos e abre um sorriso eufórico enquanto dá uma mordida, cobrindo os lábios com o branco do açúcar. Pego um guardanapo e o entrego para ele, mas Kaivan simplesmente lambe os lábios sem vergonha.

— Nossa — digo. — Isso aqui é muito bom.

É crocante, mas derrete na boca.

— Aham.

O sol está se pondo, e nós caminhamos na direção do píer. O sal respinga nos meus lábios e a brisa bagunça o meu cabelo. Seguro a mão de Kaivan com mais força enquanto atravessamos a multidão de turistas brigando pelo lugar perfeito para tirar uma foto com o pôr do sol. Alguns nos olham de cara feia, outros nos fotografam. Eu pisco para me proteger dos flashes.

Finalmente, encontramos um cantinho no parapeito, onde nos apoiamos e observamos o mar.

— É lindo — diz Kaivan.

Ele é lindo, com o rosto iluminado pelo dourado do sol.

— Você já tinha visto o mar?

Ele balança a cabeça em negativa.

— Primeira vez. Mas a gente visitava muito o lago Erie nas férias.

Apoio a cabeça no ombro dele, e ele apoia a cabeça na minha.

— Gosto assim — sussurro, tão baixinho que nem sei se ele consegue me ouvir em meio ao barulho das ondas.

Ele dá um beijo delicado no meu cabelo e assente, esfregando o queixo na minha cabeça. A barba por fazer penteia o meu cabelo e me dá um arrepio.

Mais à frente no píer há uma comoção.

Estico o pescoço procurando por Nazeer, mas nós não fomos reconhecidos. Em vez disso, lá no fim do cais, uma mulher está ajoelhada, estendendo uma caixinha pequena para outra mulher, que está cobrindo o rosto com as mãos.

— Awn.

A segunda mulher assente, as duas se beijam e todos no píer começam a aplaudir. Solto a mão do Kaivan e nos juntamos nos aplausos.

— Ei! — diz ele. — Vamos entrar de penetra nas fotos.

Damos um passinho para o lado para aparecermos no fundo da foto do pedido de casamento delas. Kaivan está gargalhando, e eu o puxo pelo pescoço até ficarmos face a face. Eu o beijo, com gosto de *funnel cake* e sal, e ele me beija de volta.

Então me esqueço do casal de noivas, porque Kaivan passa a mão na minha cintura, traçando os ossos do quadril com o polegar, e eu deslizo a mão para o bolso de trás da calça jeans dele.

Esse é provavelmente o momento mais romântico da minha vida. Fico atento para poder lembrar cada detalhe depois.

O tipo de momento sobre o qual pessoas escrevem músicas de amor.

Mas não penso em nenhuma letra ou acorde, em uma nota sequer. Apenas Kaivan, e o maxilar dele em movimento contra o meu.

— Aham. — Nazeer está bem atrás da gente. — Estamos em cima da hora, rapazes.

Suspiro. O encontro inteiro foi planejado, minuto a minuto. Kaivan ri dentro da minha boca, o que é meio engraçado e me faz rir também.

— Tá bom — digo, e nós nos afastamos.

Porém, o casal nos reconheceu (me reconheceu), então Kaivan e eu aceitamos tirar algumas fotos com elas, em vez de no fundo.

— Só as gays trambiqueiras! — grita Kaivan enquanto Nazeer tira as fotos, fazendo todo mundo rir.

Parabenizamos as duas mais uma vez e atravessamos o píer em direção à roda-gigante.

— Não acredito que vamos fazer isso — murmura Kaivan.

— Tá tudo bem? Você tem medo de altura?

— Não, é só que é tão clichê.

— Na minha opinião, roda-gigante já é cem por cento cultura gay. — Aponto para o brinquedo enorme se estendendo acima de nós, as laterais cintilando com luzes coloridas. — Tem até um arco-íris.

Kaivan ri, mas os olhos brilham, e ele abre o sorriso mais carinhoso do mundo, que me dá vontade de beijá-lo de novo.

Ele me deixa entrar na cabine primeiro, e depois se aconchega ao meu lado. Entrelaçamos os dedos quando o brinquedo começa a subir.

— Tá bom — diz Kaivan conforme subimos. — Devo admitir que a vista é bem maneira.

O sol parece a metade de uma laranja, mergulhando no horizonte. Lembra a minha cidade.

Conto a Kaivan sobre a praia Jericho, sobre o sol que se põe na English Bay, e sobre como sempre aparece uma barca ou um cruzeiro no meio do caminho. Conto a ele sobre os meus lugares favoritos, parques, cafeterias e lojinhas legais.

Kaivan me fala de Columbus, de Ohio, dos amigos que tem lá, do time de natação do colégio.

— Eu era muito bom, mas acabei desistindo.
— Por quê?
— Diziam que natação era coisa de gay.
— Ah.
— Pois é. Se na época eu já soubesse que era gay, talvez tivesse continuado.
— Sério? Acho que eu já sabia que era gay com, tipo, uns oito anos. Vivia passeando pelos corredores de cuecas nas lojas.

Kaivan segura uma risada.

— Você era um garoto safadinho, né?

Fico vermelho. Ele diz brincando, mas só ouço Aidan me chamando de piranha.

Ele para.

— Que foi?
— Nada.
— Nada coisa nenhuma — diz ele. — Você disse que tínhamos que ser honestos, lembra?
— Bom, já me arrependi dessa regra — murmuro.

Kaivan ri.

— Pode me contar.
— É só que... Depois de tudo o que rolou com Aidan, e com as pessoas achando que eu sou... Sei lá. Quer dizer, eu era criança. Tinha curiosidade.

Kaivan assente.

— Não foi a minha intenção te magoar. Olha, eu também gosto do corredor das cuecas. — Solto um grunhido e cubro o rosto com as mãos, porque estou corando mais ainda. Ele continua: — Você está perdendo tudo.

Apoio a cabeça no ombro dele e observamos a praia se estendendo à nossa frente. É muito, muito bonito. Não tão bonito como lá em casa, mas Los Angeles não é nada mal. A cabine para no topo e, por um segundo, esqueço que sou Hunter Drake, o cantor. Sou apenas Hunter, em um encontro com um garoto que eu gosto, e a sensação é tão perfeita que dá vontade de chorar.

Queria que durasse para sempre.

Enquanto descemos, o barulho da multidão começa a nos alcançar, gritos e choros. A equipe de segurança formou barricadas.

Suspiro.

— Que foi? — pergunta Kaivan.

— Bom, eu estava torcendo para que a gente tivesse um encontro tranquilo.

— Mas não foi para isso que viemos aqui hoje? Para sermos vistos?

— Pois é, eu sei.

Kaivan pega duas canetas no bolso.

— E olha só! Eu vim preparado dessa vez.

— Mandou bem.

A multidão se aproxima quase imediatamente, assim que botamos os pés no chão. Nazeer está fazendo o melhor que pode para nos dar um pouco de espaço, mas é muita gente e ele é apenas um.

Kaivan solta a minha mão, tira a tampa da caneta e eu faço o mesmo.

De imediato, as pessoas começam a apontar celulares para mim ou a me passar pôsteres para que eu autografe. Sorrio, cumprimento, digo que é um prazer estar ali, pergunto se vão a algum dos shows. A multidão é amigável (e louca) como de costume. Talvez um pouquinho mais.

Parece que a Gravadora estava certa em relação a isso tudo. Porque ninguém aqui parece estar com nojo de mim, nem irritado ou decepcionado. Todo mundo quer um pedacinho de Hunter Drake.

Sinto um arrepio na nuca, notas de piano tocando na pele. Tantas pessoas aqui, e elas ainda me querem.

Alguém aperta a minha bunda. Dou um salto, borrando um autógrafo e tentando salvar a situação, escrevendo algo legível, porém outra pessoa puxa a minha orelha antes que Nazeer consiga se colocar no meio. Kaivan é puxado para longe de mim, e eu me movo para continuar com ele, ombro com ombro, porque há muita gente e todos estão olhando para mim, gritando o meu nome. Querendo mais, mais, mais.

Alguém passa a mão pelo meu cabelo, puxando com força o bastante para arrancar alguns fios, e grita em triunfo.

— Ai!

— Tá bom, já chega.

Nazeer segura o meu ombro, diz algo no aparelho de escuta e começa a abrir caminho na multidão. As pessoas se viram para nos seguir, e tenho medo de nunca conseguir escapar. Amo encontrar fãs, me conectar com eles, conversar, mas isso aqui já é demais.

Que jeitinho merda de encerrar um encontro.

Chegamos ao ponto de encontro com o resto da segurança e fugimos pelo estacionamento. Nazeer não tira as mãos de mim até chegamos ao carro. Kaivan está ofegante, com uma luz intensa no olhar, e ri enquanto afivelamos o cinto de segurança.

Sinto um aperto no peito.

— Que loucura! — Ele sorri para mim, mas não consigo sorrir de volta. — Hunter?
 — Tô bem. — Eu já deveria estar acostumado com tudo isso, não sei por que fiquei tão perturbado. — Foi intenso demais.
 — Foi. — Ele segura a minha mão de novo. — Mas foi um bom encontro, não foi?
 Bom, partes dele foram ótimas, sim. As partes só entre nós dois.
 — Ainda estou te devendo um beijo de boa-noite — digo.
 — Ah, é? Vou cobrar depois.
 — Pega leve aí atrás — diz Nazeer do banco do motorista, e nós rimos enquanto ele pega a estrada e nos leva de volta para o hotel.

OS GAROTOS DA PAR-K TRAZEM UM TOQUE DO ORIENTE MÉDIO PARA A MÚSICA POP

Revista Gramofone
12 de novembro de 2021
Continuação da página 37

RG: Vocês mencionaram que cresceram ouvindo música iraniana, porém a música estadunidense também teve influência no estilo de vocês. Alguma inspiração em particular que queiram mencionar?

Kaivan: Sabe como é, os clássicos. Springsteen, Dylan. E algumas coisas inglesas também, tipo U2.

Kamran: Bono não é irlandês?

Kaivan: Que seja. Você entendeu do que eu estou falando. Música de verdade. Sério, é meio frustrante que sempre nos comparem com, tipo, boy bands, essas coisinhas pop e tal, porque acho que a nossa música é muito mais profunda que isso. Qual é o nome daquela banda canadense que tá todo mundo comentando agora?

RG: Kiss & Tell?

Kaivan: Isso aí. Não é preciso muito talento para cantar sobre garotas, términos de namoro, baile de formatura e xarope de bordo.

Kamram: E garotos. O ruivo é gay.

Kaivan: Sério?

Kamram: É.

Kaivan: Tá. Mas, ainda assim, é tudo fabricado, sabe? É como se eles fossem uma listinha de compras.

Karim: Não sei não, hein. Eu acho bem maneiro ver uma boy band em que garotos brancos são minoria.

Kaivan: É, mas dá uma olhada neles. Nenhum tem a pele escura, então é colorismo puro. Sem falar nos nomes! Ethan, Ian, Owen? É tara por assimilação. Uma versão segura do multiculturalismo. Assim como todas as músicas deles: bobas e sem sal.

Kamram: Discordo, eu gosto de algumas das músicas deles.

Karim: Acho que o que Kaivan está querendo dizer é que nós estamos tentando passar uma mensagem com a nossa música.

Kamran: Isso. Somos muito mais do que três irmãos bonitinhos e narigudos.

De: Cassie Thomas (c.thomas@agravadora.com)
Para: Bill Holt (b.holt@agravadora.com), Janet Lundgren (janet@kissandtellmusic.com)
Assunto: Encontro na praia
31/03/22 9h17

Números ótimos depois do encontro de ontem. Na primeira planilha em anexo, resumo de vários veículos de notícias. Como podem notar, veículos LGBT são mais favoráveis, mas alguns portais mais família também publicaram matérias. Com sorte, teremos mais penetração de mercado conforme Hunter for recuperando a imagem dele.

A participação no pedido de casamento das lésbicas também deu bons resultados, como mostra a segunda planilha em anexo.

É um bom começo, mas a equipe quer ver mudanças mais intencionais nas escolhas de roupa. Kaivan não tem nada mais esportivo? Hunter está ótimo, mas pode se esforçar um pouquinho mais. Favor garantir que os dois pareçam um casal que combina.

Pesquisas em grupos focais também mostram que nas fotos de beijo é melhor não ter língua; confirmar se eles podem dar uma segurada nessa questão.

— Cassie

De: Bill Holt (b.holt@agravadora.com)
Para: Janet Lundgren (janet@kissandtellmusic.com), Cassie Thomas (c.thomas@agravadora.com)
Cc: Ryan Silva (ryansilvaassessoria@gmail.com)
Assunto: Re: Encontro na praia
31/03/22 10h02

Obrigado, Cassie. Excelentes números. Janet, veja o que pode fazer com Hunter. Copiei Ryan também, para coordenarmos com Kaivan.

O time de vendas deve ter novos dados em breve para vermos se a seta está apontando para cima.

De: Janet Lundgren (janet@kissandtellmusic.com)
Para: Bill Holt (b.holt@agravadora.com), Cassie Thomas (c.thomas@agravadora.com), Ryan Silva (ryansilvaassessoria@gmail.com)
Assunto: Re: Re: Encontro na praia
31/03/22 12h05

Vou conversar com Hunter e ver o que dá para fazer. Não esqueçam que Hunter topou, mas há certo limite para o que ele está disposto a fazer, conforme mencionei na nossa sessão de brainstorming. Autenticidade é importante para ele.

Atenciosamente,
Janet
Enviado do meu iPhone

14

LOS ANGELES, CA • 31 DE MARÇO DE 2022

—**V**ocê é tão básico — diz Ethan, com a boca cheia de pizza, enquanto falo do meu encontro para os garotos.

— Ah, como se os seus encontros fossem os mais sofisticados, né? — comenta Owen, dando uma cotovelada em Ethan. — Quantas garotas você já levou para o parque de diversões mesmo?

— Ei, montanhas-russas são românticas! — Ethan engole a pizza e olha de Owen para mim. — Vocês tinham que escrever uma música sobre como o amor é uma montanha-russa, sei lá!

Owen pega outra fatia.

— Que tal se você escrever?

— Talvez eu escreva mesmo.

Seria legal se Ethan fizesse isso. Ou se eu fizesse. Toda noite encaro o caderno, tentando pensar em letras, mas me sinto vazio.

— Senão eu e Hunter teremos que fazer todo o trabalho.

Owen sorri para mim, mas eu evito olhar para ele. No momento, é só ele quem está fazendo todo o trabalho.

Pego outra fatia de pizza, a menor que encontro, já que estou me sentindo meio inchado. Uma das coisas mais difíceis durante as turnês é manter a alimentação saudável, porque nenhuma cidade tem "verduras" como prato típico imperdível.

Kaivan disse que a comida iraniana de Los Angeles é famosa, e ele quer que a gente vá para Westwood. A Gravadora não acha que o lugar é "badalado" o bastante para um encontro nosso, mas Kaivan está tentando convencer Nick a nos levar.

— Cinco minutos para a passagem de som — anuncia Shaz no interfone.

Engulo o resto da pizza, bebo uma garrafa d'água inteira, e a equipe local de segurança nos escolta até o palco.

Ian assovia assim que pisamos no palco do Hollywood Bowl. O sol está forte, e o céu é de um cinza brilhante que faz os olhos doerem.

Fileiras e fileiras de assentos e camarotes se estendem à nossa frente, em meio a árvores e colinas.

Já nos apresentamos em um monte de lugares maneiros antes e, com certeza, lugares maiores também. Mas este deve ser o mais histórico.

— Uau — diz Ashton ao meu lado.

— Pois é.

Ele coloca a mão no meu ombro, dá uma apertadinha, e eu retribuo o sorriso bobo dele com outro sorriso bobo.

— Estamos no Hollywood Bowl, caralho.

— Estamos no Hollywood Bowl, caralho!

— Olha a boca — briga Jill de trás do palco, onde está tirando fotos nossas no celular.

A mãe de Ashton é quase uma fotógrafa profissional. Ela inclina todo o tronco enquanto tenta encontrar o ângulo ideal, e estica a cabeça para trás antes de tirar uma foto.

— Foi mal, Jill — respondo.

Ela odeia quando a gente fala palavrão.
Aprendi a xingar com o meu primeiro treinador de hóquei, aos oito anos.

Assumimos as posições e repassamos o primeiro verso e o refrão de "Heartbreak Fever", e depois acabo ficando para trás para conferir os ajustes da guitarra, já que nunca toquei ao ar livre assim antes.

— Não vai pegar nenhum tráfego aéreo, hein — diz Ethan enquanto Patricia arruma o meu microfone sem fio.

Patricia ri, mas eu não entendo.

— Oi?

Ethan me olha.

— Cara. Spinal Tap. Aquela cena da base do Exército.

— O que é Spinal Tap?

Patricia prende o transmissor no meu cinto e se levanta de braços cruzados. Ela desliza o maxilar de um lado para o outro e curva os lábios em um sorriso, o que significa que está brincando com o piercing na língua de boca fechada.

Ethan se aproxima, de mãos unidas embaixo do queixo.

— Quer dizer que você, Hunter Nome do Meio Drake, tem uma banda, está em turnê, e nunca viu *Isto é Spinal Tap?*

— Acho que não — respondo.

— Vamos assistir! — anuncia Ethan. — Na próxima noite de filme. Precisamos dar um jeito nisso. É praticamente um crime de ódio!

Ian ri dele, mas Ashton chega junto e diz:

— Relaxa, eu também nunca assisti.

Patricia nos lança o olhar mais fulminante que já vi na vida.

— Bebês! Eu trabalho com bebês!

— Você só tem 25 anos! — respondo.

— Bebês! — grita ela, dando meia-volta.

— Ei, Hunt. Tem um minutinho? — pergunta Ashton.

— Tenho, só um segundo. Preciso confirmar uma coisa com Patricia.

Ela está ao lado da estante de instrumentos, conferindo tudo, e eu pego um violão: um Gibson Hummingbird mais velho do que eu. Encontrei em uma lojinha de instrumentos vintage escondida na rua Alma.

— Pode dar uma olhadinha nos trastes? Nunca levei esse violão para longe de Vancouver — explico. — Não sei se ele gosta do deserto.

Patricia passa a mão esquerda pelo braço do violão.

— Parece que estão um pouquinho esquisitos, sim. Deixa comigo.

— Obrigado!

Procuro por Ashton, mas ele está agachado no canto do palco, conversando com a mãe. Kaivan e os irmãos também estão na arena, tirando fotos e rindo. Kaivan acena para mim, e eu sorrio e aceno de volta.

— Você tá caidinho por ele mesmo, hein? — diz Patricia, com uma risadinha.

— Ah, nem vem. Eu já vi como você fica quando a sua namorada aparece em algum show.

Patricia me mostra a língua e eu revido, então nós dois começamos a rir.

— Me deixa trabalhar agora, peste.

— À vontade. Vou ver se Kaivan quer dar uns pegas no camarim.

— Que nojo! Bebês! Vocês dois são bebês!

DEIXA A LUZ DA LUA ENTRAR, por HASHTAGHASHTON

Acervo de fanfictions
Classificação: 13+
Categoria: M/M
Fandom: Kiss & Tell (Banda), PAR-K (Banda)
Relacionamentos: Hunter Drake/Kaivan Parvani
Tags Adicionais: Capítulo único, Canon, sem sexo explícito, boquete terapêutico implícito, tem acrofobia e não homofobia.
Tamanho: 1.300 palavras (completo)
Capítulos: 1 de 1

Sinopse: Quando a roda-gigante de Santa Monica quebra, Hunter e Kaivan ficam presos lá no alto, sozinhos, e Kaivan tem medo de altura. Hunter sabe muito bem como tranquilizar o namorado enquanto o resgate não chega.

Notas: Eu sei, eu sei! Uma fic que não é Hashton! QUEM DIRIA? Mas tive essa ideia do nada e acabei escrevendo tudo em, tipo, uma hora. kkkk

Como sempre, agradeço à minha beta The_Mandy_Lorian_.

Aliás, como a gente vai chamar esse ship? Haivan é muito parecido com Haidan, mas Kunter não soa muito bem quando a gente diz em voz alta!! HAHAHA

HUNTER DRAKE E KAIVAN PARVANI ALMOÇAM COMIDA IRANIANA EM LOS ANGELES E AS FOTOS SÃO TUDO!

NewzList Canadá
2 de abril de 2022

Nota do editor: Em uma versão anterior desta matéria, erramos o nome de Kaivan Parvani. Pedimos desculpas pelo ocorrido.

Passaram-se apenas alguns dias desde que Hunter Drake e Kaivan Parvani assumiram o namoro, porém o novo casal já está dando o que falar, <u>passeando pela praia</u>, <u>comendo *funnel cake* no píer de Santa Monica</u>, e <u>invadindo as fotos do noivado de um casal</u>. Agora, eles foram flagrados em um restaurante iraniano em Los Angeles.

Ao que tudo indica, foi a primeira experiência de Hunter com a culinária iraniana; o cantor documentou toda a refeição <u>em uma série de fotos e vídeos</u>, incluindo uma música improvisada sobre kebabs que, embora não chegue aos pés do sucesso viral "Poutine" da Kiss & Tell, fez Kaivan morrer de rir.

Kiss & Tell apresenta o último de três shows esgotados no lendário Hollywood Bowl hoje à noite.

<u>Ashton Nightingale revela o significado por trás da sua tatuagem</u>

<u>24 vezes em que Masha Patriarki lacrou tão forte que suas vítimas não souberam o que lhes atacou</u>

15

LOS ANGELES, CA • 2 DE ABRIL DE 2022

— Seguinte, Hunter, se prepara — diz Ethan, enquanto mexe na TV grandona da área comum. — Sua vida nunca mais será a mesma.

— Que exagero.

Ethan me ignora, então encontro um cantinho confortável no sofá e estico o joelho dolorido. Geralmente aguento bem os shows, mas acrescentar a coreografia do videoclipe acabou me desgastando um pouco. Pelo menos já acabamos, e eu nunca mais terei que lidar com o Garrett Um E Noventa e Três.

Que otário.

— Aqui, Hunt.

Ashton me entrega uma compressa de gelo e se senta ao meu lado. Ele está de regata cinza e short preto, o cabelo molhado jogado para trás com uma faixa. Todos estamos de pijama, menos Paul, um dos operadores de câmera, que está parado no canto, gravando cenas de passagem para o documentário.

É uma metalinguagem bem esquisita, assistir a um documentário de mentira sobre uma banda de rock enquanto gravamos o nosso documentário de verdade.

O ônibus balança de leve enquanto nos acomodamos. Ethan aperta a barra de espaço e o filme começa.

Um homem barbudo com boné de caminhoneiro aparece na tela e começa a falar, mas eu não escuto nada.

— É um filme mudo? — provoco, mas Ethan resmunga e começa a futricar nas configurações de novo até o áudio sair da TV.

Owen joga um pacote de balinhas azedas para mim e para Ashton, Ian se estica por trás dele para apagar as luzes e Ethan ocupa um lugar no chão, enrolado em um cobertor.

— Tá bom. Silêncio!

Ficamos acordados até muito tarde porque, depois do filme, acabamos assistindo a vídeos aleatórios no YouTube por mais uma hora. Em algum momento, não sei ao certo quando, pego no sono no ombro de Ashton, até ele finalmente me acordar com um cutucão.

— Hora de virar abóbora — diz ele. — Vamos, Hunt.

Balanço os braços e as pernas até a dormência passar. A compressa de gelo no meu joelho já virou água morna, então guardo o pacote no frigobar a caminho dos beliches.

Paul, o câmera, está cochilando em um dos bancos e alguém (tenho quase certeza de que foi Ethan) encheu o capuz do moletom dele com embalagens de bala.

Sigo Ashton de volta ao quarto e o deixo usar o banheiro minúsculo primeiro. Quando chega a minha vez, entro para escovar os dentes e fazer xixi. Essas são basicamente as únicas coisas que fazemos no banheiro do ônibus, já que existe uma regra implícita de Só Cagar Em Caso de Emergência, e uma regra explícita de Proibido Punheta No Ônibus, mais por questões de higiene do que de pudor, acho.

Ashton tira a camisa e está prestes a subir no beliche, mas antes se vira para mim.

— Ei, Hunt.

— Oi?
— Esse lance com Kaivan... Você quer mesmo isso, certo?
— Quê? Ah, quero.
— Tá bom. É só que a Gravadora anda toda esquisita com essas coisas desde Aidan e... Sei lá.
— Tipo, é óbvio que eles estão super a favor, mas eu e Kaivan gostamos um do outro. Foi uma decisão nossa.
— Tá bom. — Ele franze os lábios. — Só me preocupo com você. Mal teve tempo de ser você mesmo antes de começar a namorar de novo.

Coloco a mão no ombro dele, mas solto na mesma hora, porque me lembra muito dos ombros de Aidan, e do jeito como eu fazia massagem nos ombros dele. Eu me pergunto se Kaivan gosta de massagem. Ele tem ombros bem interessantes.

Balanço a cabeça.
— Tá tudo bem. Não é uma vingança nem um namoro de mentira. Estou sendo eu mesmo com Kaivan. Sério. Gosto muito dele.
— Tá bom.

Ashton sobe no beliche. Eu me deito na cama embaixo da dele e fecho a cortina. Acendo a luminária e pego o caderno, tentando capturar alguma coisa: a felicidade de ficar de boa com os meus amigos assistindo a um filme engraçado, ou o aconchego de dividir uma refeição com o garoto de que gosto, ou até mesmo a empolgação de fazer um show.

Mas há certa ansiedade se espalhando dentro de mim também, porque, se eu colocar tudo isso em uma música, a sensação vai escapar. As pessoas vão saber.

Estou tão cansado de todo mundo achando que sabe tudo sobre mim.

Rabisco todos os versos de merda que escrevi, apago a luz e me viro de lado.

**PÁGINA DE LETRAS ESCRITAS À MÃO
NO CADERNO DE HUNTER**

F#m???

~~Achei que eu estivesse quebrado~~
~~Mas aí você falou~~
~~E eu me senti~~
~~Vivo~~
~~Vivo~~
~~Vivo~~

~~Sentimentos que me balançam~~
~~Eu só queria um pouquinho~~
~~Do seu afeto e do~~
~~Seu amor~~
~~Seu amor~~
~~Seu amor~~

ODIEI TUDO VALEU

RESENHA DO ÁLBUM COME SAY HELLO

Revista Gramofone
2 de fevereiro de 2022

A boy band canadense Kiss & Tell atingiu o topo das paradas no ano passado com o seu álbum de estreia homônimo, um trabalho empolgante e bem-humorado, uma explosão da juventude exuberante. O segundo disco, composto quase inteiramente pelos membros da banda Hunter Drake e Owen Jogia (Ian Souza coescreveu uma das músicas, a animada "Click"), é um trabalho menos sólido. Embora os vocais continuem incríveis, não se pode dizer o mesmo das composições, que não possuem aquela energia elétrica e gay que se espera de Drake. *Kiss & Tell* foi uma celebração da vida queer (e da vida imigrante, cortesia de Jogia), mas este novo álbum parece quase reprimido. Até mesmo "Your Room", supostamente sobre o namoro de longa data de Drake com Aidan Nightingale, poderia ser confundida com inúmeras baladas heterossexuais.

VEREDITO: Um esforço decente, mas os ouvintes que esperam explorações mais profundas de experiências diversas irão se decepcionar.

16

LAS VEGAS, NV • 3 DE ABRIL DE 2022

Acordo já em Las Vegas. O ônibus está estacionado nos fundos da Arena T-Mobile, entre dois caminhões. Quando perguntei, Janet disse que cada show nosso carrega cerca de vinte caminhões só de equipamentos. E na turnê são três frotas de vinte caminhões, porque, enquanto apresentamos um show, eles estão desmontando o anterior e preparando o seguinte.

Não sei como a equipe consegue. Estamos no décimo dia da turnê e eu já estou cansado.

Saio da cama e caminho até a área comum para beber água. Paul ainda está lá, mas acordado, e a luz vermelha da câmera está ligada.

Imediatamente prendo a barriga porque tirei a camiseta durante a noite e não quero parecer inchado.

Ainda bem que esperei a ereção matinal abaixar antes de sair da cama.

E ainda bem que estou de short, não de legging.

Devemos sempre agir naturalmente nessas situações, mas ser filmado é meio estressante. O meu peito e a minha barriga estão ficando vermelhos e começando a coçar, o corpo inteiro está corando. Coço a barriga e bebo água até Paul dizer:

— Valeu, ficou bom.

Relaxo e me viro para ele.

— Beleza. Desculpa pelas embalagens de bala. Acho que foi coisa de Ethan.

Paul faz uma careta.

— Já lidei com coisa pior. Vocês são umas figuras.

Presumo que isso seja um elogio, já que Paul não parece irritado.

— Valeu.

Termino a água e volto para escovar os dentes, porque a minha boca está com gosto de chulé de patins. Deve ser alguma coisa no ar do ônibus, acho.

Também faço xixi, depois o *skincare* da manhã na pia minúscula, e, quando saio, encontro Owen me esperando, de cabelo totalmente desgrenhado. Owen sempre passa a noite se revirando quando dorme no ônibus.

— Foi mal pela demora. — Abro passagem. — Todo seu.

— Não, tô de boa — diz ele enquanto guardo as coisas na mochila. — Pensei em passar um tempinho no estúdio, que tal?

Olho para o meu caderno, cheio de ideias horríveis rabiscadas. Não sei como Owen consegue sempre pensar em músicas novas, quando eu me sinto um poço seco.

— Queria pedir a sua opinião sobre umas ideias que tive.

Sigo Owen até o fundo do ônibus.

— Bobby ligou a energia, né? — pergunto enquanto Owen começa a ligar os equipamentos.

Bobby é o motorista do ônibus. Ele é um cara legal, mas teve uma vez no ano passado em que ele não ligou o ônibus na energia da arena, nós não percebemos, e acabamos drenando a bateria do veículo jogando videogame o dia inteiro.

— Já verifiquei.

Owen ocupa o lugar de sempre, uma cadeira de escritório de couro preto desgastado que ele trouxe de casa. Ele diz que não consegue trabalhar em cadeiras desconhecidas.

Eu puxo outra cadeira de rodinha e conecto os fones de ouvido enquanto Owen abre a gravação mais recente.

— Ouve só. Venho trabalhando nisso aqui.

Ele aperta a barra de espaço e bota a demo para tocar.

No geral, é ele no piano com duas faixas simples de bateria e baixo ao fundo. A maioria das coisas de Owen é em tons maiores, mas essa aqui é em dó menor, o que passa uma energia meio reflexiva que eu adoro. É inovadora e única. Perfeita para o terceiro álbum.

— Cara — digo quando a faixa termina. — Eu amei. É tão bom. E estou tão puto por não ter criado aquilo.

— Valeu. Ainda falta refinar muita coisa.

Owen é o tipo de cara que não sabe lidar com elogios muito bem.

— Que nada. Tá perfeito. Você já tem um nome?

— Acho que quando você escrever a letra a gente pode decidir juntos.

— Combinado.

— Beleza, ouve a próxima.

Owen abre outra demo e coloca para tocar. Essa tem muito mais sintetizadores, é mais rápida, mais agressiva, e tão boa quanto a primeira. Ele coloca outra para tocar, e depois uma quarta.

Sinto uma bolota de culpa se formando no estômago. Ele fez tanta coisa, e eu não fiz nada.

— Certo — diz Owen. — E você? Teve sorte?

Balanço a cabeça e olho para o chão, tentando disfarçar o rubor.

— Não. Desculpa.

Geralmente deixo Owen ver tudo o que escrevo, até mesmo as ideias ruins, porque às vezes nós conseguimos transformá--las em algo bom juntos. Foi assim que criamos "My Prize", do primeiro álbum: eu tinha uma letra meia-boca, Owen tinha uma batida meia-boca e, de alguma forma, quando juntamos tudo a magia aconteceu.

— Anda, vai — diz ele, com gentileza. — Você sabe que não vou te julgar.

— É só que... — Engulo o nó na garganta. — Tipo, tá tudo tão difícil. Tudo tem parecido mais pessoal do que de costume.

Owen assente.

— E é aí que você escreve as suas melhores letras.

— Pode ser.

Bom, ele não está errado. As minhas melhores composições vieram de momentos em que eu escrevi com o coração. Mas o meu coração está queimado e torrado depois de todo esse tempo sob os holofotes.

— Ando me sentindo tão vulnerável — falo. — Tão exposto.

— Entendo. — Ele coça o nariz. — Mas só para mim, cara. Anda, vai.

Ele tem razão. Só para ele.

Abro o caderno para procurar a página certa quando a porta do estúdio se abre e Janet entra, segurando o celular com a mão esquerda.

— Ah, vocês estão trabalhando! — O tom de surpresa dela machuca. — Que bom.

— É, estamos dando uma olhada em umas demos novas e tal — diz Owen.

— Muito bem. Mandem umas cópias para Gregg também.

Owen assente, mas eu pergunto:

— Que Gregg?

— É um produtor que Bill colocou em contato comigo. Ele vai ajudar no processo do álbum novo.

— Ele vai... o quê?

Começo a ficar vermelho de raiva.

Janet olha o celular e digita alguma coisa.

— Como vocês estão tendo um pouco de dificuldade, Bill achou que umas ideias novas poderiam ajudar. Relaxa, ele não vai mandar em nada. — Isso só me deixa mais preocupado. — Enfim, tudo pronto para hoje, né? Já decidiu o figurino e tal?

— Já. Tipo, a gente vai patinar, então não precisa de nada muito chique.

— Perfeito. Muito bom, continua assim. Bill disse que está ajudando muito a melhorar a situação.

Então, ela vai embora.

Quando me viro para o Owen, ele desvia o olhar.

— Você já sabia desse tal de Gregg?

Ele assente e aperta algumas teclas do computador, para despertar o sistema do protetor de tela.

— Janet veio me perguntar uns dias atrás.

— E você concordou?

— Sim. Você estava lidando com toda aquela parada de Aidan e... Pois é.

— Bom. — Engulo em seco e tento manter a voz o mais controlada possível, considerando que Owen acabou de me dar uma cotovelada na garganta. — Bom. Melhor mandar as demos para ele, então.

Desconecto os fones de ouvido e vou embora.

Preciso me preparar para mais um encontro.

O NOVO ARMÁRIO: HUNTER DRAKE E A PERFORMANCE DA RESPEITABILIDADE HÉTERO

Orgulho Hoje,
por Gavin Malone
2 de abril de 2022

A não ser que você viva embaixo de uma pedra, provavelmente conhece Hunter Drake: o ruivo de cara limpa que é um quinto da boy band canadense Kiss & Tell. Desde o momento em que lançaram a primeira música no YouTube — uma homenagem chiclete e divertida à comida mais popular do Canadá, poutine —, ele se tornou um dos adolescentes gays mais famosos na esfera da cultura pop.

Homens (e garotos) gays sempre mantiveram uma relação tensa com boy bands: as imagens cuidadosamente projetadas, com apelo intencional para garotas adolescentes, também gera apelo para garotos queer. Mas, até o momento, sempre houve um ar de indisponibilidade que os tornavam ainda mais fascinantes. Esses cantores são, simultaneamente, símbolos de inspiração e representantes dos homens héteros proibidos pelos quais todos nós, inevitavelmente, já tivemos uma quedinha em algum momento da vida.

Com Hunter Drake é diferente: a sexualidade dele o torna, ao mesmo tempo, mais e menos acessível. Porque, por trás de toda a honestidade, há também certa falsidade.

Conforme a Kiss & Tell ascendeu à fama, Hunter foi junto, atrelado ao seu romance muito público com o ex-colega de hóquei Aidan Nightingale. Juntos, formavam o casal gay perfeito: dois jovens atraentes, brancos e saudáveis, conhecidos por seus passeios de mãos dadas, beijos pudicos e encontros fotogênicos. Em resumo, eles faziam tudo o que a sociedade diz que um jovem gay deve fazer: seja puro, fofo e apresente a sua sexualidade para as massas de um jeito inofensivo e fácil de digerir.

Hunter certamente se escorou nisso, usando o relacionamento para vender álbuns e, de forma mais sutil, para vender uma imagem de si mesmo — e da vivência queer — que tivesse mais apelo entre aqueles que acreditam que a luta pelos direitos queer terminou depois do casamento igualitário.

Agora, por fim, a fachada caiu. Em uma série de tuítes furiosos (e gramaticalmente prejudicados), Aidan Nightingale anunciou o descontentamento com Hunter após o término, expondo um relacionamento repleto de ciúme, infidelidade e experiências sexuais cheias de constrangimento (quem nunca?).

Agora sabemos que Hunter não é quem fingiu ser para os fãs, para a mídia e para o público. E, ainda assim, ele se dispôs a abraçar esta imagem em troca de dinheiro e fama. A esconder partes de si mesmo para ser socialmente aceito. O novo armário pode até ser mais espaçoso, porém continua sendo um armário, de onde Hunter foi arrancado à força, de maneira dolorosa. Embora tenhamos compaixão, dadas as circunstâncias, ainda precisamos nos perguntar: será que ele é mesmo um exemplo a ser seguido?

Gavin Malone é um teórico queer, analista de cultura pop, nerd de meio período e pai de gato em período integral. Siga-o nas redes sociais: @gavmalone.

17

LAS VEGAS, NV • 3 DE ABRIL DE 2022

A Gravadora conseguiu reservar um horário só para nós em um rinque perto da Arena T-Mobile, e enviaram Rick e Paul para filmar o encontro, junto com Chris para nos levar lá.

Tipo, eu entendo por que fazer tudo isso, mas parte de mim queria apenas patinar, conversar e se divertir, sem precisar de "direção".

— Você já patinou alguma vez? — pergunto enquanto calçamos os patins.

— Faz um tempão. A gente ia a um rinque quando eu era bem pequeno, até Kamram decidir que odiava patinar. Não lembro muito bem.

— Tranquilo, a gente vai devagar.

Termino de amarar os cadarços, mas Kaivan ainda está calçando o primeiro patins.

— Precisa de uma ajudinha?

— Talvez.

Eu me agacho na frente do Kaivan, e encaixo o pé dele entre os joelhos.

— O ideal é deixar os patins bem firmes.

Pego os cadarços e dou um puxão forte, e só então começo a amarrar.

— Eu não esperava te ver assim de joelhos tão no começo do nosso namoro — diz Kaivan, e eu congelo por um segundo, porque a câmera do Paul está bem em cima do meu ombro e de repente vejo a impressão que a cena pode dar.

Hunter Drake, ajoelhado feito uma piranha mais uma vez. Sinto o rubor subindo pelo pescoço.

— Não sei se estou pronto para me casar — diz Kaivan, com uma risada, e eu respiro fundo de novo, feliz por ele estar transformando aquilo em uma piada de casamento e não de boquete.

Termino de amarrar o cadarço e me afasto um pouco.

— Tá bom assim?

— Não sei.

Enfio o dedo entre a canela dele e a lingueta do patins.

— Me parece bom — digo, e amarro o segundo patins. — Vamos.

Entro na pista de gelo e me viro para observar Kaivan. Ele se segura nas paredes e começa a andar, as pernas tremendo como um veadinho recém-nascido dando os primeiros passos.

— Flexiona os joelhos — digo, me afundando um pouco mais na postura de sustentação. — A canela precisa apoiar na lingueta do patins.

Ele obedece, mas acaba empinando a bunda, o que é hilário e muito fofo.

Mordo o lábio para segurar o sorriso.

— Que foi?

— Nada, não. — Eu patino de costas, me afastando. — Vem comigo. De boa.

Finalmente consigo convencer Kaivan a sair da parede e, depois de algumas voltas, a relaxar e a curtir. Dou meia-volta para ficar de frente para ele de novo, aumentando a velocidade para que ele precise correr um pouquinho até me alcançar.

— Como você consegue patinar rápido assim? — pergunta.

— E de costas.

Dou uma risada.

— Anos de prática.

Diminuo a velocidade de novo enquanto passamos por um dos bancos.

— Vem cá. Descansa um pouco.

Ele se senta e começa a balançar as pernas, chacoalhando os tornozelos enquanto eu continuo no gelo, avançando e recuando um pouco, para me manter aquecido.

Chris se aproxima. Ele está embrulhado em um casaco cinza-escuro e envolto em um cachecol peludo. As orelhas estão rosadas, mas ele não trouxe uma touca, acho que por se preocupar com o cabelo, que é grisalho e arrumado com tanto produto quanto o de Ashton.

— Hunter?

— Pois não?

Patino até a beirada do rinque.

— Tá tudo muito lindo, coisa e tal, mas será que você pode patinar um pouquinho mais... hum... — Eu o olho, sem entender.

— A questão é: você está parecendo bem agressivo.

— Hóquei é um esporte agressivo.

Além do mais, eu estava bem tranquilo.

— E se gravássemos uma cena em que você cai e Kaivan te segura?

— Cara. Eu patino no gelo desde que aprendi a andar.

Chris pigarreia.

— Eu sei, mas a gente está tentando construir uma narrativa aqui. O nosso público tem certas expectativas, sabe?

— Os nossos fãs sabem que eu sei patinar.

— Bom, será que você pode ficar um pouco mais... soltinho? Chris tem sido um cara bem de boa até o momento. Um pouco mandão, às vezes meio sem noção, mas isso...
— Você tá querendo que eu patine de um jeito mais gay?
— Quê? Não! — retruca, claramente querendo dizer sim. — Só quero que você relaxe mais um pouco, sabe? Isso aqui é um encontro. Diversão pura. Enfim, vou deixar vocês continuarem.

Ele vai embora.

Kaivan se levanta com um sorrisão no rosto. Ele beija a minha bochecha e depois sussurra no meu ouvido.

— Esse aí só fala bosta.

Dou uma risada e seguro a mão dele, enquanto voltamos para o gelo.

Não sei como seria patinar de um jeito mais gay, mas patino mais devagar, mantendo o ritmo de Kaivan enquanto conversamos e damos risada.

— Os meus glúteos estão queimando — diz ele. — Agora entendi por que você...

Ele para de falar e desvia o olhar, encarando o gelo.

— Não olha para baixo — digo, e ele volta a olhar para mim, mas está corado. — Agora entendeu o quê?

— Agora entendi por que você tem a bunda tão bonita.

— Obrigado.

Eu me aproximo e dou um beijo nele, super-rápido. Nunca tinha beijado ninguém no gelo, nem mesmo Aidan. Gostei da sensação.

Kaivan ri e se aproxima para tentar me beijar também, mas ele estende os joelhos e começa a tropeçar. Eu o seguro e deixo que a gente caia com leveza no gelo, ele por cima de mim.

— Ops — diz ele. — Não foi tão suave quanto eu esperava.
— Tudo bem.

Eu me estico para o alto e dou mais um beijo nele, dessa vez mais demorado. Ele corresponde, chupando o meu lábio inferior, e acariciando o meu queixo.

Solto uma risadinha.

— Ei, melhor mantermos a classificação livre — sussurro. — Não posso patinar de pau duro.

— Bom, eles vivem dizendo que sexo vende — diz Kaivan, mas sinto um calafrio que não tem nada a ver com o rinque. Sexo hétero vende. Sexo gay te obriga a dar uma "repaginada".

— Muito bom! — diz Chris de um dos camarotes mais próximos. — Podemos repetir essa última parte?

Suspiro e recosto a cabeça no gelo. Kaivan ri. O hálito dele faz cócegas no meu pescoço.

— Claro.

Depois de umas duas horas, Kaivan está acabado, e o meu joelho está chegando àquele ponto em que, se eu continuar forçando, sei que vou me arrepender.

Levo Kaivan até o fim da pista e solto um suspiro quando os meus pés saem do gelo.

— Que foi? — pergunta ele.

— Nada. Sinto saudade do hóquei, só isso.

— Por que você desistiu do esporte, afinal?

Estou surpreso, quase ofendido, que Kaivan não saiba a história.

Mas de repente sinto uma empolgação esquisita, porque ele vai saber a minha versão, e não a versão contada na internet que tantos desconhecidos já sabem. Então, me sento ao lado dele e puxo a perna esquerda da calça para mostrar a cicatriz do joelho.

— Caramba! — Ele estende a mão, traçando a linha pálida que vai da coxa até a canela com o dedo. — O que aconteceu?

— Transplante total de joelho — respondo.
— Não, tipo, a minha avó fez essa mesma cirurgia. Mas o que aconteceu?
— Foi um acidente bem bizarro, na real. Ashton estava indo marcar um gol, mas um cara da defesa do outro time tirou o disco do controle dele. Fui atrás do cara, Ashton também foi. Eu recuperei o disco, mas aí a gente meio que... Bateu um no outro.
— Achei que isso fosse comum no hóquei.
— E é. Mas não foi uma marcação. Eu não estava esperando, nem ele, e eu acabei indo parar na arquibancada com a lâmina do patins dele enfiada na minha patela. — Kaivan estremece. — Depois do acidente, as coisas meio que acabaram para mim. E Ashton abandonou o esporte junto comigo.

Às vezes me pergunto o que teria acontecido se Aidan tivesse parado de jogar também. Se ele tivesse se juntado à banda ou se, pelo menos, nos acompanhasse nas turnês.

Talvez tudo fosse diferente.

Nunca se sabe, talvez fosse pior ainda.

Kaivan envolve o meu joelho com a mão quente e dá uma apertadinha. É gostoso, bem ali onde o polegar dele toca a parte mais delicada, mas também é esquisito, porque sinto a pressão na cicatriz, mas não o toque em si.

— Sinto muito — diz ele.
— Tudo bem.

Tem dias que ainda sinto saudade de jogar. Dias em que desejo que o acidente nunca tivesse acontecido.

Mas tenho uma vida boa.

Apoio a cabeça no ombro de Kaivan. Não sei se Rick continua nos filmando, e não ligo, porque isso aqui é real, independentemente de estar sendo gravado ou não.

Isso é real.

PERGUNTE AO ESPECIALISTA: COMO CONVERSAR COM OS MEUS FILHOS SOBRE HUNTER DRAKE?

SensoParental.com
3 de abril de 2022

Querido Especialista,

Os meus filhos (14 e 12 anos) amam a banda Kiss & Tell. Eles acompanham a vida de todos os rapazes de perto, conhecem todas as curiosidades, sabem cantar todas as músicas. Hunter, o gay da banda, é o favorito deles. Até o momento estava tudo bem. Comparado ao que meus filhos assistem na TV, Hunter e o namorado eram praticamente santos. Mas recentemente vazaram algumas revelações sobre Hunter, incluindo coisas sobre a vida sexual dele. Não só que ele estava fazendo sexo antes do casamento, mas também algumas menções mais explícitas sobre atividades sexuais específicas.

Não me sinto muito confortável com o nível de obsessão dos meus filhos a respeito de Hunter. Eu e a minha esposa não estávamos esperando ter que explicar sexo anal para eles nesta idade.

Eu achava que Hunter era um bom exemplo, mas agora não sei mais o que fazer. Não quero que os meus filhos achem que o comportamento dele é aceitável, mas eles ainda adoram o cantor e as músicas. O que devo fazer?

Atenciosamente,
Pai Atrapalhado

Querido Pai Atrapalhado,
Ficar de olho nas mídias que as nossas crianças estão consumindo nunca é fácil, especialmente quando as mídias em questão começam a adentrar territórios mais adultos. Meus parabéns por ter conversas tão difíceis com eles. (Para outros pais e mães com dificuldades de terem "aquela conversa", confira o nosso guia de ideias adequadas para cada faixa etária.)

As minhas próprias filhas ficaram arrasadas com as notícias sobre Hunter Drake: tanto sobre as vezes em que ele traiu Aidan quanto com os comportamentos que elas consideram "nojentos".

No fim das contas, o nosso papel é ajudá-los a encontrar ídolos mais saudáveis. No geral, não recomendo proibir nada; em vez disso, tenha alternativas mais seguras para oferecer. Já ouviu falar em Callum Wethers? Ele é um cantor country gay muito promissor, com ótimas músicas, um sorriso radiante e uma persona pública muito mais adequada. As minhas filhas adoram.

Boa sorte,
Especialista

18

LAS VEGAS, NV • 3 DE ABRIL DE 2022

Depois de uma rápida troca de roupas — visto um suéter azul-bebê com mangas esvoaçantes e uma gola V tão funda que daria para tirar puxando por baixo, e Kaivan, calça jeans escura e jaqueta de couro, imagine só — somos levados a uma loja de cookies que a Gravadora descobriu.

É uma lojinha pequena, no meio de uma pracinha, e não dentro de um daqueles hotéis/cassinos monstruosos, e tem uma fila até a calçada. Nazeer deixa o carro com o manobrista. Ele abaixa o vidro e entrega algumas notas de dinheiro para a gente, e depois um frasco de protetor solar, já que eu me queimo muito rápido e fico muito vermelho.

— Quer um pouco? — pergunto a Kaivan.

Ele está balançando o joelho e olhando pela janela.

— Oi? Ah. Tô de boa.

— Nervoso?

Ele balança a cabeça.

— Tudo pronto?

Queria que fosse só nós dois, comendo biscoitos juntos. Sem essa produção toda. Mas Janet disse que isso está melhorando a situação. Ajudando a banda.

Então abro um sorriso e assinto.

O aroma de canela e baunilha enche a praça, misturado com gasolina e fumaça de escapamento. Nazeer fica atrás de mim quando ocupamos um lugar na fila.

A loja tem alto-falantes embaixo da marquise, sintonizados em uma daquelas rádios que só tocam sucessos das paradas e tal, e, conforme nos aproximamos, escuto um solo de guitarra bem conhecido, que abre nosso bis todas as noites.

— Ai, não — murmuro.

A gente não se conheceu agora
Somos amigos há um bom tempo
Mas preciso te contar uma coisa

Um segredo que guardei
A mentira começou a me queimar
Mas a verdade é difícil de confessar

Kaivan está rindo, dublando a letra da música.

Tipo, eu ainda tenho orgulho de "Poutine", mas gravamos quando a minha voz estava mudando, então ela soa toda esganiçada. Além do mais, as minhas letras melhoraram muito desde então. Eu e Owen vivemos dizendo que o objetivo é fazer um álbum que seja sempre melhor do que o anterior.

Ah...

Se eu pudesse te contar
O que sinto no meu peito
Está começando a borbulhar
Não dá mais pra esconder direito

Oh whoa, no nosso amor nunca vai ter rotina
Como poutine, a gente combina
Batata frita, molho e muito queijo
Me dá uma chance, vou te dar um beijo

— Quem inventou isso, afinal?

Dou de ombros.

— Eu estava dopado de analgésicos. Daí acordei um dia morrendo de vontade de comer poutine. E a letra simplesmente... veio.

— Mas, tipo, quem inventou a música?

— Hum, eu?

Kaivan pisca.

— Ah, jura? Achei que essa história fosse balela. Que era coisa da Gravadora, sei lá.

Balanço a cabeça.

— Não, a gente só fechou contrato com eles depois dessa música. Eu te disse, nós escrevemos todas as nossas músicas. Fizemos isso nos dois álbuns. É a gente que produz também.

— Sério? Maneiro.

Estou corando de novo, e sinto um aperto forte no peito. Será que ainda poderei dizer isso depois que aquele tal de Gregg meter a porra das mãos no nosso terceiro disco?

— Por que você parece tão surpreso?

Kaivan balança a cabeça.

— Nada, não, desculpa. É só que...

Ele é interrompido por um grito. Nazeer vira a cabeça de um lado para o outro e eu acompanho o olhar dele. Um grupo de garotas nos encontrou. Já estão com os celulares a postos.

Porra, toda vez a mesma coisa.

— Lá vamos nós — diz Nazeer. Ele tira o celular do bolso do peito e começa a falar. — Chamamos uma equipe local para ajudar a controlar aglomerações.

— Melhor esperar por eles, então?

Mas Kaivan já saiu da fila, indo em direção à multidão.

— Anda logo! Vamos falar com elas!

Ele tira uma caneta do bolso. Eu o acompanho devagar, me mantendo mais perto de Nazeer.

Não sei por que estou ansioso assim. Isso aqui é o meu trabalho. Eu gosto de interagir com fãs. Não seríamos nada sem eles. Mas, no momento, há um mar de pessoas exigindo mais, mais e mais, e eu só queria comer biscoito com o meu namorado.

Alguém levanta a manga da camisa e me pede um autógrafo no ombro, mas tenho uma regra estrita sobre não assinar partes do corpo, então acabo autografando a camiseta mesmo. Odeio autografar camisetas. Sempre estraga a ponta da caneta.

Sinto mãos tocando os meus ombros, puxando a minha roupa, e alguém arranca a touca da minha cabeça.

— Ei! — digo, mas me encolho ao ouvir a gritaria.

Nazeer se aproxima.

— Vamos embora — instrui ele. — Está ficando intenso demais.

Assinto, tento passar a mão ao redor do braço de Kaivan, mas ele está fora do meu alcance, posando para selfies.

— Kaivan! — grito, mas ele não me ouve, então me afasto de Nazeer para chamar a atenção dele. — Kaivan!

— Que foi?

— Temos que ir.

Alguém segura o meu braço e puxa com força, me virando de lado. O meu joelho já está cansado da patinação, e odeia ser virado à força assim, então eu tropeço e caio. As minhas mãos ardem, raladas no chão de asfalto.

Nazeer me ajuda a me levantar, e Kaivan pega a minha mão enquanto nos espremmos pela multidão, pelo caminho que Nazeer vai abrindo com os cotovelos em direção ao carro. Avisto outros dois funcionários da equipe de segurança local dispersando a multidão, enquanto todos gritam, choram, cantam e chamam o meu nome e o de Kaivan.

Não consigo respirar.

Era para ser um encontro divertido.

Kaivan continua acenando para as pessoas, então eu apoio a mão nas costas dele, só para garantir que vai ficar perto de mim e não será puxado para longe. Sinto um beliscão na bunda e olho para trás, mas não dá para saber quem foi.

Nazeer nos empurra para o carro e diz alguma coisa para os manobristas, que começam a abrir caminho para que possamos ir embora.

Respiro fundo e me recosto no banco.

— Hunter? Tá tudo bem? — pergunta Nazeer.

— Tô bem.

— Você está tremendo. — Kaivan repousa a mão na minha, mas eu me afasto. — Hunter?

O meu coração acelera. Sinto um zumbido forte nos ouvidos, um baixo grave tocando na cabeça.

— Desculpa, tá tudo bem. — Seguro a mão dele e suspiro. — A gente nem conseguiu comer.

Quando voltamos, eu e Kaivan vamos correndo para o meu camarim. As pernas dele estão doloridas, então ofereço uma massagem nos pés, que é algo que eu e Aidan nunca fizemos.

Não é tão sexy quanto imaginei que seria. Na real, não é nem um pouco sexy. O pé de Kaivan está com cheiro de patins alugados, e ele fica grunhindo toda vez que eu aperto algum ponto mais tensionado.

O meu coração ainda está acelerado por causa da aglomeração de fãs, então fico quieto e deixo Kaivan falar.

É legal, ele me fala dos irmãos, das irmãs, da mãe e do pai. Finalmente, ele pergunta sobre a minha família.

— Somos só eu, a minha mãe e Haley — explico. — Mas ela está na faculdade.

— E o seu pai?

— Morreu quando eu era pequeno.

A expressão de Kaivan fica triste.

— Ah. Meus pêsames.

— Tudo bem. Já tem um tempo. Em janeiro agora fez sete anos.

— O que aconteceu?

— Acidente de carro.

— Sinto muito mesmo, Hunter.

— Tá tudo bem. — Pressiono o polegar em um movimento circular na planta do pé dele, que parece feita de mármore, e ele chia. — Doeu?

Ele balança a cabeça.

— Nada. É gostoso. — Pressiono de novo, e dessa vez ele se encolhe e dá um gritinho. — Tá. Agora doeu.

Solto uma risada.

— Foi mal.

Eu me debruço sobre as pernas dele para beijá-lo.

— De boa.

Ele afasta os pés das minhas mãos e chega mais perto, retribuindo o beijo, passando a língua pelo meu Invisalign, o que é uma sensação muito esquisita. A mão dele encontra a curva do meu quadril e ele afunda os polegares com delicadeza.

Na nossa última turnê, uma das paradas foi em uma arena de shows antiga em Toronto, com três mil lugares e um órgão enorme no palco, que deixaram Owen tentar tocar. Ele mandou muito mal — órgão é um instrumento supercomplicado —, mas o som era tão, tão alto, que senti as ondas do som estremecendo cada molécula dentro de mim.

É exatamente isso que acontece quando Kaivan me toca, quando aperta a minha cintura e morde o meu lábio. Quando passo a mão pelo cabelo dele, puxo a sua língua para a minha boca e sugo devagar. Ele solta um som, uma mistura de suspiro com gemido, e eu faria qualquer coisa só para escutar de novo. Mas, em vez disso, ele interrompe o beijo e se afasta para recuperar o fôlego.

Queria poder capturar este momento, repassar em câmera lenta de novo e de novo, escrever uma música para explicar essa sensação.

(E eu realmente preciso voltar a escrever logo.)

— Isso foi tão bom — diz ele, com um suspiro.

— Foi, é?

— Foi.

O meu rosto está queimando, porque estou duro e provavelmente está superóbvio. Eu me ajeito um pouquinho, mas não resolve nada, então, por fim, desço a mão e dou uma ajustada nas coisas lá embaixo.

Kaivan ri. Estava reparando em tudo.

Ele abaixa a mão e se ajeita também, abrindo um sorriso tímido quando os nossos olhares se encontram.

É meio assustador estar tão a fim dele. Com Aidan, os sentimentos foram crescendo bem devagar, mas isso aqui é uma onda repentina de sopro, cordas e percussão, enchendo o meu peito até eu perder o ar.

— Eu gosto muito de você — digo, porque senão vou explodir.

— Eu também gosto muito de você.

De: Cassie Thomas (c.thomas@agravadora.com)
Para: Bill Holt (b.holt@agravadora.com), Janet Lundgren (janet@kissandtellmusic.com), Ryan Silva (ryansilvaassessoria@gmail.com)
Assunto: Últimas métricas
06/04/22 16h12

Atualização das últimas métricas. Os encontros de Hunter e Kaivan têm rendido muita mídia positiva, e o engajamento nas redes sociais aumentou em 20%.

O passeio de kart foi o mais bem-sucedido; algumas das fotos viraram memes e viralizaram. A sala de escape foi bem pior; engajamento quase mínimo. (Em anexo as estatísticas desses dois + a trilha.)

Dá para continuar melhorando as escolhas de figurino.
— Cassie

De: Bill Holt (b.holt@agravadora.com)
Para: Janet Lundgren (janet@kissandtellmusic.com), Cassie Thomas (c.thomas@agravadora.com)
Cc: Ryan Silva (ryansilvaassessoria@gmail.com)
Assunto: Re: Últimas métricas
06/04/22 16h38

Anexando as métricas mais recentes de venda aqui também. A PAR-K tem crescido bastante desde que os dois começaram a namorar; K&T voltou ao patamar que estava antes da queda e começou a subir de novo. Bom trabalho, time! Era esse o resultado que estávamos esperando.

— BH

De: Ryan Silva (ryansilvaassessoria@gmail.com)
Para: Bill Holt (b.holt@agravadora.com)
Assunto: Re: Re: Últimas métricas
06/04/22 16h57

Ótimas notícias Bill, os números estão excelentes. O que acha de adiantarmos o lançamento do single "Memories"? Só para aproveitar essa onda de mídia positiva.

Obrigado,
Ryan

De: Janet Lundgren (janet@kissandtellmusic.com)
Para: Bill Holt (b.holt@agravadora.com), Cassie Thomas (c.thomas@agravadora.com), Ryan Silva (ryansilvaassessoria@gmail.com)
Assunto: Re: Re: Últimas métricas
06/04/22 23h35

Ótimas notícias. Gostaria que a gente diminuísse um pouco a quantidade de encontros que já temos agendados para os dois; quero manter Hunter descansado para os shows e para continuar o trabalho no terceiro álbum. Além do mais, com a equipe do doc dividida, temos menos cenas com os outros garotos.

Atenciosamente,
Janet
Enviado do meu iPhone

COMUNIDADE QUEER?
QUAL COMUNIDADE QUEER?

Mode.com,
por Gabby Schenck
7 de abril de 2022

A não ser que você seja metade avestruz, já deve ter visto o último casal de sucesso dentro da comunidade queer, Hunter Drake e Kaivan Parvani, dominando as manchetes. É praticamente impossível fugir deles, já que o algoritmo das redes sociais continua os empurrando goela abaixo.

Hunter Drake é um queridinho queer desde que ascendeu à fama. Era assumido e cheio de orgulho bem antes do sucesso da Kiss & Tell, e abraçou a identidade gay nas composições, na filantropia, no ativismo e em todas as plataformas. Nós o conhecemos muito bem.

Não é como se Hunter fosse perfeito, como mostram as aparições frequentes nos tabloides, mas ele sempre apoiou a comunidade de maneira fiel. Ele nos abraçou e nós o abraçamos, com os escândalos e tudo mais.

O que só deixa tudo ainda mais esquisito quando o vemos namorando o músico Kaivan Parvani, da banda iraniana-americana PAR-K. A banda é bem recente — o primeiro álbum foi lançado no ano passado —, e, no marketing, videoclipes e letras, sempre indicou ser um grupo inteiramente heterossexual. Kaivan abraçou a imagem de rapaz hétero e atraente antes de se assumir no ano passado, em uma série de postagens que enfatizavam o desejo de ser visto, antes de qualquer outra coisa, como músico.

Este desejo parece ter sido jogado para escanteio, já que Kaivan agora parece estar aproveitando todas as oportunidades possíveis para se gabar do relacionamento com Hunter, indo a encontros em uma <u>pista de kart em Phoenix</u>, <u>indo a uma sala de escape temática em Denver</u> e <u>dando mergulhos refrescantes no lago Great Salt</u>. Kaivan nem parece fazer o tipo de Hunter, e o relacionamento no geral tem cara de ser uma jogada interesseira de marketing.

Ainda mais interesseira, apesar da fama recém-conquistada, é a postura de Parvani, que parece não dar nenhuma importância a apoiar a comunidade; nos rejeitando sem problemas quando convém aos seus objetivos de carreira e nos acolhendo em troca de retorno financeiro, ele nunca chegou a fazer o tipo de esforço público que Hunter faz.

Kaivan tem uma oportunidade única de usar a fama para ajudar na pauta da liberdade queer. Então, por que ele não faz nada?

19

ALBUQUERQUE, NM • 7 DE ABRIL DE 2022

No fim das contas, Albuquerque até que é uma cidade bem legal. A Gravadora encontrou um lugar bonitinho para Kaivan e eu comermos brunch em Old Town, que é basicamente um bairro histórico. Posamos para fotos com o dono do restaurante e distribuímos alguns autógrafos, mas, ainda bem, não chegou a ser muito intenso.

Depois, eu e os meninos entramos no estúdio para escutar mais uma demo de Owen. O lugar está começando a ficar meio fedido, com cheiro de garotos demais e espaço de menos, o cheiro da estrada. Lembra os vestiários depois de um jogo difícil, os patins suados e uniformes fedorentos, as vitórias merecidas.

Eu até que gosto, apesar de ser meio nojento.

— Olha só. Acabei de receber isso aqui de Gregg.

Owen se senta atrás do computador e aperta o play.

Reconheço a progressão de acordes da demo de Owen na mesma hora, mas agora há uma voz cantando junto. É meio rouca, bem mais grave do que a voz de qualquer um de nós, com dificuldades para alcançar as notas mais altas.

Mal consigo escutar
Quando você começa a gritar
Meu nome, minha fama, minha culpa
Você não parece aceitar
Só te peço um último beijo
Mas você diz que não vai rolar

Ooh, baby, acabou agora
Ooh, baby, já deu, vou embora

Oh, eu tentei te fazer ouvir
Você não liga, não está nem aí
Tudo aquilo que você falou
Sobre as coisas que eu não quero mais
Então vou fazer as malas
Não, eu não tenho dúvidas

Ooh, baby, acabou agora
Ooh, baby, já deu, vou embora

É agressiva, quase sarcástica. E o pior: até que é boa. Imagino o que ela pode ser quando estiver pronta. Pode ser ótima.

Sinto uma bateria furiosa tocando dentro de mim, batendo no meu estômago antes de subir pela garganta. Gregg filho da puta.

Quando termina, Owen está radiante.

— E aí? O que acharam?

Ethan segura Owen pelos ombros e dá um sacode.

— Ficou demais!

Ian concorda.

— Tem muito potencial.

Ashton olha para mim e, um por um, os outros também.
— Hunter? — pergunta Owen.
— É razoável — consigo botar para fora, mas Owen parece ter levado um soco.
— Você não gostou?
— Não foi isso que eu disse, é só que... Sei lá, não tem a sua cara. A nossa cara.
Owen olha para Ashton, que só dá de ombros, e depois volta para mim.
— Como assim, não é a nossa cara?
— Dá para ouvir que tem o toque de um cara aleatório, só isso.
— Bom, Gregg ajudou com as letras. Mas, assim que finalizarmos, vai ficar do nosso jeito.
— Poder ser — digo. — Mas, tipo, sempre vai ter o nome de Gregg, né?
— Por que você tá todo esquisito por causa disso?
— Não tô esquisito!
— Olha só — interfere Ian, com gentileza. — Sabemos que você está passando por muita pressão ultimamente, com todo o lance de Kaivan e a turnê e tal.
— Isso — concorda Ethan.
— Como assim? "O lance de Kaivan"?
Ashton pigarreia.
— Hunt. Tá tudo bem, mas é que você anda bem distraído. Passando muito mais tempo com ele do que com a gente.
— Sim, porque é o que eu tenho que fazer, porque a Gravadora pediu, porque as pessoas não vão nos apoiar se acharem que eu sou uma passivinha vagabunda. Estou fazendo isso por todos vocês. — Não acredito que os caras estão agindo assim, como se eu fosse egoísta. — Vocês deveriam ser meus amigos. Estou fazendo isso por vocês.

— Nós somos seus amigos — diz Ashton.

Mas, então, Ethan acrescenta:

— Você está fazendo isso porque Aidan fez merda e todos nós estamos sofrendo as consequências.

— Cara — solta Ashton. — Nada a ver.

— Quer saber? Vocês não têm ideia de como é ter cada parte da sua vida examinada. Como é ter que ficar *ligado* o tempo inteiro, sempre interpretando um personagem sem nunca poder só existir. Então, desculpa se ando um pouquinho lento ultimamente. Estou dando o meu melhor, tá bom?

Os garotos ficam quietos. Ashton olha para o chão. Owen volta para o computador. Ethan cruza os braços.

Finalmente, Ian diz:

— Sabemos disso. Só queremos te ajudar, tá bom? Queremos aliviar um pouco essa pressão.

Seco os olhos de novo. Não sei qual é o meu problema. Nós já brigamos antes, por causa de instrumentos e arranjos e quem vai cantar qual parte, e eu nunca chorei assim.

— Tá bom. Dane-se.

— Olha. — Owen se vira de novo para me encarar. — Se você não gostou, podemos fazer algo diferente. Com a música.

— Eu gostei. Tá tudo bem — digo.

Porque está mesmo. A música vai ficar boa assim que tivermos tempo para melhorá-la. Sei que vai.

Só estou cansado.

— Tá tudo bem.

— Nem é como se a música fosse ruim — explico para Kaivan. Estamos no ônibus dele, no sofá, jogando *Overcooked*. É um jogo em que você é um chef de cozinha tentando preparar e entregar refeições enquanto a cozinha pega fogo, é atingida por raios e coisas do tipo. O meu chefinho jacaré de gravata-borboleta está fatiando um salmão e jogando por cima de um rio infestado de piranhas.

É viciante.

— Tipo, a letra gruda na cabeça. É divertida. Mas eu... Kaivan abre os cotovelos enquanto o unicórnio dele lava a louça. Ele é daquele tipo de cara que joga videogame com o corpo inteiro. Eu gosto disso, de estar esmagado contra o corpo dele enquanto a gente joga.

— Você o quê?

— Sei lá. A gente meio que brigou, eu acho, e os caras disseram umas coisas que me deixaram bem pensativo.

— Ah, é? — Ele bate o ombro no meu, mas não desvia os olhos da tela. — Pensativo sobre...?

— Tipo, fiquei pensando neles, e em como podem ser eles mesmos. Não precisam se "vestir como gay" nem nada assim. Eles não têm que performar as identidades deles para os fãs do jeito que eu tenho. E isso é meio cansativo.

Kaivan fica quieto, correndo para empratar um sushi e levar até o balcão a tempo. Ele torce a boca de um lado para o outro, como se estivesse pensando em algo, mas não quisesse dizer.

— Eu disse algo errado?

— Não. Você só disse o que está sentindo.

— Mas?

— Mas... — Ele pausa o jogo. — É uma coisa bem estranha de se dizer, né? Todos nós estamos na mesma. Você acha que eu e os meus irmãos não estamos performando as nossas identidades todo dia? Nunca dei uma entrevista em que não me perguntassem como é ser iraniano. E tipo, Ethan, Ian e Owen,

como você mesmo já disse, não foram vestidos com uns figurinos racistas em um dos clipes da banda?
— Foram — respondo, mas a minha voz não está funcionando direito.

A expressão de Kaivan é uma nuvem carregada.

— É só que... Você não é o único sendo obrigado a performar, sabe?

— Desculpa. Tem razão. Não pensei dessa forma. Quer dizer, não é como se nenhum dos caras tivesse conversado sobre isso comigo.

Mas acho que eu também não falo com eles das minhas coisas.

Kaivan suaviza a expressão.

— Tudo bem. Eu não fiquei chateado.

— Pois deveria. Eu fui um babaca.

— Só um pouquinho. — Kaivan ri, pressionando o corpo contra o meu de novo. — Olha, não tem problema em se sentir mal com tudo isso, tá? Só não esquece que você não é o único passando por essa situação. Só isso.

— Tem razão. Desculpa. Obrigado.

Kaivan beija o meu nariz.

— Tudo bem. Agora vamos logo. Temos muito sushi para entregar.

KAIVAN PARVANI NÃO ESTÁ NEM AÍ PARA OS SEUS ESTEREÓTIPOS

*Orgulho Hoje,
por Xavier Wang
8 de dezembro de 2021*

Kaivan Parvani, de dezessete anos, é baterista da inovadora banda pop iraniana-americana PAR-K, ao lado dos irmãos Kamran, de dezenove e Karim, de vinte. O disco de estreia do grupo subiu ao topo das paradas pop e alternativa ao ser lançado no último verão, mas Kaivan atraiu um tipo diferente de atenção ao anunciar a sexualidade no Instagram.

"O Ensino Médio foi um pesadelo", explicou Kaivan pelo telefone. "Tipo, ser iraniano já era complicado o suficiente em um colégio em que noventa por cento dos alunos eram brancos. Parecia que, a cada nova notícia que surgia na mídia, eu e os meus irmãos tínhamos que lidar com um babaca racista ou outro. A maioria só falava, mas *bullying é bullying* de qualquer jeito, sabe?"

Após atingirem o top 10 do programa *America's Best Band*, os pais de Kaivan o autorizaram a abandonar o colégio público e estudar para se formar à distância enquanto se dedicava à música. Naquela altura, os dois irmãos mais velhos já haviam se formado.

"Pois é, foi um alívio e tanto. Boa parte do meu Ensino Médio consistia apenas em sobreviver. Principalmente depois que comecei a perceber que talvez eu gostasse de garotos. Tive um colega de turma no Ensino Fundamental que todo mundo dizia que era gay, por causa do jeito como ele se vestia, como falava, as músicas que escutava, um monte de boy bands e tal. As pessoas não tinham dó dele. E ele era branco! Eu sabia que não poderia me assumir como gay, não quando a minha pele já era marrom."

Ao ser perguntado como é ser queer em uma cultura que por muitas vezes chegou a negar a existência de homens homossexuais, Kaivan aponta rapidamente que iranianos-americanos não são um grupo homogêneo.

"As primeiras pessoas para quem eu contei foram os meus pais. Bom, as segundas, acho, mas só porque os meus irmãos meio que já imaginavam. Eles me apoiaram muito. Acho que as pessoas têm essa ideia de que todos os iranianos, que todos nós, odeiam gays, sei lá. Mas é só olhar em volta e perceber que há muita homofobia aqui também."

No fim das contas, Kaivan espera quebrar estereótipos e unir Leste e Oeste, gays e héteros, por meio da música.

"Não quero ser conhecido apenas como iraniano ou como gay. Sou uma pessoa completa. Quero fazer músicas que unem as pessoas. Músicas boas, sabe? Daquelas que passam no teste do tempo. Não essas merdas manufaturadas, tipo esse monte de boy bands em que não dá nem para saber quem está cantando o quê. É tudo enlatado. Eu e os meus irmãos queremos que as pessoas saibam nos diferenciar. E, no fim disso tudo, só quero ser eu mesmo, sem me sentir preso às expectativas dos outros. Isso é o que eu mais quero."

Xavier Wang é jornalista e especialista em histórias de diásporas, experiências de terceira cultura e estudos queer. Elu mora em Nova York com oito plantas e sue parceire. Escreve artigos para o Orgulho Hoje, o New Yorker, e muito mais.

ITINERÁRIO HUNTER DRAKE
ALBUQUERQUE, NM / AUSTIN, TX

7-8 de abril, 2022

Importante: Hunter chegará mais cedo em Austin para um ensaio fotográfico com a Q *Magazine*. Carro e serviço de escolta já contratados. Todos os fusos em UTC-5 exceto quando apontado.

23h UTC-6 Encerramento aprox. do *meet & greet*, embarque para o Aeroporto Internacional de Albuquerque (ABQ)

23h45 UTC-6 Voo para o Aeroporto Internacional Austin-Bergstrom (AUS)

2h20 (8 de abril) Desembarque no Aeroporto Internacional Austin-Bergstrom (AUS)

3h Chegada ao hotel Four Seasons em Austin

9h30 Traslado busca Hunter na ENTRADA DE SERVIÇO

10h Chegada ao estúdio fotográfico

12h30 Almoço servido no estúdio

15h Traslado leva Hunter DIRETO PARA A ARENA

17h30 Passagem de som

20

AUSTIN, TX • 8 DE ABRIL DE 2022

O despertador toca cedo demais. Quer dizer, nem é tão cedo assim, mas eu perdi uma hora ao trocar de fuso horário, e fiquei acordado até tarde conversando com Kaivan porque ele ainda estava acordado quando mandei mensagem avisando que eu já tinha aterrissado, então só fui dormir depois das quatro da manhã.

Hoje tenho um segurança local, um cara branco com estilo meio militar que gosta de ser chamado de "Hodges". Sendo bem sincero, ele é meio assustador. Totalmente diferente de Nazeer, que, apesar da postura imponente, tem uma energia muito mais de Paizão do Grupo do que qualquer outra coisa.

Encontro Malone na entrada de serviço do hotel, onde o sedã preto está estacionado, e ele me leva a um prédio alto, no estilo *art déco*, ao lado de um rio, do tipo que parece estar cheio de bancários, arquitetos ou escritórios de advocacia. No décimo segundo andar, há uma agência de publicidade com um estúdio fotográfico próprio. As paredes são brancas, as luzes, suaves e todo mundo parece estar de cachecol, apesar de nem estar tão frio assim.

Hodges me deixa com o figurinista, um cara alto e magro de óculos quadrados, cabelo platinado e cachecol cinza.

— Como vai, meu anjo? — pergunta ele, abrindo a cortina e revelando um provador.

— Tranquilo. E você?

— Vivendo a vida dos sonhos. Aliás, sou Aaron, ele/dele.

— Hunter. Ele/dele.

— Eu sei quem você é, rapazinho. — Ele me entrega uma calça jeans preta desbotada tão macia que preciso conferir se é mesmo jeans. — Nervoso?

— Um pouquinho.

— Por quê? Aposto que você vive fazendo ensaios fotográficos.

— Pois é, mas dessa vez as fotos têm significado de verdade, sabe?

Aaron sorri.

— Bom, não se preocupe. Vamos cuidar bem de você. Aqui é todo mundo do vale.

Relaxo os ombros e respiro fundo. Não há nada como estar em um ambiente onde todo mundo é queer.

Que saudade dessa sensação.

— A sua empresária disse que você está testando um novo visual, certo?

— Acho que sim.

— Hum. Acha?

— Sei lá, eles acham não me visto que nem passivo.

— E o que passivos vestem?

Aponto para as minhas roupas.

— Moletom e gorro, parece.

Aaron cai na gargalhada.

— Bom, vamos tentar algo só um pouquinho mais estiloso para o ensaio.

Ele me entrega uma camisa branca com gola assimétrica e uma textura ondulada bem maneira no tecido, e um par de botas elegantes de couro preto.

— Experimenta isso aqui — diz. — Precisa de alguma coisa? Você está de cueca, certo?

Assinto.

— Qual tipo?

— Boxer.

— Graças a Deus. Callum chegou aqui com a samba-canção mais frouxa que eu já vi na vida. Parecia uma tenda de circo. Fiquei esperando um carro de palhaços sair de dentro do provador a qualquer instante.

Chego a corar pensando nas cuecas apertadas de Kaivan.

— Nada de circo por aqui.

— Que bom. Posso só conferir o modelo?

O jeito como ele pede é profissional, nada bizarro, então eu abaixo a cintura do moletom e mostro a cueca boxer preta com costura dourada na cintura.

— Fofo — diz ele, e fico ainda mais corado pelo elogio. — Mas acho melhor irmos com algo sem costura.

A minha cueca tem uma costura bem no meio.

Aaron dá uma saída e volta segundos depois com várias cuecas tão macias que parecem água.

Ele fecha a cortina e eu me visto. Escolho uma cueca slip verde-petróleo e me observo no espelho. Geralmente não uso esse estilo, mas essa aqui tem um formato legal, e cabe direitinho.

Visto a calça jeans. É meio apertada, principalmente nas coxas e na bunda, mas o comprimento está bom. Fecho o zíper das botas, visto a camisa e saio do provador.

— Que tal?

— Humm. — Aaron me leva até uma área com um espelho de três faces e começa a mexer no caimento da camisa sobre os meus ombros. — O que achou da calça? — Ele passa um dedo por dentro da cintura e puxa. — Apertada?

— Mais nas coxas.

— Você consegue agachar?

Tento, e o tecido luta contra a minha força por um segundo antes de soltar um som estridente de rasgado.

— Merda! Desculpa!

Aaron ri.

— Já lidei com coisa muita pior.

— É a minha bunda de hóquei.

— Vamos tentar outra coisa.

Aaron volta com uma calça jeans azul-escura que me veste perfeitamente, e troca a camisa azul por um suéter de caxemira preto liso com gola V.

— Você está ótimo — diz ele, assim que me aproximo dos espelhos de novo.

Analiso o reflexo. Não uso nada nesse estilo desde que a tal "repaginada" começou, mas gostei. É confortável, prático e estiloso. Nada espalhafatoso, brilhante ou passivo-chique. Simplesmente eu.

— Esse sorriso que eu gosto de ver! — diz Aaron.

— Obrigado. Eu amei.

Queria poder me vestir assim o tempo todo. Mandar a Gravadora se foder e usar o que me der vontade.

— Perfeito. Vamos lá, hora do cabelo e da maquiagem.

A pessoa responsável pelo cabelo (Jai, elu/delu), que tem o cabelo castanho comprido mais sedoso do mundo, lava e apara as pontinhas do meu cabelo antes de me pentear com o topete no estilo *pompadour* mais alto e angular que já usei.

Nem eu sabia que o meu cabelo conseguia ficar em pé daquele jeito.

Jai, atrás de mim, olha para o meu reflexo no espelho.

— Gostou?

— Ficou demais. Elu gira a cadeira e pega um lápis de olho.

— Só um toque final.

— Precisa mesmo disso?

— Eu odeio lápis de olho. Não tem nada a ver com a coisa de ter um objeto afiado perto dos olhos, apesar de não ser a melhor sensação do mundo. É só que eu não gosto de ninguém encostando nas minhas pálpebras.

— Precisar, não precisa — diz Jai. — Mas vai destacar o verde dos seus olhos. Fica ao seu critério.

Cerro os dentes e assinto.

Jai faz tudo com rapidez e delicadeza, mas ainda assim eu afundo as unhas nos braços da cadeira enquanto elu aplica a maquiagem. Assim que terminamos, Jai chega para o lado para que eu me veja no espelho.

— O que acha?

Elu tinha razão: o lápis de olho dá mesmo muito destaque. Geralmente os meus olhos são de um verde meio floresta, mas, com o contraste, ficam parecendo cor de jade.

— Tudo!

— Está mesmo. — Jai tira a capa de plástico do meu pescoço.

— Tudo pronto.

— Valeu, Jai.

O ensaio é para a edição especial "Ícones" da Q *Magazine*, uma publicação anual que celebra 25 personalidades queer que estão fazendo alguma diferença. É uma honra e tanto, mas, para ser sincero, me sinto uma fraude ao ser incluído ao lado de ativistas e legisladores muito mais velhos do que eu.

Na verdade, sou a segunda pessoa mais nova dessa edição. Callum Wethers tem dezesseis anos.

Callum é um cantor country que ganhou várias manchetes no ano passado depois de se assumir aos quinze anos e "estraçalhar os estereótipos da música country", como se Melissa Etheridge, Lil Nas X e mais um monte de outros artistas já não tivessem feito isso antes. Ele é um garoto branco de cabelo loiro, olhos azul-claros e o maxilar de um fazendeiro de trinta anos: basicamente, todos os estereótipos de um músico country tipicamente americano misturados em uma pessoa só. Tirando a parte de gostar de garotos.

Ele está vestindo uma camisa branca de botão, calça jeans clara e um par de All Stars de cano baixo cor-de-rosa.

— Hunter Drake! — diz ele ao me ver. Callum abre um sorriso largo (os dentes são tão brancos e alinhados que parecem ter sido feitos por uma máquina), e se aproxima para me dar um abraço antes que eu consiga impedi-lo. — Finalmente a gente está se conhecendo.

— Pois é. Prazer.

— Não acredito que estaremos nesse ensaio juntos. Tipo, você foi a minha inspiração e agora eu estou inspirando mais pessoas. É incrível.

— É legal, né?

Ele sorri para mim como se eu fosse a câmera.

— Pois é! Tipo, eu quero muito mostrar como a música country pode ter representatividade. E mostrar para todo mundo que gays são iguais a héteros. Tipo, eu posso cantar sobre outro garoto e tá tudo bem. Amor é amor, né?

— É. — Parece que ele está dando uma entrevista, só respostazinha pronta. — Claro.

Ele continua sorrindo para mim, mas os olhos estão mostrando mais nervosismo do que qualquer outra coisa. Não dá para dizer se ele está empolgado por me conhecer, ansioso com a coisa toda ou se já não sabe mais como é ser tratado como um ser humano de verdade.

Então eu pergunto:

— E como tem sido lidar com toda a atenção e tal? Muita pressão, imagino.

— Ahn? Ah, de boa. Quer dizer, tenho alguns haters e tal, sabe como é, aquele clássico "é Adão e Eva, não Adão e Ivo". Mas, sério, tem sido ótimo poder viver a minha verdade. Você sabe muito bem como é.

— Que bom.

— Pois é. Além do mais, não é como se eu estivesse namorando ou de pegação por aí. Estou concentrado apenas na minha música no momento.

Não sei dizer se ele está sendo um babaca ou se apenas não pensa antes de falar, mas por sorte Lou (ela/elu), uma das assistentes de fotografia, aparece para levar Callum até o ensaio dele.

— Depois nos falamos mais, tá? — diz ele por cima do ombro.

— Claro.

Eu preferiria comer uma das lâmpadas do estúdio.

Caminho até a parede e começo a me recostar, mas aí lembro que estou vestido e arrumado, então ajusto a postura.

— Que carinha é essa de quem está precisando de um Rivotril, amore?

— Oi?

Eu me viro e encontro Masha Patriarki, realeza drag não binária, em toda a sua glória, olhando para mim.

Elu está com uma peruca vermelha enorme (vermelho ketchup mesmo, e não ruivo como o meu cabelo) e um vestido justo que deve ser feito de arco-íris e glitter, porque muda de cor dependendo de onde a luz bate. A maquiagem delu também está incrível: a pele marrom-escura cintila, as sobrancelhas estão perfeitamente arqueadas; as bochechas e nariz, contornados com a precisão de uma faca; os lábios, com um batom escuro e um pouquinho de glitter para brilhar como o céu da noite.

Até o cheiro delu é bom, um perfume de rosas e mel.

Quando não respondo, elu suaviza o olhar.

— Tá tudo bem?

Pigarreio.

— Tá. Tá, sim. É só que... estou meio deslumbrado.

Masha solta uma risada que chega a enrugar os olhos.

— Bom, eu não te culpo. Não é todo dia que se tem a chance de conhecer a realeza.

Fico corado.

— Aliás, me chamo Hunter.

— Ah, eu te conheço.

Elu me conhece.

— Eu amei seu TED Talk.

Masha fez uma palestra incrível sobre a importância do ativismo queer (ou drag-tivismo, como elu disse) para apontar as desigualdades em moradia, saúde pública e oportunidades de emprego. Então, concluiu com uma apresentação de drag fantástica, sobre o legado de protestos queer, desde Stonewall até os dias de hoje.

Tipo, Masha é um ícone queer. Sem brincadeira.

Eu só finjo.

— Obrigade. Eu gosto das suas músicas.

— Sério?

— Sério, são babado. Mas gosto ainda mais de como você está apoiando abrigos para jovens vulneráveis.

Fico tão corado que provavelmente já estou mais vermelho do que o cabelo de Masha.

— Eu só estava... Tentando seguir aquilo que você disse. Usar a minha visibilidade para o bem.

— Olha ele! — Elu dá um tapinha carinhoso no meu peito. — O que mais você planeja fazer?

— Ainda não sei — confesso, e me sinto ainda mais sonso, porque poderia estar fazendo mais, deveria estar fazendo mais. Quer dizer, além dos discursos públicos, Masha tem uma fundação que apoia jovens queer racializados, e um grupo ativista dedicado exclusivamente a cobrar leis antidiscriminatórias.

— Bom, você ainda é jovem. Tem tempo para decidir.

— Acho que sim. Mas sei lá. Acho que acabei estragando tudo.

Masha arqueia a sobrancelha tão alto que some peruca adentro.

— Estragou como?

— Hum, não sei se você ficou sabendo de todas as coisas que o meu ex postou na internet.

Elu pisca para mim.

— Ah, meu anjo, eu ouvi.

— Pois é. Alguns dos abrigos e ONGs precisaram se distanciar de mim.

Masha cerra os lábios.

— A maioria dos abrigos depende de doações de corporações que querem diminuir a quantidade de imposto que pagam. Corporações cheias de pessoas héteros. Pessoas héteros odeiam ser lembradas de que pessoas queer fazem sexo. E foi isso que você fez.

— Eu sinto que decepcionei todo mundo.

— Não decepcionou nada — diz elu. — Eu já perdi um monte de patrocinadores na vida, e tenho certeza de que vou perder muito mais. O importante é fazer aquilo que você acredita.

— Vou tentar.

— Muito bem. — Elu analisa o meu rosto. — Os seus olhos estão um bafo. — Abro um sorriso genuíno. — Já pensou em se montar de drag?

— Um dia, talvez, quando tudo isso passar — respondo. — Já tenho até o nome escolhido: Chapauzinho Vermelho.

Masha gargalha.

— Amei! Mas como assim, "quando tudo isso passar"? Está esperando o quê?

— A Gravadora vive dizendo que fazer drag não pegaria muito bem para mim.

— Sério? Por quê?

— Não sei — respondo. Só que eu sei, sim. — Acho que, na cabeça deles, há um certo ideal de como um cara gay deve ser, qual é o meu papel na banda e tal. Antes de todo esse lance com Aidan, eu tinha que ser *masculino*, *esportista*, ser um *cara*, e agora preciso ser *afeminado*, *bonzinho*, *vestir roupa florida*. Eles não querem que eu seja complicado de entender.

Masha me encara.

— O que eles acham é da conta deles. Mas o que você faz, aí, sim, é da sua conta.

Elu tem razão, é claro. Eu sei disso. Mas não sei o que fazer.

— Masha? — chama Lou. — Tudo pronto para o ensaio.

Masha assente para Lou e se volta para mim com uma piscadinha teatral.

— Levanta a cabeça, Chapauzinho. Senão a coroa cai.

ESPECIAL ÍCONES: #24 CALLUM WETHERS

Q Magazine

QM: Você fez um barulhão quando se assumiu, né? Para que se arriscar tanto? Principalmente na música country, que tem um histórico bastante conservador.

CW: Sei lá, simplesmente senti que precisava ser eu mesmo. As pessoas sempre pensam "Ah, esses caras do country são todos iguais, dirigindo caminhonetes enormes com suas botas de caubói, e as músicas idênticas sobre namoradas que vão embora e cachorros mortos". Mas tem muita gente diferente que mora no interior. Um dos meus melhores amigos é negro. E tinha até um grupo de alunos LGBT no meu colégio. No fundo, eu só quero que a música country seja algo que todos possam curtir. E, ao me assumir, talvez esteja ajudando outras pessoas a entenderem que não somos tão diferentes assim. Queremos as mesmas coisas, e um coração partido dói do mesmo jeito, tanto para gays quanto para héteros.

QM: Falando em coração partido, você é bem caladinho quando se trata de relacionamentos. Está saindo com alguém?

CW: Não tenho tempo para isso agora. Estou apenas concentrado na minha carreira. Tipo, eu sou gay, mas não quero ser conhecido pela minha vida amorosa. Quero que as pessoas me conheçam por causa do meu trabalho, porque eu lancei uma música que as ajudou a passar por um momento difícil ou que as fez sorrir. Isso é o que importa para mim.

QM: Se me perguntassem ano passado quem eu esperava ver no Especial Ícones, um cantor country de dezesseis anos estaria bem longe da minha lista, e, ainda assim, aqui está você. Quem são os seus ícones? Quem te inspira?

CW: Os meus pais sempre serão os meus maiores ícones, porque me criaram para manter a cabeça erguida e ser quem eu sou. E eu nunca estaria aqui se não fosse por artistas como Taylor Swift e Kacey Musgraves. Sabe como é, as maiorais.

QM: Dolly Parton?

CW: Ah, claro. Dolly é ótima.

QM: O que podemos esperar do futuro?

CW: Bom, eu vou entrar em turnê este verão, e estou trabalhando muito no próximo álbum. Além do mais, os meus pais estão me ajudando a organizar um programa de mentoria para jovens músicos em áreas rurais, mas ainda estamos planejando tudo direitinho. E você provavelmente vai rir, já que é um tremendo estereótipo, mas ganhei uma caminhonete de aniversário e ainda estou tentando dar um jeito nela.

QM: Parece que tem muita coisa rolando na sua vida.

CW: Com certeza. Mas eu não mudaria nada. Só se vive uma vez, né?

O álbum de estreia de Callum Wethers, *Callum*, está disponível nas principais plataformas de streaming.

Fotografia: Margie Holden. Figurino: Aaron Waters. Cabelo e maquiagem: Jai Culber.

ESPECIAL ÍCONES: #3 HUNTER DRAKE

Q Magazine

QM: Um dos nossos outros ícones deste ano é Callum Wethers. Como você se sente sabendo que está inspirando jovens músicos a se assumirem e a viverem sem medo?

HD: Não sei. Existiram muitos músicos queer antes de mim. Freddie Mercury. Elton John. Troye Sivan. Janelle Monáe. Não me sinto uma inspiração. Quer dizer, tem até outros caras de outras boy bands que se assumiram.
    Mas fico feliz em ver Callum vivendo com autenticidade. Acho supermaneiro.

QM: Todos os membros de boy bands que se assumiram fizeram isso bem mais tarde em suas carreiras, não no comecinho. Imagino que não tenha sido fácil. Você se preocupou com algum tipo de repercussão negativa?

HD: Acho que sim, mas não era como se eu pudesse voltar para o armário. Eu já era assumido no hóquei, e quando gravamos o vídeo de "Poutine" foi só por diversão, então não me preocupei em fingir que era hétero, nem nada. Tipo, quem iria se importar se um cara aleatório em um vídeo do YouTube fosse gay? Então, quando a banda estourou, já era tarde demais. Mas os garotos sempre me apoiaram. E Janet, a nossa empresária, também. A Gravadora também sempre foi de boa.

QM: Você mencionou os garotos, os seus companheiros de banda. É difícil estar em um grupo com quatro rapazes héteros?

HD: É, mas não do jeito como as pessoas imaginam. Não é como se eu estivesse a fim de algum deles. Eles são atraentes, claro, mas o que estou querendo dizer é o seguinte: na minha cidade, eu tinha mais amigos queer, tinha o grupo de alunos LGBT no colégio, tinha espaços como este aqui onde todo mundo era queer. E, sei lá, eu me sinto mais leve em lugares assim. Faz sentido?

QM: Faz, sim.

HD: Bom, acho que esta entrevista está sendo o momento em que eu mais conversei com pessoas queer em um bom tempo. Sem contar os encontros de fãs e tal.

QM: Você está falando dos encontros VIP que acontecem depois dos shows?

HD: Isso. Consegui organizar para que cinquenta ingressos especiais fossem distribuídos para jovens queer locais em todos os shows. É esquisito falar "jovens queer" como se eu não fosse um também. Mas, enfim, esses eventos são muito rápidos, e não há um senso de comunidade. É só um momento. Um momento incrível, claro, mas acaba rápido.

QM: Parece que você está se depreciando. Você já deixou bem claro para o público quanto dinheiro está doando para abrigos ao redor do país.

HD: E do Canadá também.

QM: E do Canadá também. Isso não é pouca coisa.

HD: Pode parecer conversinha fiada, mas é só dinheiro, sabe? Tipo, Masha Patriarki está por aí liderando protestos, dando palestras, buscando mudanças efetivas. Às vezes me sinto um burguês safado, sendo bem sincero.

QM: Pelo menos dê um pouco de crédito a si mesmo. Esse é o Especial Ícones, afinal.

HD: Obrigado. Eu tento.

QM: Você sempre foi bem sincero com os fãs sobre os seus relacionamentos. Acredita que haja algo poderoso em representar o amor queer para o público geral?

HD: Não sei. Estar em um relacionamento é difícil, e mais difícil ainda quando se tem que lidar com o olhar do público. Exige muito trabalho, muita comunicação, e não é fácil quando se está sempre sob os holofotes. Às vezes é bem complicado.

QM: Você está se referindo ao término com Aidan Nightingale?

HD: Sim, mas mesmo quando ainda estávamos namorando. Nós deixamos de ser pessoas e nos tornamos um ideal. E isso mexeu demais com a minha cabeça. Com a de Aidan também, imagino, mas aí você teria que perguntar a ele.

~~**QM:** Aidan insinuou que você foi infiel durante o relacionamento, mas você nunca falou disso publicamente.~~

~~**HD:** E o que eu iria dizer? Afinal, tem certo desequilíbrio de poder nisso tudo, não tem? Comigo estando na banda, e tudo mais? Se eu disser que ele está errado, todo mundo vai massacrá-lo e, de qualquer forma, ele já vem sendo tratado muito pior do que eu.~~

~~Tipo, os nossos fãs são ótimos, não me entenda mal, mas tem muita gente aleatória na internet que adora falar merda.~~

~~**QM:** Justo.~~

~~**HD:** Olha, podemos cortar essa última parte?~~

QM: ~~Tem certeza? Acho que as pessoas podem se interessar pelo que você tem a dizer sobre o assunto.~~

HD: ~~Eu sei, mas não me parece certo ficar falando dele sem ele estar presente.~~

QM: ~~Tudo bem.~~

QM: O que o futuro reserva para Hunter Drake?

HD: Bom, estamos trabalhando no nosso terceiro álbum. E gravando um documentário da turnê, o que é bem divertido, mas meio frenético também, com as câmeras ligadas o tempo todo e tal.
Também estou tentando entender como gerar mais impacto, em uma escala maior. Talvez uma fundação ou algo do tipo. Ainda não decidi. Quero fazer a diferença. Não só para as pessoas que vão aos nossos shows, mas para pessoas queer em todo lugar.

QM: Quanta coisa rolando na sua vida!

HD: Pois é. Mas, se tenho tanta visibilidade, melhor usá-la né?

Hunter Drake pode ser ouvido no álbum de estreia da Kiss & Tell, *Kiss & Tell*, e também no segundo álbum da banda, *Come Say Hello*.

Fotografia: Margie Holden. Figurino: Aaron Waters. Cabelo e maquiagem: Jai Culber.

ESPECIAL ÍCONES: #1 MASHA PATRIARKI

Q Magazine

QM: Este é seu terceiro ano no nosso Especial Ícones. Como você chamaria isso? Um truque de mágica? Um salto triplo?

MP: Um tri-ligue, igual no boliche. Você sabe muito bem que eu adoro um *strike*.

QM: Mas muita coisa mudou nos últimos três anos, né? Na primeira vez, você tinha acabado de viralizar com o TED Talk. E agora tem livro na lista de mais vendidos, prêmios por ações humanitárias, é um ícone cultural!

MP: Não se esqueça da derrota na eleição para o congresso.

QM: Isso também. Como se sente ao olhar para trás e ver o quão longe você chegou?

MP: Exauste. Venho fazendo tudo isso há dez anos. Já fui ignorade, já sofri calúnias, e fui a cota negra de um monte de gente. As pessoas esperam que eu chegue saltitando, conserte os problemas de gente branca delas, e vá embora em um passe de mágica. Adoram ler os meus livros, usar as minhas falas em camisetas, mas não fazem o trabalho pesado de destruir o patriarcado hétero e a supremacia branca. E isso está literalmente no meu nome, amor!

QM: E, ainda assim, é difícil pensar em alguém que esteja trabalhando mais do que você pela liberdade queer no momento.

MP: Alguém precisa trabalhar.

QM: E como é esse trabalho? Digamos que estaremos aqui de novo no ano que vem. Que tipo de futuro você gostaria de ver?

MP: Queria muito saber. Ainda estamos sonhando com como será o futuro queer. Especialmente para pessoas negras, indígenas, pessoas racializadas em geral, pessoas gordas, PCDs.

Mas posso te dizer o que não dá certo: se conformar. Ceder às expectativas que o patriarcado hétero e a supremacia branca colocam no nosso comportamento, nas nossas formas de expressão, nas nossas identidades, no nosso amor. O futuro não será construído com nós nos assemelhando a eles. E sim neles, lenta e dolorosamente, descobrindo que nós também somos humanos.

QM: Nossa. Que fala poderosa. Infelizmente, temo que você tenha razão, mas é uma visão bem pesada. Há alguma coisa que te dê esperança no momento?

MP: Esperança é o que me move, meu amor. Esperança, vinho branco e uma dose saudável de rancor. Sabe o que me dá esperança? Ver um monte de jovens nas minhas sessões de autógrafo, shows e palestras, todos inspirados a trabalhar. Quer dizer, olha só a sua lista desse ano: cinco pessoas têm menos de 25 anos! Dois são meninos ainda!

É fácil pensar no quanto as pessoas são complicadas e imperfeitas, mas a próxima geração já está se fazendo ser ouvida. Buscando mudanças, exigindo inclusão, lutando por uma justiça que transforma radicalmente. E isso são só os mais barulhentos. Tem os quietinhos também, que fazem declarações poderosas em silêncio, só vivendo, existindo, sobrevivendo a um sistema que quer destruí-los. E, ainda assim, eles permanecem fortes.

Isso é o que me dá esperança.

Masha Patriarki é dragtivista, organizadore da comunidade, autore da lista de mais vendidos do *New York Times*, palestrante TED e vencedore do *NAACP Image Award*.

Fotografia: Margie Holden. Figurino, cabelo e maquiagem: Masha Patriarki. Figurino adicional: Aaron Waters. Cabelo e maquiagem adicionais: Jai Culber.

21

AUSTIN, TX • 8 DE ABRIL DE 2022

— Como foi? — pergunta Kaivan.

Estamos no meu camarim, agarradinhos no sofá. Encaixei a cabeça no ombro dele e ele está me fazendo cafuné.

Seguro um bocejo.

— Foi legal.

— Só legal?

— Sei lá. Fiquei pensando em um monte de coisa. Ah! Mas eu conheci Masha Patriarki.

— Sério? E como elu é?

— Demais. Inteligente, legal e... Sei lá. Queria ser como elu.

— Eu gosto de você do jeitinho que você é.

Kaivan dá um beijo na minha testa, eu me aconchego mais perto dele.

— Conheci Callum Wethers também. Sabe quem é? Aquele cantor country que se assumiu há um tempinho.

— Aham.

— Ele é um lixo. Tipo, o gay branco mais branco que eu já vi na vida. E antes que você pergunte, sim, eu já me olhei no espelho.

Kaivan ri.

— Ele tinha cheiro de grama aparada e raios de sol?

— Não, tinha cheiro de desodorante Axe. Mas, enfim, ele tava todo tipo "eu só quero ser conhecido pela minha música, e não por ser gay".

Faço a minha melhor imitação de sotaque do Texas. *Oi, eu sou Callum Wethers, sou igual a todo mundo tirando o fato de que eu adoro chupar um pau. Só que não chupo pau porque não quero a imprensa falando mal de mim.*

Kaivan balança a cabeça.

— Mas, tipo, ele não está errado, está? Olha o que aconteceu com você. Talvez ele não saiba outro jeito de sobreviver.

Fico corado porque ele tem razão, mas ainda assim me incomoda.

— A gente não deveria ter que sobreviver só agradando os héteros, né?

Kaivan ri.

— Que foi?

— Tem certeza de que se olhou no espelho? Você não acha que eu sobrevivo agradando gente branca às vezes?

— Foi mal. Essa eu mereci. — Eu me sento no sofá. — E eu entendo o que você está dizendo. Mas, tipo, não dá para controlar o que os outros pensam da gente.

— Talvez não, mas podemos dar aos outros motivos para nos atacar. Callum está limitando a quantidade de alvos nas costas dele, só isso.

— Acho que sim. — Mordo o lábio. — Isso te preocupa?

— Isso o quê?

— Ser o meu namorado. As pessoas só conhecerem você por causa disso. — Tento dizer casualmente, mas sinto um gosto amargo na boca. — Isso sempre irritou Aidan. Se sentir ofuscado. E, quanto pior ficava, pior ele me tratava.

Kaivan inclina a cabeça para o lado. Eu analiso os músculos do pescoço dele, o jeito como se alongam. Ele está de regata preta para o show, aquela que deixa a clavícula bem à mostra, o que é uma das minhas coisas favoritas do mundo. (Especialmente para beijar. Ou lamber. Ou morder.)

— Eu não sou Aidan. Não me sinto ofuscado.

— Mas e todas essas coisas que a Gravadora está nos obrigando a fazer?

— Ei, se eles quiserem continuar pagando pelos nossos encontros, eu tô de boa. Deixa que paguem.

Kaivan começa a mexer no meu cabelo de novo. O meu sistema nervoso fica todo arrepiado, os meridianos vibrando em uma harmônica artificial.

— Você não tem medo de eles nos transformarem em pessoas que não somos, só para venderem mais álbuns?

Kaivan suspira.

— Esse é o nome do jogo, garotinho.

— Qual? *Riding the Gravy Train*?

Ele ri.

— Viu só? Eu também conheço Pink Floyd.

— Eu sempre soube que havia algo especial em você.

Relaxo no corpo dele. A mão no meu cabelo me acalma tanto que eu poderia pegar no sono a qualquer momento.

— Mas entendo o que quis dizer. Eu também quero ser conhecido pela minha música. Pelas coisas que eu crio, tanto quanto pela pessoa que eu amo.

Ele disse "amo".

Não estou surtando. Mas ele com certeza disse "amo".

— Queria que pudéssemos só ser quem somos.

— Eu também. — Kaivan apoia o queixo na minha cabeça. — Hummm. Que cabelo cheiroso.

— Sério?
— Sim. Me lembra alguma coisa.
— O meu condicionador tem óleo de amêndoas.
— Ah. Tem cheiro das sobremesas da minha mãe.
— Humm. — Fecho os olhos e sinto o cheiro de Kaivan. — Você também está cheiroso.

Ele ri, o peito vibrando contra a minha pele. Acho que estou tendo uma daquelas ereções sonolentas esquisitas, que provavelmente fica bem óbvia embaixo da calça de moletom, mas não consigo me mexer. Deixo a nossa respiração sincronizar, encontro a mão livre dele e entrelaço os nossos dedos.

Não quero abrir mão disso aqui. Não quero ter que escolher entre estar com alguém ou ser músico. Não é justo. Kaivan também não deveria ter que escolher.

Ele disse "amo".

— Hum. — Kaivan murmura no meu cabelo. — Tá ouvindo esse saxofone?

— Hum.

Não escuto nada, só o coração dele. Relaxo completamente contra o corpo de Kaivan, como uma corda frouxa de violão, cada parte do meu corpo soltinha.

Mas aí acontece.

O alto-falante do camarim ganha vida, tocando aquele solo de saxofone pornográfico de "Careless Whisper" no volume máximo.

O meu corpo entra em alerta imediatamente, e empurro Kaivan tão rápido que caio do sofá.

— Que porra é essa? — pergunta ele.

Corro para abrir a porta. Ethan está no fim do corredor, morrendo de rir, segurando um daqueles radinhos da equipe de produção.

— Ethan! — grito enquanto ele foge.

Ele olha para trás e ri mais alto ainda.

— ALERTA DE PAU DURO! — grita no radinho enquanto dobra a esquina, gargalhando o tempo todo.

— Não foi legal! — grito, mas a minha voz ecoa pelo corredor vazio. — Ethan!

Mas ele já foi embora.

Ajeito as coisas lá embaixo, para prender a ereção no elástico da cueca, e volto para dentro.

No camarim, a música trocou para "Let's Get It On", de Marvin Gaye, e eu não sei dizer se é melhor ou pior. Kaivan está rindo tanto que começa a soluçar, e isso me faz rir também. Balanço a cabeça, fecho a porta e diminuo o volume do alto-falante.

— Babacas — digo, mas não falo sério.

Já fui alvo de pegadinhas antes, como o infame dia do Acidente de Mostarda, então eu já deveria esperar algo do tipo.

Kaivan ainda está rindo, mas avisto o olhar dele fixo no meu moletom.

— Alerta de pau duro, é?

— Me deixa — digo, puxando a camisa para baixo. — Foi só uma ereção de sono.

— Ah. — Ele me puxa de volta para o sofá. — Você estava com sono?

— Estava. Mas agora acordei.

— Ah, é?

— É.

— Que bom, porque eu tenho que ir para a passagem de som e estava com medo de você babar na minha camiseta.

— Que absurdo!

Ele ri enquanto beija a minha bochecha e se levanta.

— Te vejo depois?

— Claro.

De: Bill Holt (b.holt@agravadora.com)
Para: Ryan Silva (ryansilvaassessoria@gmail.com)
Assunto: Re: Mudança no lançamento do single "Memories"
08/04/22 15h15

Segue o plano de marketing em anexo. Estamos confiantes de que este será o melhor jeito de aproveitar a nova onda de imprensa em torno de Kaivan. PSC, a equipe de vendas está feliz com esse novo foco voltado para questões identitárias, acham que vai impactar bem os números. Todos estão muito empolgados.

— BH

De: Ryan Silva (ryansilvaassessoria@gmail.com)
Para: Bill Holt (b.holt@agravadora.com)
Assunto: Re: Re: Mudança no lançamento do single "Memories"
08/04/22 16h15

Gostei do plano de marketing, vou passar para os meninos. Que bom que tá todo mundo empolgado! Obrgdo bill.

Ryan

22

AUSTIN, TX • 8 DE ABRIL DE 2022

— Caramba, Austin! — diz Ashton no microfone. — Esse é um dos shows mais espetaculares que já fizemos. Concordam?

A multidão grita. Ashton sempre diz uma variação disso, não importa onde estamos, mas hoje é verdade. O público está elétrico. Nunca vi algo igual.

— Você falou "Austin" ou "Ashton"? — pergunta Owen ao se sentar atrás do piano.

— Você tá zoando o meu sotaque canadense?

Todos riem.

— Enfim, essa próxima música não é nossa, mas é uma das favoritas de Hunter. Não é mesmo, Hunter?

Assinto. Estou atrás da pedaleira, segurando a guitarra Hummingbird, tocando alguns acordes só para checar o tom.

— Isso aí — respondo. — O meu pai tocava essa música no carro quando nos levava para os treinos de hóquei, lembra?

— Lembro que ele era desafinado, mas nunca parou de cantar por causa disso.

— Você também não — responde Ethan, provocando mais uma onda de risadas.

— Calma, rapazes — diz Ian, se posicionando entre Ashton e Ethan para apartar a briga de mentira.
Isso também faz parte do roteiro toda noite. É meio brega, mas vale a pena só para poder tocar a música favorita do meu pai.
— Enfim, essa música é de uma banda chamada Pink Floyd, e se chama "Wish You Were Here".

A multidão grita mais uma vez, provavelmente por causa de uma empolgação generalizada, e não porque conhecem "Wish You Were Here". A música foi lançada antes mesmo do meu pai nascer. Mas, sério, é uma das melhores músicas já escritas. E eu não canto apenas para o meu pai, apesar de desejar muito que ele estivesse aqui. É mais do que isso. É uma música sobre saudade, perda e conexão.

Se eu conseguisse escrever apenas uma música que tenha pelo menos metade de todo esse poder, já ficaria feliz.

Talvez um dia.

Ainda estamos vibrando enquanto descemos o corredor até os camarins aos pulos depois do show. Não consigo parar de sorrir. Nenhum de nós consegue. Alguns shows são simplesmente assim. Eufóricos.

Owen me alcança e joga o braço ao redor do meu pescoço.

— Ótimo show.
— O melhor — concordo.
— Ei. Desculpa por ontem, a coisa da música e tal. Eu não sabia que você se importava tanto com isso, que tudo seja feito pela gente.

Quer dizer, eu me importo com isso, mas não tanto quanto me importo com a nossa amizade. Ou com a banda.

— Não. Escuta. — Balanço a cabeça. — Eu perdi um pouco a linha. E a música é boa, sério.

— Mesmo?

Assinto, apesar das minhas orelhas queimarem, porque a música é boa mesmo, eu só queria que a gente não precisasse depender do bosta do Gregg.

— Bom, ainda preciso da sua ajuda. Acha que podemos trabalhar juntos amanhã?

— Pode ser.

— Valeu, Hunter.

Ele entra no camarim dele e eu sigo andando até o meu.

— Ei, Hunt? — chama Ashton, antes de eu fechar a porta. — Tem um minutinho?

— Tenho, deixa só eu me arrumar para o *meet & greet* rapidão.

— Ah.

— Só um segundo.

Tiro a camisa, seco o máximo de suor que consigo com a toalha áspera do camarim, depois visto uma limpa. É mais uma camisa florida, com orquídeas roxas. Eu me olho no espelho e paro por um instante.

Não me pareço mais comigo. Pareço um boneco de papelão de Hunter Drake. Um desses bonecos de trocar de roupa. E eu odeio. Odeio ter me tornado isso aqui. Uma mentira.

Quero ser verdadeiro. Quero ser o tipo de cara que faz o que acha certo, e não o que os outros querem. Penso no que Masha me disse.

O que a Gravadora acha é da conta deles.

O que eu faço é da minha conta.

Então, reviro as roupas e encontro uma camisa azul-claro de botão no final da arara. Julian escolheu essa para uma entrevista no final do ano passado, e eu gostei tanto que pedi para ficar com ela.

Eu me visto, dobro as mangas e arrumo o cabelo como dá.

— Ok, tô pronto — digo ao sair, mas Ashton está no celular. Ele me vê, levanta o dedo, e depois suspira e me dá as costas.

— Não, pai, eu não acho que... Sim. Aham.

Espero um segundo para ver se Ashton vai desligar, mas ele continua falando e eu preciso ir para o meet & greet, então apenas aceno e vou embora sem ele.

O meet & greet é ótimo também. A energia do show continua crepitando em meio à luz fluorescente e ao carpete feio com estampa de mar na sala de recepção. Certa vez perguntei por que tantas salas de recepção têm carpetes tão horrendos, e Janet disse que carpetes estampados escondem melhor as manchas de vinho e vômito e, nossa, que nojo.

Falando em Janet, ela arqueia a sobrancelha, já que não estou usando o "visual repaginado", mas eu sorrio e dou de ombros. Depois de um segundo, ela também sorri e balança a cabeça.

Brett fica atrás de mim, filmando algumas cenas enquanto dou autógrafos, poso para fotos, distribuo abraços, escuto histórias e faço o possível para dar conselhos.

Uma garota me diz que talvez seja bissexual, mas não sabe se quer se assumir, e eu digo a ela que o mais importante é se certificar de que está em uma situação segura e de que possui uma boa rede de apoio, e o resto (inclusive mudar de ideia, se quiser) ela resolve depois.

Ume adulte não binárie me conta que a nossa música foi uma ajuda no processo de redescobrir a paixão por cantar, e agora ile é parte de um coral queer em Austin e conheceu outras pessoas parecidas.

Um pai me conta que o fato de eu ser gay e jogador de hóquei ajudou muito no processo de autoaceitação do filho dele, que joga lacrosse.

Queria que todas as história fossem boas. Queria que toda noite fosse assim.

— Oi! — Dou o meu melhor sorriso para uma mãe e duas crianças quando chega a vez delas na fila. — Como vocês se chamam?

— Alexis — diz a mais alta.

— Carly — diz a mais baixa.

— C-a-r-l-y? — confirmo enquanto autografo o pôster.

A menina assente.

— Trouxemos um presente também — diz a mãe.

— Ah, não precisava! É sempre muito fofo quando os fãs trazem presentes, mas é impossível carregar esse tipo de coisa quando estamos em turnê, então muitos presentes acabam indo para o lixo, ou estragam quando tentamos guardá-los.

— Não tem de quê. Nós escolhemos especialmente para você.

Ela abre a bolsa e pega um boá de plumas nas cores do arco-íris. Tenho total noção de que Rick está nos filmando, então congelo um sorriso enquanto a mãe deixa as crianças me entregarem.

— Nossa. — Não seja um babaca, Hunter. Não seja um babaca. — Obrigado.

A mãe pega o celular. Enrosco as plumas no pescoço e faço pose para uma foto rápida.

— Ficou perfeito! — diz ela.

Eu mantenho o sorriso e aceno para a família enquanto elas vão embora, mas sinto um disco de hóquei entalado na garganta.

Tipo, esse não é o primeiro boá de plumas que ganhei na vida, e não será o último, mas é muito pior ter toda essa humilhação registrada em vídeo.

— Um momento — diz Nazeer para a próxima pessoa da fila. Nem sei de onde ele surgiu. É como se ele lesse os meus pensamentos. — Pausa de cinco minutinhos.

Ele me entrega uma garrafa d'água e aponta para a porta lateral.

— Obrigado.

A porta lateral leva a um corredor amplo e curvo, com chão de cimento queimado e cercas de segurança nas paredes. Tiro o boá do pescoço e o deixo cair no chão.

Eu não deveria deixar isso me abalar tanto assim. Não posso permitir que uma microagressão bem-intencionada destrua a noite.

Fecho os olhos, respiro fundo, alongo o pescoço, bebo água. Mas ainda não consigo encontrar aquela euforia de antes. Está fora do meu alcance, como uma nota alta demais para mim.

Uma porta se abre no fundo do corredor. Passos ecoam pelo chão de cimento, junto com o som de salto alto. Devem estar saindo do show até agora.

Arrumo a postura, balanço o corpo. O show tem que continuar, e o pós-show também. Ainda há pessoas esperando por mim, pessoas que merecem um sorriso.

Eu me viro para a porta, mas avisto Jill chegando pela curva do corredor.

— Ah. Oi, Jill.

E então vejo a pessoa andando atrás dela, arrastando uma mala de rodinhas e carregando uma bolsa surrada do Ravens pendurada no ombro.

Aidan Nightingale pigarreia.

— Ah... Hum... Oi, Hunter.

ITINERÁRIO DE VIAGEM

• 8 DE ABRIL DE 2022 •

PASSAGEM SÓ DE IDA NA PRIMEIRA CLASSE DE **YVR** PARA **AUS**.
PASSAGEIRO: <u>AIDAN NIGHTINGALE</u>

PARTIDA EM YVR
8h05

ESCALA EM DEN

CHEGADA EM AUS
22h20

23

AUSTIN, TX • 8 DE ABRIL DE 2022

Sem querer, amasso a garrafa d'água, espirrando tudo nas mãos e nos braços.

Não digo nada para Aidan. Sequer olho para ele. Dou meia-volta, abro um sorriso falso enorme e retorno para o meet & greet. Sorrio. Autografo. Repito. Nazeer percebe que aconteceu alguma coisa, e faz a fila andar com rapidez, só diminuindo o ritmo quando chega a vez dos jovens do abrigo.

Eles ficam felizes ao me ver e eu fico feliz ao vê-los, apesar de dois que estão mais no fundo me ignorarem, pois estão ocupados discutindo em voz alta sobre os seus animes favoritos. Alguns me dão presentes: poemas, desenhos, uma camiseta enorme da barraca do abrigo na Parada do Orgulho do ano passado, grande o bastante para caber dois de mim. Todos são fofos, engraçados, corajosos e generosos. Eu me sinto um saco de bosta porque sei que todos esses presentes vão acabar no lixo, junto com o boá de plumas coloridas.

Ainda assim, não deixo que eles — nem as câmeras — percebam. Dou risada e brinco até o responsável pelo grupo começar a levá-los embora, me agradecendo uma última vez.

— Não tem de quê — respondo. — É uma honra.

Assim que eles vão embora e a sala fica vazia, me inclino para a frente e passo as mãos no cabelo, massageando o couro cabeludo. Queria que Kaivan estivesse aqui. Queria que fosse ele me tocando, me acalmando. Não quero ter que lidar com Aidan. Quero Kaivan.

— Foi ruim assim? — pergunta Nazeer.

— Aidan tá aqui.

Solto um grunhido com a rosto colado na mesa.

— Ah. Hum...

Ele se afasta para conversar com a equipe de segurança, talvez para tentar descobrir o que caralhos está acontecendo. Não quero falar com ninguém. Mantenho a cabeça baixa e volto correndo ao camarim para buscar as minhas coisas.

Jogo as roupas na mala e guardo a guitarra, mas bate uma vontade de destroçar o instrumento no chão. Não faço isso, por mais que eu queira.

Kaivan bate à porta. Ele sempre bate do mesmo jeito, uma batida rápida.

— Oi — digo.

— Oi. O show foi ótimo. — Ele me abraça por trás e me dá um beijo na bochecha, mas eu me sinto travado com o toque dele. — Que foi?

Eu me afasto para poder olhá-lo de frente. Ele segura os meus cotovelos com carinho.

— Aidan está aqui.

— Ele... Sério?

Assinto.

— Apareceu durante o *meet & greet*.

— Como assim? Ele veio para o show do nada?

— Não, ele estava no corredor de serviço com a mãe dele e umas malas. Sei lá.

A expressão de Kaivan fica nebulosa.

— E ninguém te contou?

— Não... — Merda. — Ashton queria conversar comigo depois do show, mas ele estava ocupado no celular. Falando com o pai. A sensação de traição borbulha nas minhas veias. Acho que o meu olho está tremendo.

— Que sacanagem. Você vai ficar bem?

— Vou, sim. Só estou puto. — Uma risada escapa de mim, mesmo sabendo que não há nada de engraçado nisso. — Desculpa.

— Não precisa pedir desculpas.

Ele me puxa para perto de novo.

— Já está tudo acabado entre nós. Aidan e eu. Só para você saber.

— Eu imaginei — diz ele, a voz abafada pelo meu cabelo.

— E eu nunca o traí. Não sei se eu já te disse isso. Mas nunca traí.

— Isso nunca me preocupou. Eu confio em você.

— Por que você é tão bom comigo?

Não sei por que perguntei. Só estou me sentindo muito pequeno e inútil. Odeio isso.

— Por causa da sua bunda de hóquei.

Solto uma risada e apoio a testa no peito dele.

— Valeu, hein.

— Vai ficar tudo bem, Hunter.

— Eu sei. — Suspiro e ajeito a postura. — Eu sei.

Ashton está me esperando na frente do ônibus. Evito o olhar dele enquanto guardo as malas, mas ele bloqueia a entrada.

— Hunter, me escuta...

A raiva borbulha dentro de mim, mas eu mantenho o tom de voz baixo.

— Você sabia que ele vinha?

Ashton olha para o chão.

— Tentei te avisar, mas...

— Mas o quê?

— Foi tudo de última hora. E as coisas estavam esquisitas ontem. Daí hoje você estava ocupado, e eu até tentei, mas o meu pai ligou e você sabe como ele é.

Quero gritar com ele, mas não grito, porque ele sempre fica no meio das confusões: entre os pais dele, entre Aidan e eu.

Respiro fundo e tento equilibrar o tom da voz.

— O que ele está fazendo aqui?

Ashton afasta o cabelo do rosto.

— O meu pai mandou ele ficar com a minha mãe por um tempo. Os dois estavam brigando o tempo todo, e... Hunt, ele foi expulso do time.

— Oi?

— Acho que ele apareceu bêbado em um treino.

Não consigo imaginar Aidan fazendo isso. Nem quero. Não sei se estou pronto para lidar com ele sofrendo. Não quando estou tão puto com ele.

— Aidan tá arrasado, Hunt. E ele é o meu irmão. O que você faria se fosse com Haley?

A minha fúria se acalma só um pouquinho, porque ele tem razão. Eu faria qualquer coisa pela minha irmã, apesar de Haley nunca precisar de nada. Ela é tão independente que nem deixou a mãe arrumar a cama dela quando se mudou para o alojamento da faculdade.

— Eu entendo — finalmente murmuro. — Entendo. Mas não custava nada ter me avisado.

— Eu não sabia que ele ia chegar hoje. Eu ia te contar, juro.

— Tá bom.

Ashton relaxa os ombros.

— Onde ele vai dormir?

— Aqui. Vou trocar com Ian e dividir o beliche com ele nos fundos.

Ian venceu o torneio de pedra, papel e tesoura no começo da turnê e ganhou o direito de ficar sozinho em um beliche, apesar de ser o mais próximo do banheiro.

— Tudo bem por você?

— Tudo bem — murmuro. — Desde que ele use meias limpas.

Ian sempre dorme com uma perna balançando para fora da cama. Na turnê passada, Ethan levou uma pezada na cara quando se levantou para fazer xixi no meio da noite.

Ashton assente e entra no ônibus atrás de mim. Aidan está na área comum, sentado no sofá com o celular nas mãos.

Quero tacar o celular dele longe quando o vejo. Mas ele só está entretido com um joguinho.

— Oi — diz ele, se levantando. — Não queria te pegar de surpresa daquele jeito.

— Tudo bem — respondo.

Não está nada bem. Mas estou cansado.

— Hunter, eu... — começa ele, mas eu o interrompo.

— Olha, Aidan. Sinto muito que esteja tudo uma merda para você agora. — Para a minha surpresa, eu sinto mesmo, apesar de também estar furioso. — Mas acho melhor a gente não conversar. Tá bom?

Aidan pressiona os lábios. Antigamente era difícil diferenciar ele e Ashton. Quer dizer, eu sempre consegui, mas a maioria das pessoas, não. Agora, porém, a diferença é gritante. Tipo, ele descoloriu o cabelo (o clássico pedido de socorro dos gays); além do mais, está com olheiras fundas, e deixou crescer um cavanhaque e um bigode ralos.

Aidan nunca conseguiu ter uma barba decente, por mais que tentasse.

A pior parte é como ele parece pequeno. Não baixinho — ele é um centímetro mais alto que Ashton, o que era sempre tema de piadas bem-humoradas —, apenas pequeno. Como se existisse menos dele.

A parte de mim que o amou um dia sente vontade de chorar um pouquinho, porque ele não parece mais o Aidan que já foi o meu Aidan.

Lá da frente, Bobby grita:

— Pé na estrada!

O ônibus entra em movimento.

— Vou dormir.

De: Janet Lundgren (janet@kissandtellmusic.com)
Para: Bill Holt (b.holt@agravadora.com)
Assunto: Re: Mais um
08/04/22 22h08

Aidan chega hoje à noite. Jill bateu o pé dizendo que era isso ou tirar Ashton da turnê, o que obviamente está fora de cogitação. Não a culpo, mas já dá para ver que vai dar merda. Ashton está cobrindo todos os custos do irmão.

Ashton também disse que ficará responsável por contar para Hunter, graças a Deus, mas já vai separando as moedinhas aí caso precise pagar fiança para tirar alguém da cadeia.

Att,
Janet
Enviado do meu iPhone

De: Bill Holt (b.holt@agravadora.com)
Para: Janet Lundgren (janet@kissandtellmusic.com)
Assunto: Re: Re: Mais um
08/04/22 22h43

Concordo que vai dar merda, mas não tem o que fazer. Melhor arrumarmos algo superfofo para H e K fazerem no próximo encontro, para mostrar que o namoro dos dois continua firme e forte.

KISS & TELL: O DOCUMENTÁRIO

Transcrição de imagem
047/03:29:15;00

ETHAN: É mais ou menos uma da manhã e estamos a caminho de Dallas. Temos dois dias de descanso e depois um show na terça-feira. A gente geralmente gosta de relaxar um pouquinho depois dos shows e antes de irmos dormir. Durante os shows você acaba juntando muita energia pela empolgação do público, mas depois que acaba, tipo, você tem que ter um tempo para descansar. A gente em geral vê um filme, joga videogame ou qualquer coisa assim.

ASHTON: Não, não, mistura primeiro, depois cozinha.

IAN: Pode crer.

AIDAN: O peixe, não! O peixe tem que ficar cru.

OWEN: Preciso de mais carne picada.

ETHAN: Como vocês podem ver, Hunter deixou todo mundo viciado em um jogo novo. Eu sou o próximo!

AIDAN: Lavando a louça!

IAN: Cadê o extintor de incêndio?

ETHAN: Provavelmente vou entrar no lugar de Ian porque ele é péssimo.

IAN: Ei!

ETHAN (imitando um repórter): Ah, aqui nós vemos um jovem gay no seu hábitat natural: todo arreganhado na poltrona, debruçado no caderno. Percebam os olhos brilhantes, as bochechas coradas, as sardas cintilantes que disfarçam a escuridão interior.

HUNTER: Estou sendo atacado!

ETHAN (com a voz normal): No que você está trabalhando?

HUNTER: Nada de mais. Só numas ideias que eu tive.

(Celular apita)

ETHAN (imitando um repórter): Silêncio! Ele acaba de ouvir o sinal de acasalamento. Esta espécie é conhecida por ficar mal-humorada quando está longe do parceiro.

HUNTER: Cala a boca.

ETHAN (imitando um repórter): Esta espécie é conhecida por seduzir parceiros em potencial com músicas românticas.

HUNTER: Cala a boca! (Se levanta do sofá e caminha até os beliches)

ETHAN: Ah, para. Tô só brincando.

(Câmera tremendo, imagem borrada)

HUNTER: Ethan, Aidan tá bem ali, então será que você pode, tipo, dar um tempo? Já está tudo esquisito o bastante.

ETHAN: Foi mal, cara. Era só zoeira.

HUNTER: Tá bom. Que seja.

CADERNO DE HUNTER

Dm/Gm/Dm/Bb

Fechou a porta para o mundo
Mas não me disse que uma fresta ficou
Sempre sinto esses olhares
Me observando
Me esperando errar
Com essas letras horríveis

O que eu preciso cometer
Pra te fazer ficar
Feliz comigo
O que eu preciso dizer
Pra tudo ficar bem
E nós alguma coisa alguma coisa??

Não sei qual é o meu problema
Deve ser alguma coisa
Algo que me faz continuar tentando
Tudo parece tão igual
Nada parece certo
Caindo nos vícios antigos
Merda o que rima com antigos?
UMBIGOS???

SEI LÁ

24

DALLAS, TX • 10 DE ABRIL DE 2022

O nosso hotel em Dallas é bem maneiro. Depois de ligar para a minha mãe e colocá-la a par de todo o drama envolvendo Aidan, peço serviço de quarto e desço para a academia. Está bem vazia: alguns empresários emburrados nas esteiras, um casal praticando yoga e um cara mais velho com uma toalha em volta do pescoço andando de um lado para o outro nas máquinas de musculação.

Ethan também está aqui, em uma das máquinas de remo, o cabelo encharcado de suor. A postura dele é impecável. Era do time de remo quando estávamos no colégio.

Ninguém olha para nós dois enquanto vou até a máquina de elíptico ao lado dele. Essa é provavelmente a melhor parte de ficar em hotéis chiques: os hóspedes são sempre adultos sem graça que não conhecem ou não se importam com quem somos.

Ethan me cumprimenta com a cabeça enquanto coloco os fones de ouvido e boto a minha playlist de treino para tocar. No geral, só tem rock, além de um pouquinho de hip-hop, músicas com o grave bem-marcado e batidas firmes.

Adicionei algumas músicas da PAR-K também, porque são divertidas e animadas e eu amo ouvir Kaivan na bateria. Me mantém no ritmo enquanto treino no elíptico, o que eu sempre acho um saco já que odeio essa sensação de não estar saindo do lugar. Mas é a máquina que eu posso usar, porque é a que pega mais leve com o meu joelho.

— Tá sorrindo por quê? — pergunta Ethan.
— Nada.
— Você tá *tão* apaixonado.
— Me deixa.

Eu e Ethan vamos até os halteres depois. Não podemos levantar nada muito pesado, só pesos leves, já que a Gravadora nos quer tonificados, mas não bombados. Tipo, magros o bastante para ainda sermos considerados *twinks*, mas definidos o suficiente para ficarmos bonitos de regata.

Ethan é mesmo muito bonito. Ele tem aquelas veias saltadas descendo pelos bíceps. Eu nunca consegui ter veias assim.

— Desculpa se deixei o clima esquisito ontem — diz quando me sento no banco para fazer desenvolvimento de ombros. — Eu não estava pensando direito.

— Não é culpa sua — digo, entre uma repetição e outra. — Tá tudo esquisito.

Ethan se senta no banco ao meu lado.

— Imagino. Nenhum de nós nunca teve que dividir o ônibus com um ex antes.

— A gente ia precisar de um ônibus inteiro só para as suas — digo, fazendo Ethan rir.

Ele tem mais ex-namoradas do que todos nós juntos, embora ele nunca tenha sido julgado e observado do jeito que eu e Aidan fomos.

— Elas eram só contatinhos — admite. — Kelly foi a última com quem tive algo sério.

— Ah.

— Pois é. — Ele se endireita e dá uma olhada na porta da academia, mas estamos sozinhos na sala dos halteres. — Ela foi a minha primeira.

— Primeira... tipo, transa?

— Foi. Eu gostava muito dela.

— Sério?

Sempre imaginei que ele já transava desde a época do colégio, com todas as namoradas que teve.

— Sério. — Ele abre um sorriso meio triste. — Às vezes fico me perguntando se as coisas teriam sido diferentes se não fosse tudo tão público. Se pudéssemos ser só nós dois.

— Como assim?

— Cara... Todo mundo vivia nos massacrando. Umas merdas muito racistas. E, tipo, as ofensas já eram ruins, mas aí vinham aquelas coisas mais sutis, sabe? Coisas que parecem de boa, mas no fundo não são. Entende?

Sinto o rubor subindo pelo pescoço e pelas bochechas porque, sendo bem sincero, não fazia ideia. Eu achava que todo mundo amava Ethan e Kelly.

— Eu e Aidan passamos por isso também. Principalmente depois do término. Aidan levou muito hate.

— Cara, depois do término foi barra para a gente também. E muito pior para Kelly. Até hoje. A gente se fala por mensagem vez ou outra. — Ele grunhe ao levantar os halteres. — As pessoas ficam se metendo em todos os relacionamentos que ela tem. Todas as roupas que ela usa. Dizem umas paradas muito cruéis. Sabia que tem um otário que criou um site com uma contagem regressiva até o aniversário de dezoito anos dela?

— Que nojo! Já tive que lidar com uma boa parcela de pervertidos, mas nunca criaram um site assim.

— Pois é. Ela sempre dizia que não era fácil ser uma garota negra na internet, mas eu não entendia direito até ver algumas das mensagens que ela recebe.

Não sei o que responder. Eu recebo comentários homofóbicos praticamente todo dia, mas sei que é diferente.

— Sinto muito — digo, finalmente.

Ele dá de ombros.

— Não é você quem está fazendo tudo isso.

— Tá, mas, tipo, isso continua rolando? Com você, quer dizer. Os comentários e tal.

Ethan apoia os pesos sobre o peito e se vira para mim com as sobrancelhas franzidas.

— Cara. Sem parar, desde que a banda começou.

— Ah. Sério?

Ele se senta, pega o celular do bolso, desliza o dedo na tela e me entrega o aparelho.

— Que merda — murmuro.

Um monte de pessoas mandando ofensas racistas por ele ser vietnamita, insultos sobre a culinária do país. Tenho quase certeza de que alguns dos comentários nem são insultos para a cultura certa, mas não quero descobrir.

— Cara. — A minha nuca está ardendo. — Sinto muito. Eu não tinha noção disso. Sinto muito mesmo.

— Deixa pra lá — diz ele, dando de ombros. — Não é como se todos os comentários fossem negativos. A maioria é positiva. Mas, sim. Tem muita gente babaca por aí.

— É, mas mesmo assim.

Eu me pergunto se é ruim desse jeito para Ian e Owen também. Se Kaivan também recebe essas merdas.

Ethan pega os halteres de novo.

— Já me acostumei. Eu sabia que seria assim quando me meti nisso aqui.

— Eu, não — digo. — Quer dizer, eu sabia como seria, só não imaginava que seria tão...

Ethan me analisa, com o olhar profundo e pensativo.

— Intenso?

— Isso.

— Sei como é. — Ele se recosta no banco e se prepara para levantar os pesos de novo. — Vamos lá. Você nunca vai ficar sarado se não parar de falar.

— Olha quem fala, com essas pernas de frango.

— Melhor ter perna de frango do que braço de miojo.

— Ei. Essa doeu! — Mas pego os halteres e continuo levantando. — Mas, enfim... Valeu, Ethan.

Ele solta uma bufada de ar e sorri para mim.

— Sem problemas.

De: Ryan Silva (ryansilvaassessoria@gmail.com)
Para: Bill Holt (b.holt@agravadora.com)
Assunto: Re: Lançamento "Memories" 15/4
11/04/22 12h15

Os meninos estão superempolgados pra sexta, principalmente kaivan. Podemos remarcar a entrevista pra 14/4 de manhã? Ele vai sair com hunter de tarde. Tirando isso, o cronograma de divulgação tá ótimo.

Ryan

De: Bill Holt (b.holt@agravadora.com)
Para: Ryan Silva (ryansilvaassessoria@gmail.com)
Cc: Cassie Thomas (c.thomas@agravadora.com)
Assunto: Re: Re: Lançamento "Memories" 15/4
11/04/22 14h09

Estamos empolgados aqui também. Ótimo momento para os meninos. Colocando Cassie em cópia para resolver as questões da entrevista.

— BH

De: Cassie Thomas (c.thomas@agravadora.com)
Para: Bill Holt (b.holt@agravadora.com)
Assunto: Re: Re: Lançamento "Memories" 15/4
11/04/22 15h14

Deixa comigo. Aliás, você sabe por que Hunter está mudando o figurino? Não está ruim, porém não está coeso com a repaginada que combinamos. Precisamos manter todos os elementos alinhados até sexta-feira.

— Cassie

25

DALLAS, TX • 11 DE ABRIL DE 2022

Chove segunda-feira à tarde, uma tempestade pesada que atinge as janelas do quarto de hotel de Ashton. Há trovoadas à distância e eu tiro um momento para escutar. Não tem temporais assim lá em casa. Eu amo ver a chuva envolver o mundo. Poderia assistir para sempre.

Os meninos estão todos amontoados no sofá, jogando *Overcooked*. Ontem à noite eles desbloquearam uma fase em que dá para tostar perus e batatas com lança-chamas.

Deixá-los viciados nesse jogo foi um erro grave.

— Batatas! Batatas! — grita Ashton enquanto o chef dele no jogo, um husky siberiano com óculos de armação grossa, solta uma chama de fogo em uma esteira cheia de perus.

— Ei — diz Aidan, com a voz suave e dócil.

Aidan Nightingale nunca foi dócil na vida.

— Ah. Oi.

Olho para Aidan e depois desvio o olhar, me voltando para o centro de Dallas, porque Aidan ainda parece uma versão vazia de si e eu não suporto mais. Não suporto sentir tanta pena dele quando, na verdade, eu deveria estar furioso.

Quer dizer, eu estou bravo. E magoado. E triste. Mas eu tenho tudo isso — uma turnê, amigos, Kaivan — e Aidan não tem nada. Como posso odiá-lo quando ele é tão patético?

— Tem um segundo?

Pela voz dele, parece até que vai me pedir um rim.

— Tá bom.

— Hum.

Aidan esfrega as mãos. As unhas dele estão detonadas, roídas até o sabugo. Não me lembro de vê-lo roendo as unhas antes. Ele tinha mãos muito bonitas.

E ainda tem. Só estão um pouquinho maltratadas. Quero pegar as mãos dele, um instinto antigo que nunca passa, mas jogo a vontade para longe. Não vamos ficar de mãos dadas.

— Olha — diz ele. Estou olhando. — Eu nunca tive a oportunidade de dizer isso pessoalmente, Hunter. Quero pedir desculpas. Por tudo. Queria que você me escutasse dizendo isso.

Címbalos explodem no meu peito. Quero empurrá-lo contra a janela. Quero chorar.

Quero ser cruel com Aidan. Quero magoá-lo do jeito que ele me magoou.

Quero que ele pare de se sentir mal. Quero isso para nós dois.

Não sei o que eu quero.

— O que exatamente você quer dizer com "tudo"?

Ele leva o polegar à boca e começa a roer a unha.

— Tipo... Tudo mesmo. As mensagens. As brigas. Ter achado que você me traiu.

— Eu não traí.

— Eu sei. Eu sei. — Ele suspira. — E não espero que você me perdoe, nem nada. Só saiba que... Eu me arrependo.

Eu o encaro. Os olhos dele têm um anel azul-escuro na borda. Eu amava os olhos dele.

— Por que você fez isso? — sussurro.

Aidan pisca e quebra o contato visual, virando o rosto para a chuva.

— Eu estava bêbado. E sozinho. Eu sabia que tinha feito merda, mas queria botar a culpa em outra pessoa. Em você. Em qualquer um.

— Que fodido, Aidan.

— Eu sei. — Ele olha para mim de novo, bem rapidinho. — Não sei mais o que dizer além de pedir desculpa.

Também não sei mais o que dizer.

— Tá bom. Beleza. Obrigado, sei lá.

Ele assente. E parece tão patético, com o cabelo lambido e sem vida, os ombros caídos, as mãos machucadas.

Quero dizer que está tudo bem, que eu o perdoo. Quero que ele pare de ser essa versão esquisita e minúscula de Aidan e volte a ser como antes. Talvez assim eu não me sinta tão culpado por estar com raiva.

— Olha...

Mas, antes que eu possa dizer qualquer coisa, Owen grita:

— Kaivan!

Olho para trás e, como esperado, Kaivan está na porta. Owen dá um passo para trás para deixá-lo entrar.

Eu me esforço ao máximo para segurar o sorriso, porque os garotos nunca vão parar de me zoar se eu continuar mostrando o tempo todo como Kaivan me faz feliz. Mas não consigo, porque, só de olhar o meu rosto corado, Ethan já começa a rir.

Atravesso o quarto e pego a mão de Kaivan.

— Oi — digo.

Ele olha além de mim, para Aidan, que está nos observando, mas depois se volta para mim e sorri. Ele dá um beijinho no meu nariz, e Ethan ri mais uma vez.

— Eu não sabia que Ashton tinha uma suíte inteira só para ele.

Kaivan observa o quarto: janelas do chão ao teto, uma área de estar com sofá grande e TV, uma copa e portas de correr de vidro fosco, que dão para o quarto em si.

— Ah. Tem. A gente geralmente fica em quartos assim.

— Você tem um também?

Assinto. É basicamente idêntico ao de Ashton.

— Uau.

— Desculpa — murmuro.

— É legal. — O olhar dele segue Aidan enquanto ele desaparece no quarto que ele e Ashton estão dividindo. — Do que você estava falando com ele?

— Ele estava tentando se desculpar.

— Nossa.

— Pois é. — Suspiro. — É tão... esquisito me encontrar com ele de novo. E ver o quanto ele mudou. Ele parece tão... menos.

— Tá, mas ele fez isso consigo mesmo. Você não precisa perdoar só porque ele está triste agora.

— Eu sei. — Seguro as mãos de Kaivan. São fortes, quentes e nem um pouco detonadas. As unhas dele são retinhas e bem-feitas. — Então, o que você veio fazer aqui? Mostrar pros caras como se joga de verdade?

Aponto para a TV, que mostra uma cozinha inteira pegando fogo. Ethan e Ashton estão gritando um para o outro, e Ian só balança a cabeça.

Kaivan ri.

— Não. Só estava com saudade.

Fico corado, solto as mãos e o abraço pela cintura.

— Eu também estava com saudade.

— Se vocês se pegarem na nossa frente, vão ter que pagar mais pizza! — grita Owen, do sofá.

Escondo o rosto no peito de Kaivan.

— Anda. Vem jogar com a gente. Só um pouquinho.

— Tá bom.

A chuva levou toda a umidade embora, e o ar está seco e levemente gelado enquanto caminhamos pelas docas dos canais de Mandalay. Quem diria que existem canais em Dallas?

— Tecnicamente, é Irving — diz Kaivan.

— Achei que a pronúncia era "ir-vaine".

Ele ri.

— Essa fica na Califórnia.

— Ah.

Ele coloca a mão no bolso de trás da minha calça jeans e me puxa para mais perto, dando um beijo na minha bochecha.

— Pra que foi isso?

— Só por você ser engraçadinho.

Reviro os olhos enquanto nos aproximamos da gôndola.

— Que exagero.

Observo o barco: parece aqueles de Veneza, com um gondoleiro bronzeado de chapéu de palha, camisa listrada e lenço vermelho amarrado no pescoço. A gôndola em si é preta e bem baixa, com espaço para caber apenas nós dois, um de frente para o outro. Outras gôndolas — como a que está levando Nick e a equipe de filmagem — são maiores, com cobertura e espaço para mais ou menos seis pessoas.

Aposto que seria bem romântico sem essa produção toda.

Quer dizer, é bobo e romântico mesmo assim, e eu não consigo parar de sorrir.

Kaivan embarca primeiro e estende a mão para mim.

— Obrigado — digo, assim que nos acomodamos.

— Me chamo Sebastian — informa o gondoleiro.

— Hunter — respondo. — E esse é Kaivan.

Ele ri.

— Eu sei quem vocês são.

Ele tem um leve sotaque mexicano, puxando o "s" no final das palavras.

— Bom, obrigado por nos aturar.

— Tá de brincadeira? Isso é a coisa mais legal que já aconteceu comigo.

Ele dá impulso com o remo e eu seguro as bordas da gôndola enquanto balançamos de um lado para o outro.

— Você já andou de barco? — pergunta Kaivan.

Balanço a cabeça em negativa.

— É esquisito.

Ele ri para mim com a língua entre os dentes, e toca a manga da minha blusa.

— Ei. Essa aqui é nova?

— Ah. É. Julian comprou para mim e Nazeer foi buscar.

Estou vestindo um suéter verde-claro e calça jeans preta. Julian também me ajudou a encontrar outras peças que fossem mais divertidas e mais a minha cara.

— Você não vai arrumar problema com isso?

Dou de ombros.

— Sei lá. Talvez. Mas estou cansado de ser tão performático, sabe? Estava pensando naquilo que você disse, e em algumas coisas que Masha me disse e só, tipo, comecei a fazer o que eu quero, entende? — Kaivan franze os lábios. — Você tá lindo, aliás.

E está mesmo: Kaivan veste uma camisa de botão salmão que destaca o calor da pele marrom, e calça jeans azul-claro que valoriza as panturrilhas. Dá vontade de apertar.

— Obrigado, baby. — Ele se aproxima e me beija, mas eu me afasto. — Que foi?

— Acho que precisamos de, tipo, uma reunião oficial sobre nossos apelidos de casal.

— Você canta *baby* em metade das suas músicas!

— Só porque é gênero neutro e é fácil de rimar!

— Hum. — Ele olha para o barco das câmeras e se aproxima de mim. — O que você sugere, então?

— Sei lá. Acho que Kaivan é perfeito do jeito que é.

Ele fica corado.

— Ah, nem vem.

— Não, é sério. Eu gosto do seu nome. É lindo. O meu é super sem graça.

Kaivan ri, mas depois pega a minha mão e me puxa para perto, me beijando de novo; dessa vez eu não me afasto.

Eu e Kaivan já nos beijamos muito, mas agora ele me surpreende: é um beijo agressivo, quase à força.

— Ai! — murmuro, enquanto ele bate o queixo no meu, e os meus dentes estalam.

— Desculpa — diz ele.

Esfrego o maxilar por um segundo, mas ele me puxa de novo. Coloco a mão no peito dele.

— Ei! — Dou uma risada. — Me dá um segundo.

Não entendo por que ele está sendo tão agressivo. Ele não agiu assim quando estávamos espremidos no sofá com os meninos, trocando beijinhos rápidos entre uma fase e outra.

Kaivan se estica para trás, mas mantém os dedos entrelaçados nos meus. Respiro fundo e observo os prédios deslizando ao nosso redor. A maioria deles é feita de pedra ou tijolos, pintada com cores chamativas para parecer vagamente europeu. Nos arcos de pedra há heras penduradas. O pôr do sol pinta tudo de dourado.

Por um segundo, imagino que estamos mesmo na Itália. Só nós dois. Eu e o meu namorado. Queria poder capturar este momento, essa sensação de uma vida quase normal.

Quando o nosso primeiro vídeo começou a bombar, a minha mãe se sentou comigo e disse que, se eu quisesse seguir com aquilo, começar uma banda de verdade, talvez eu nunca mais pudesse viver uma vida normal. Naquela época eu não vi problema nisso. Mesmo antes da Kiss & Tell, eu achava que iria jogar hóquei na NHL. Acho que nunca me imaginei tendo uma vida normal, de qualquer forma.

Agora, tudo o que eu queria era fazer esse passeio de gôndola durar para sempre. Segurar a mão de Kaivan e observar o jeito como a luz atinge as manchinhas âmbar nos olhos castanhos dele. Só por alguns minutos perfeitos.

Mas aí o barco das câmeras passa por nós. Brett está com a câmera sobre o ombro, focado em nós e, ao lado dele, Rick segura outra câmera, focada na multidão que se reúne nas calçadas, nos fotografando.

Kaivan me puxa para outro beijo, mais gentil dessa vez, mas ainda meio esquisito. Geralmente, quando nos beijamos, é como uma progressão de acordes, um ritmo constante de tensão e relaxamento.

Mas agora é um solo de guitarra: não um retumbante como os de David Gilmour, mas um forçado como os de alguma banda norueguesa de death metal. A língua dele está toda dentro da minha boca. Os dedos deslizam pelo meu cabelo. Geralmente eu gosto quando ele faz isso, mas hoje parece... estranho. Dissonante.

Interrompo o beijo de novo. Da calçada, algumas pessoas comemoram e aplaudem; Kaivan fica corado e acena.

— Cara — falo, me arrastando para trás um pouquinho. A gôndola balança. — Desculpa — digo para Sebastian.

— Sem problemas — responde ele. — É mais difícil de virar do que você imagina.

Assinto e olho para Kaivan de novo.

— O que está rolando?

— Como assim?

— Você tá todo esquisito.

— Esquisito como?

— Tipo... Não sei. Você não demonstra tanto afeto assim em público.

— Não gostou?

— Não, tá tudo bem, eu acho, mas...

— Mas o quê?

— Mas estou sentindo que tem alguma coisa rolando.

— Não tem nada rolando — diz Kaivan, mas ele franze os lábios.

— Lembra quando prometemos ser sempre honestos?

Ele murcha um pouquinho.

— Tá. Você tem razão. — Ele morde o lábio por um segundo. — Só foi meio estranho te ver com Aidan.

— Ah. — Um nó se forma na minha garganta. — Kaivan, já está tudo terminado com ele. Juro.

— Eu sei. É só que... Sei lá.

— Você está com ciúme?

— Um pouquinho. Você tem muita história com ele, e eu...
Seguro as mãos de Kaivan.
— Mas eu tenho um futuro com você.
Isso o faz corar. Ele sorri para mim, e eu me aproximo para dar um beijo de verdade nele.
Mas aí ele estraga tudo ao dizer:
— Obrigado, baby.
Solto um grunhido e cubro o rosto vermelho.
— Não. Odiei.
— Você amou — rebate ele, mas isso só me deixa mais vermelho ainda.
Lá está a palavra de novo.
Kaivan desliza para mais perto e me puxa para um abraço, que me parece normal de novo. O jeito como Kaivan gosta de me abraçar, o jeito como eu gosto de ser abraçado. Ele dá um beijo no meu cabelo e eu relaxo no corpo dele.
— Tem razão — digo contra o peito dele. — Amei mesmo.

ASHTON E AIDAN NIGHTINGALE SÃO CERCADOS POR FÃS POR CAUSA DE UMA "QUEIJOLÍCIA"

NewzList Canadá
11 de abril de 2022

Ashton Nightingale e seu irmão Aidan surpreenderam clientes na *taquería* TACOLÍCIA, em Dallas, ao aparecerem para provar o famoso Queijolícia, um molho de espinafre e queijo que o restaurante diz ser "o motivo pelo qual Deus inventou nachos".

Depois de provar o Queijolícia, os irmãos beberam Jarritos e comeram tacos (tanto ao estilo texano quanto ao mexicano) antes de reservarem um tempo para distribuir autógrafos e tirar fotos com os fãs, incluindo o dono da Tacolícia, Mike Ponack. "A minha filha é obcecada pela Kiss & Tell", disse ele sobre os clientes-surpresa. "Nem acreditei quando um dos nossos funcionários me disse quem eles eram. A gente sempre pensa que astros da música serão metidos e mandões, mas esses meninos chegaram aqui e fizeram seus pedidos como qualquer cliente normal, dizendo por favor e obrigado, sem nenhum auê. Acho que é verdade o que dizem sobre canadenses serem mais educados. Ashton até deixou um autógrafo para a minha filha! Tenho certeza de que vou ganhar o prêmio de Pai do Ano."

Aidan Nightingale se manteve afastado do público desde o término com Hunter Drake — e de vazar mensagens íntimas do casal em uma postagem já deletada. Até o momento, não se sabe por que ele está viajando com a banda, ou se isso significa que ele e Hunter (que, até onde sabemos, ainda namora o baterista da banda PAR-K, Kaivan Parvani) fizeram as pazes.

Kiss & Tell toca no American Airlines Center, em Dallas, amanhã à noite, pela turnê *Come Say Hello*.

Ashton Nightingale responde a perguntas dos fãs enquanto brinca com gatinhos

Hunter Drake e Kaivan Parvani flagrados em um passeio romântico de gôndola... no Texas!

26

DALLAS, TX • 11 DE ABRIL DE 2022

— Não repara a bagunça.

Parece que cinco malas de viagem explodiram no chão do quarto de hotel de Kaivan.

— De boa.

Sinto um arrepio, apesar de o quarto não estar frio.

A minha pele continua vibrando com uma energia nervosa, como um amplificador prestes a passar do limite. Depois do passeio de gôndola, passamos quase uma hora tirando fotos e dando autógrafos. Posei para fotos bem esporadicamente porque, se você decidir posar para todo mundo, fica preso para sempre, mas Kaivan disse sim para todos os pedidos.

Não o culpo, já que ele tem uma música nova saindo na sexta--feira. São os fãs que fazem uma banda acontecer. Eu e os meninos tivemos muita sorte nesse aspecto, e desejo o mesmo para Kaivan.

Mas foi um jeito bem escroto de terminar o encontro. Acho que Kaivan pensou o mesmo, já que me convidou para vir até o quarto dele.

— Vou lavar as roupas antes de viajarmos amanhã — explica, juntando uma montanha de roupas e jogando tudo dentro do armário.

Uma cueca verde-limão com detalhes em preto escapa dos braços dele, e eu a pego. É de seda e geladinha ao toque, de uma daquelas marcas gays de *lifestyle* que vivem me mandando DMs em busca de parceria para "conteúdos pagos". Mas, tipo, a cueca é bonita. Fico imaginando como Kaivan ficaria se a usasse.

Fico imaginando a que ele está usando agora.

Engulo em seco.

— Ah — diz Kaivan, um rubor subindo pelas bochechas. Ele pega a cueca e joga em cima da pilha. — Desculpa. Estou experimentando umas coisas diferentes.

— Não precisa se desculpar. Achei bonita.

Kaivan tira a camisa de botão e a adiciona à pilha, e depois tenta fechar a porta do armário. Ela fica emperrada em uma meia, mas ele finalmente consegue.

Agora é a minha vez de ficar corado, já que Kaivan está sem camisa.

— Que foi? — pergunta ele, sorrindo. — Você já me viu assim antes.

— Eu sei.

Mas fico mais corado ainda. A calça jeans de Kaivan está com a cintura lá embaixo, mostrando o elástico vermelho da cueca. Que também não é boxer.

— Me deixa vestir alguma coisa.

Ele se vira para o armário, mas eu seguro a mão dele.

— Não precisa.

Ele morde o lábio por um segundo.

Um trovão nos assusta. Kaivan aperta a minha mão com ainda mais força.

— Cacete! — Vou até a janela e abro a cortina. Está escuro lá fora, mas a chuva começa a molhar o vidro, obscurecendo as luzes da cidade. — Ainda bem que não pegamos essa chuva.
— Pois é.
Kaivan se aproxima. Sinto mais um calafrio. A pele dele irradia calor contra as minhas costas.
Ele me abraça por trás.
— Tá com frio?
Balanço a cabeça em negativa.
— Não. Tô de boa.
A sensação é gostosa, o peito dele subindo e descendo contra a minha pele enquanto ele respira. Aconchegante, ritmado, seguro.
— Eu amo tempestades — murmura ele. — Me lembram de casa.
— É?
— É.
Começo a me balançar um pouquinho e Kaivan entra no ritmo. Cantarolo qualquer coisa sem sentido e Kaivan ri.
Viro a cabeça e o beijo. Os lábios dele estão quentes, e a boca também, quando ele abre os lábios deixando a minha língua entrar. Sinto o peito formigar.
Desenho círculos ao redor da língua de Kaivan usando a minha, e me viro para ficarmos frente a frente, mas piso no pé dele sem querer, e ele cai para trás, ainda me segurando. Ele interrompe o beijo e ri.
— Que sedutor.
— Desculpa, eu estava ficando com torcicolo!
Ele ri ainda mais, pulando na cama com os braços abertos e quicando duas vezes antes de se esticar para pegar a minha

mão de novo. Deixo-o me puxar para a cama, que já está arrumada e tem um chocolate no travesseiro — ou tinha, até cair quando Kaivan pulou na cama.

— Melhor assim? — pergunta, enquanto me acomodo em cima dele.

— Melhor.

Eu o beijo de novo, lábios, pescoço, orelha e aquele ponto sensível logo atrás. Apoio a mão no peito dele, sentindo a textura da pele arrepiada. A respiração dele ofega quando passo o polegar no mamilo dele, o que me surpreende, porque sempre achei que isso era invenção da indústria pornô. Os meus mamilos não têm sensibilidade alguma, mas, quando toco o outro de Kaivan, ele ofega mais uma vez.

— Gostou? — pergunto.

— Sim.

Gosto de fazer Kaivan se sentir bem. Gosto dos barulhos que ele está fazendo. Começo a beijar o peito dele e então coloco a boca sobre o mamilo direito dele e chupo. Ele tem alguns pelos ali. Eu tiro um pelo da boca e volto a beijá-lo, depois passo para o esquerdo.

— Hunter.

Ele passa a mão pelo meu cabelo, enviando uma onda de prazer pela minha coluna.

Vou descendo o beijo, passando pela barriga dele até chegar à cintura.

Ele está duro por baixo da calça. Eu me pergunto como ele é em comparação com Aidan. E me pergunto se ele vai me deixar chegar a esse ponto.

Aidan sempre dizia que eu mandava muito bem no oral (mas não é como se ele tivesse com o que comparar).

Aidan também disse que eu sou uma piranha.

O calafrio se transforma em um balde de água fria. A minha garganta se fecha, o que não ajuda muito quando se está pensando em fazer um boquete em alguém.

Então, beijo os arredores do umbigo dele, e volto subindo pelo peito, provocando os dois mamilos antes de retornar ao pescoço.

Ele solta uma risada gostosa, e usa a mão para me parar com delicadeza.

— Hunter?

— Oi?

— O que... — As pupilas dele estão dilatadas. As narinas, infladas. — O que foi isso?

— Isso o quê?

— Eu achei que talvez... Tipo, eu queria que você continuasse. — E eu queria continuar também. Não sei o que há de errado comigo. — Ei.

Ele se senta, esfregando a coxa na minha ereção, que está pressionando a minha pele.

Balanço a cabeça.

— Só fiquei meio nervoso.

— Com o quê?

— Eu só... Preciso ir com calma, só isso. — A minha garganta ainda não está funcionando direito. Engulo em seco de novo.

— Aidan foi a única pessoa com quem transei. E ele contou tudo para todo mundo. E isso me machucou, tipo, muito. Não sei se estou pronto para ficar vulnerável assim de novo. Por enquanto.

— Ah, Hunter. — Ele acaricia o meu rosto. — Sinto muito. Isso é péssimo.

— Eu sei.
— E agora você está preso com ele de novo. Desgraçado.
— Pois é. Uma merda.

Kaivan se endireita e eu saio do colo dele. Sem o calor humano, me arrepio de novo.

Ajeito tudo lá embaixo para não quebrar o pau ao meio enquanto começo a sair da cama.

— Acho melhor eu ir embora.
— Não precisa — diz ele. — A gente pode só ficar agarradinho.
— Tem certeza?
— Tenho. A cama é grande. Não tão grande quanto as das suítes, mas...

Não sei por que ele está tão preocupado com a cama.

— Perfeito.

Volto a me deitar e Kaivan me puxa para perto até os nossos corpos estarem coladinhos, e eu apoio a cabeça no ombro dele.

A mão dele desenha pequenos círculos no meu braço e no meu ombro, até finalmente descansar no meu cabelo.

— Tá bom assim ou prefere conchinha?
— Conchinha vai ser melhor quando nós dois não estivermos duros.

Ele ri e beija a minha têmpora.

— Tá bom.

Fecho os olhos e deixo a respiração sincronizar com a dele, os nossos corações batendo em um contraponto ritmado.

Amo o que sinto com ele.

Lá vem a palavra de novo.

Mas eu amo mesmo.

ONDE ESTÃO AS BOY BANDS COM POSITIVIDADE SEXUAL?

Mode.com,
por Evan Molle
10 de abril de 2022

Vimos isso em todas as gerações: garotos e garotas jovens e atraentes subindo nos palcos, de calça jeans apertada e camiseta preta, dando voz ao nosso desejo coletivo. As cinturas rebolando e a pele exposta prometem sexo, drogas e *rock and roll*.

Música e sexualidade sempre andaram lado a lado. Desde a capa notória do álbum *Sticky Fingers*, dos Rolling Stones, até a carreira sexualmente fluida de David Bowie; de Grace Slick expressando os seus desejos em "Somebody to Love" até o jogo de palavras da Britney Spears em "If U Seek Amy", a música popular sempre nos ofereceu uma base para contextualizar o desejo humano.

Mas nenhum arquétipo musical abraçou de maneira tão cuidadosa e meticulosa a ideia da inocência virgem como as boy bands modernas. Elas existem em um paradoxo eterno: disponíveis, porém proibidas, garotos ingênuos com malícia no olhar. A provocação reina, mas sempre obedecendo ao respeito, e assim a máquina das boy bands continua produzindo pessoas de plástico com toda a positividade sexual de um boneco Ken.

Pelo menos até Hunter Drake, da sensação canadense Kiss & Tell, estampar as manchetes recentemente por causa de uma série de mensagens vazadas pelo ex-namorado. As mensagens abrem as cortinas do relacionamento, até então casto, de Hunter, revelando que não apenas ele tinha uma vida sexual ativa por mais de um ano, mas também é passivo com orgulho. (Hunter nunca comentou sobre especulações dos tabloides a respeito das suas atividades sexuais fora do relacionamento.)

O momento foi um divisor de águas, que poderia ter iniciado debates honestos sobre positividade sexual, práticas seguras, consentimento e até mesmo os julgamentos que passivos sofrem. Porém, tirando um pedido de desculpas vago publicado nas redes sociais dele, Hunter se recusou a comentar o assunto, mesmo ao embarcar em um novo relacionamento com Kaivan Parvani, outro membro de uma boy band com ar de virgem, espalhando os encontros inocentes por toda a internet.

É uma pena, talvez até mesmo uma traição: em vez de usar a visibilidade única para educar milhões de fãs, Hunter continua a se esconder atrás da vergonha e do tabu. Ele poderia usar as próprias experiências para destacar a necessidade urgente da positividade sexual; em vez disso, perpetua a ideia de decoro e a sexualidade inativa que a indústria das boy bands sempre defendeu.

Nossos jovens merecem coisa melhor.

27

DALLAS, TX • 12 DE ABRIL DE 2022

Kaivan não está na cama quando acordo, e sinto falta do peso do braço dele me abraçando, o calor do corpo dele contra o meu quando ficamos agarradinhos. E a gente só ficou agarradinho mesmo, por mais que parte de mim quisesse fazer mais. Por mais que ele parecesse querer mais também.

Eu quero transar com Kaivan. Não sei por que estou tão hesitante. Sempre amei transar com Aidan. Mesmo quando era ruim, desengonçado ou suado demais, eu me sentia mais próximo dele. Me sentia mais lindo. Me sentia mais desejado.

E me sentia vulnerável. Não estou pronto para ficar vulnerável daquele jeito de novo.

— Bom dia — diz Kaivan, do lavabo, onde está arrumando o cabelo. — Desculpa. Não quis te acordar. Temos uma sessão de fotos daqui a uma hora.

— Relaxa, sem problemas.

Eu me espreguiço, alongo as costas e saio rolando da cama. A minha camiseta e calça jeans estão amarrotadas, o meu cabelo parece ter passado por um furacão. Kaivan sorri para mim quando o abraço por trás e olho nos olhos dele pelo espelho.

— Obrigado — digo. — Por tudo.

— Eu não fiz nada.

— Você me ouviu. E... Eu preciso ir mais devagar agora, mas não vai ser desse jeito para sempre. Tá bom?

Kaivan mexe as sobrancelhas para cima e para baixo.

— Combinado, baby.

— Aff — digo, e me afasto dele. — Não aguento você. — Eu me aproximo de novo e dou um beijo na bochecha dele. — Aproveite o dia, tá? Se divirta na sessão de fotos.

— Pode deixar.

Estou me vestindo depois do banho quando Ashton bate à porta, com a mochila de patinação no ombro.

Ainda bem que voltei para o meu quarto. Não sei se quero que os outros saibam que passei a noite com Kaivan.

— Ei, Hunt — diz ele. — Encontramos um rinque. Quer vir com a gente?

— Quem é "a gente"?

Ele pressiona os lábios antes de admitir.

— Eu e Aidan.

Por um lado, patinar no gelo é sempre bom. Se eu pudesse e se o meu joelho aguentasse, iria todo dia.

Por outro lado, não estou a fim de ficar preso no gelo com Aidan. Nem mesmo no carro até lá.

Ashton entra no quarto e fecha a porta.

— Não acho que seja uma boa ideia — digo, finalmente.

— Vamos, Hunt. A gente nunca mais faz nada juntos.

— A gente estava junto ontem!

— Mas estava todo mundo lá, e não só nós dois. Você é o meu melhor amigo. Estou com saudade.

— Também estou — respondo, me jogando no sofá. Ele é azul vibrante, todo angular e provavelmente o móvel mais desconfortável em que me sentei. Ashton se senta ao meu lado, apoiando os cotovelos nos joelhos. — Sei que ando meio ocupado, mas eu gosto muito de Kaivan. Tipo, muito.

— Eu entendo, Hunt. E entendo que a Gravadora está colocando muita pressão em cima de você também. Mas o que te custa tirar um tempinho pra ficar comigo?

— Não é só com você, né?

— Ele é o meu irmão, Hunt.

— Eu sei. Mas o que você quer que eu faça? Ele me magoou. Não sei nem como te explicar como tudo o que ele fez me magoou. Foi uma merda.

— Mas você nunca nem tentou.

— Mas você já disse. Ele é o seu irmão. Como eu poderia explicar?

— Ele é o meu irmão, mas você é o meu melhor amigo. — Ele passa a mão pelo cabelo. Está bagunçado, mas ainda assim consegue deixar bonito. — Você precisa confiar que eu vou te avisar quando passar dos limites, tá bom, Hunt? Posso ser irmão de Aidan e o seu amigo ao mesmo tempo. E posso passar tempo com vocês separadamente, se for preciso. Mas odeio ver vocês dois tão magoados.

Passo a mão pelo cabelo. Odeio ver Aidan tão arrasado. Odeio ver Ashton dividido. Odeio me sentir culpado.

— Beleza — digo. — Vou tentar. Mas, se for um desastre, acabou. Nunca mais me chame de novo. Tá bom?

O sorriso de Ashton me atinge como um holofote.

— Sério?

— Sério. Peraí. A equipe do documentário não vai junto, né?

Não estou nem um pouco a fim de patinar de um jeito mais gay na frente de Ashton e Aidan.

— Só a gente. A não ser que você queira chamar Kaivan também.

— Ele está ocupado com divulgação. O novo single deles sai na sexta-feira.

— Ah, ok. — Ashton se levanta, oferece a mão para me puxar e me abraça de lado. — Isso é muito importante para mim, Hunt. Obrigado.

Aidan está esperando com Nazeer no elevador quando eu chego, de moletom e gorro, trazendo a mochila de patinação. Aidan não tem uma mochila. Ele está encarando a janela ao lado do elevador, roendo as unhas de novo. Pigarreio.

— Não trouxe patins?

— Deixei em casa.

É muito esquisito ver Aidan sem uma mochila de patinação. Nazeer nos leva até um dos elevadores de serviço que dá na saída de carga do hotel. Já passamos por muitas saídas de carga de hotéis, e todas têm um cheiro horrível que me persegue: uma combinação de lixo, produtos de limpeza e comida azeda que se agarra no fundo da minha língua, mesmo quando respiro pelo nariz.

Eu me sento no banco da frente e Aidan e Ashton, no de trás. É uma viagem silenciosa e esquisita, então, finalmente, Nazeer liga o rádio — e uma das nossas músicas está tocando. É "Your Room", que eu escrevi sobre Aidan, na época em que as coisas ainda estavam bem.

Olho pra você agora
E vejo como mudou
Depois de tantos anos

Olha como você cresceu
Olha como dividiu
Seu coração comigo

Nunca disse antes
Mas sempre esperei
O momento em que você
Me olha e me chama

Para o seu quarto
Seu quarto
O mundo todo fica lá fora
E só a luz do sol entra

No seu quarto
Seu quarto
Podemos ser quem somos
Deixar os medos de lado
No seu quarto

Não acredito que está tocando essa porra de música. Fecho os olhos e tento impedir o meu rosto de ficar vermelho. Porque o garoto é outro, mas eu sou o mesmo Hunter, empolgado porque o cara que eu gosto me chamou para o quarto dele, me abraçou, me beijou e fez com que eu me sentisse amado.

Só espero que as coisas deem certo dessa vez. Têm que dar.

Estico a mão para mudar de estação.
— Posso? — pergunto a Nazeer.
Ele dá de ombros e mantém os olhos na estrada.
Olho para trás. Ashton está balançando a cabeça e tamborilando os dedos nos joelhos, e Aidan está voltado para a janela, mas me pega olhando para trás e fazemos contato visual por um segundo.
Ele abre um sorriso esquisito e triste.
— Não foi tão ruim assim, foi? — pergunta, com a voz baixa. —
Foi bom. Às vezes. Né?
Quero dar um soco nele.
Quero dar um abraço nele.
Não sei o que eu quero.
— Não — digo, finalmente. — Não foi tão ruim assim.

Acabo descobrindo que Nazeer ligou com antecedência e reservou um horário só para a gente no rinque, porque não há mais ninguém lá exceto os dois recepcionistas, e uma placa nas portas dizendo FECHADO PARA TREINO PARTICULAR.
Aidan caminha até o balcão de aluguel de patins, comandado por um homem careca de óculos que parece amigável, e eu fico para trás com Ashton.
— Não acredito que ele não trouxe os próprios patins — digo, franzindo o nariz.
— Não acredito que ele concordou em vir hoje. Foi mais difícil convencê-lo do que arrancar um dente. Mas eu precisava disso. — Ashton me dá uma cotovelada. — E acho que você também.
— Veremos.
Para alguém que precisou ser arrastado até aqui, Aidan parece ganhar vida quando as lâminas tocam o gelo. Ele manda ver, sem

nem se aquecer antes, e Ashton vai atrás, os dois são muito mais rápidos do que eu hoje em dia. Começo devagar, aquecendo o joelho, observando os dois gritando e tentando superar um ao outro. Dou risada quando Aidan finge perder o controle e dá de cara com a parede, abrindo os braços como um inseto preso em um para-brisas. Ele tem razão: não foi tão ruim assim. Algumas partes foram muito boas.

Finalmente, Ashton e Aidan diminuem o ritmo e começam a patinar ao meu lado. Ou melhor, Ashton patina ao meu lado e Aidan segue um pouquinho atrás.

As bochechas de Ashton estão vermelhas, e os olhos, brilhando de alegria. Às vezes acho que ele sente mais saudade do rinque do que eu. E ele era tão bom. Queria que não tivesse desistido.

Mas até aí, se ele não tivesse desistido, nós não teríamos uma banda juntos.

— Nossa — diz Ashton. — Preciso mijar. Volto já.

Ele sai em direção ao portão, me deixando sozinho com Aidan.

Por um momento, ficamos quietos, só o som das lâminas no gelo, até que:

— Nossa, ele nem disfarça.

Dou uma risada.

— Ele nunca foi bom em disfarçar.

Diminuo a velocidade um pouquinho só para ver Aidan enquanto patinamos, mas mantenho certa distância. O ar no rinque é frio, mas abafado ao mesmo tempo, como um cobertor em cima do meu rosto.

Sinto a pele começar a formigar.

— Que bom que Ashton me convenceu a vir — comenta Aidan. — Faz um bom tempo que não piso no gelo. Acho que você ficou sabendo do time.

— Fiquei.
— Não foi o meu melhor momento.
— Mas também não foi o pior — digo, antes de conseguir me conter.
— Pois é. — As bochechas de Aidan estão coradas. Ele freia abruptamente e, por instinto, paro também. — Sei que você já se cansou de ouvir, mas eu estou muito arrependido mesmo, Hunter. Por ter compartilhado as mensagens. E pelas coisas que eu disse. Não te acho uma piranha. Tipo, eu também gostava.
— Então por que você disse tudo aquilo?
Aidan aperta os lábios e solta o ar.
— Tirando o fato de eu estar bêbado? — Assinto. — Acho que... todo mundo estava bravo comigo. Dizendo que eu te magoei. Que eu tinha feito algo ruim. E eu só não queria ficar como o único errado da história.
— Mas se todo mundo estava pegando no seu pé, por que você não deu uma sumida por um tempo? As pessoas iriam esquecer e superar.
— Porque eu não tinha mais nada. Você não entende como é. Você e Ashton ficaram superfamosos, mas eu só... Tudo o que eu tinha na vida era ser o seu namorado. E quando eu deixei de ser, foi como se... Como se vocês dois tivessem me deixado para trás.

Aidan sempre teve muito mais na vida do que aquilo. Eu amava quem ele era: apaixonado, competitivo, um jogador de hóquei do cacete, carinhoso e gentil quando eu estava me recuperando da cirurgia. Eu amava o Aidan de verdade, aquele que o público não via.

Queria ter feito ele enxergar isso.

— Então por que você não veio com a gente? — Enfio as mãos nos bolsos. — Se você se sentia assim, por que não quis entrar para a banda?

— Não sou talentoso como vocês. Só sei jogar hóquei.

— Poderia ter vindo mesmo assim. Se era isso que você queria. E passar semanas, meses, vendo fãs gritando por você e por Ashton enquanto eu fazia o quê? Me escondia nos bastidores com a minha mãe, ouvindo-a me comparar com Ashton a cada dois segundos? — Ele tem razão. Por algum motivo, Jill sempre teve um certo favoritismo por Ashton. — Enfim... Ele desliza para longe de mim e depois volta. Queria que ele tivesse me contado tudo isso quando ainda éramos namorados. Na época em que ainda poderia fazer alguma diferença. Em vez de só me punir por... O quê? Por ser bem-sucedido?

— Nossa. Meu Deus. Sei que continuo repetindo, mas eu sinto muito. De verdade. Espero que você acredite em mim, mesmo se não quiser me perdoar.

Eu conheço Aidan Nightingale há mais da metade da minha vida (fiz as contas, e passamos da metade no outono passado).

Seria muito fácil odiá-lo se ele não estivesse presente em todas as lembranças que eu tenho, boas e ruins. Se ele não tivesse me segurado de um lado, com Ashton do outro, enquanto eu chorava no velório do meu pai. Se não tivesse comemorado os meus aniversários. Compartilhado piadas internas. Vitórias e derrotas. Se ele não fosse parte de todas as minhas primeiras vezes.

— Eu acredito em você, Aidan — digo. Porque acredito mesmo. — Mas não sei se estou pronto para te perdoar.

Ele respira fundo e assente.

— Ok.

Ele abre um sorriso triste para mim, assim que Ashton volta para o gelo.

— Quer apostar corrida, Aidan? — grita.

— Manda ver!

"MEMORIES": O NOVO SINGLE DA PAR-K É UMA JOGADA CORAJOSA

Revista Gramofone
13 de abril de 2022

PAR-K, a banda iraniana-americana de Ohio, está de volta, desta vez com uma música difícil de esquecer. Depois do álbum de estreia que chamou atenção no ano passado, "Memories" demonstra uma evolução empolgante do som exótico com influência do Oriente Médio.

Com uso de batidas sincopadas, uma progressão de acordes com inspiração persa e uma letra melancólica digna de poetas como Rumi e Hafez, a música pode soar como certo afastamento do pop chiclete sabor açafrão da PAR-K; mas os vocais, entregues com muita habilidade pelos três irmãos Parvani, com o baterista (e compositor) Kaivan assumindo o comando, conseguem manter a PAR-K tranquilamente dentro da esfera adolescente.

VEREDITO: Um single delicioso e inesperado, que entrega diversão pop com elementos diversos.

A BATALHA PELO CORAÇÃO DE HUNTER

Rainbow News Now – Notícias Bafônicas
15 de abril de 2022

Estaria Hunter Drake dando uma segunda chance para Aidan Nightingale? O ex-casal foi flagrado deixando um treino particular em um rinque de patinação, em Dallas, na última terça, e trocando risadas em uma churrascaria em Kansas City na quinta.

A dupla terminou o namoro em fevereiro; no fim de março, Aidan vazou várias mensagens vergonhosas da época em que ele e Hunter ainda namoravam. Os dois nunca mais foram vistos justos até Aidan começar a viajar com a turnê da Kiss & Tell.

Enquanto isso, Hunter passou as últimas três semanas grudado com Kaivan Parvani. O casal foi visto em inúmeros encontros públicos, incluindo os mais recentes, em um jardim de borboletas em Houston e um passeio romântico de gôndola em Dallas, porém não os vemos juntos publicamente desde segunda.

Será que Hunter terminou com Kaivan? Podemos aguardar uma reconciliação?

Até o momento, a equipe da Kiss & Tell e da PAR-K se recusaram a comentar.

[Quer se afiliar ao site?](#)
[Clique aqui e saiba mais.](#)

28

ST. PAUL, MN • 15 DE ABRIL DE 2022

Feliz dia de lançamento!

K aivan não responde, mas eu não o culpo. Dias de lançamento são sempre caóticos.

É difícil comprar presentes durante as viagens, a não ser que tenham dias de folga no meio, mas o camarim dos músicos sempre tem mais álcool do que eles podem consumir de fato.

Não sei se Kaivan bebe, mas, sem opção melhor, pego uma das garrafinhas de champanhe de que os músicos nem vão dar falta e escrevo um cartão feito com uma página arrancada do meu caderno.

Parece feito por uma criança. Não desenho bem nem tenho a letra bonita, mas espero que a bebida compense o cartão.

Bato à porta do ônibus da PAR-K, e Kamran atende. Ele é mais alto do que os irmãos e, embora só tenha dezenove anos, já conseguiu deixar o bigode crescer.

— Oi. Tá procurando Kaivan?

— Tô.

Kamran coça o peito nu, que tem um tufo de pelos no mesmo lugar em que Kaivan tem. Acho que nenhum dos irmãos Parvani se depila como eu e os garotos precisamos fazer.

— Ele deu outra entrevista hoje de manhã. Deve estar no camarim.

— Valeu. E parabéns pelo novo single!

— Obrigado, cara.

Atravesso os corredores dos bastidores do Xcel Energy Center, dando uma espiada no palco. A equipe de iluminação está testando todas as luzes, uma por uma, rodopiando os holofotes e os apontando por toda a arena, que ainda está cheia de cartazes do Minnesota Wild.

Por um segundo, imagino como teria sido vir para cá para jogar contra eles. Ou até mesmo jogar no time deles, apesar de eu sempre torcer para que, caso eu viesse a ser contratado como jogador, seria para um time canadense.

Mas estou aqui do mesmo jeito. E é foda pra caralho.

Encontro o camarim de Kaivan, e dou duas batidinhas firmes.

— Feliz dia de lançamento! — digo, assim que ele abre a porta.

— Obrigado. — Ele sorri, mas está com olheiras fundas. — Desculpa não ter te respondido mais cedo.

— Tranquilo.

Ele dá um passo para o lado e me deixa entrar.

— Comprei uma coisa para você — digo. — E por *comprei*, quero dizer que roubei do camarim dos músicos na cara dura.

Entrego a garrafinha de bebida, junto com o cartão. Tem o desenho de dois bonecos palito se beijando, e um deles tem a minha melhor tentativa de desenhar uma bunda de hóquei.

Kaivan ri.
— Meu Deus.
— Eu sei. Tenho muito futuro como artista caso essa coisa de cantar não dê certo.
— Obrigado. — Ele me dá um beijo na bochecha. — Mas eu não bebo.
Fico corado.
— Ah. Desculpa.
— Não precisa pedir desculpas. Foi fofo.
Ele coloca a garrafa e o cartão em uma mesa e se joga no sofá, uma monstruosidade esburacada com um estofamento verde horroroso.
Sofás de camarim são sempre oito ou oitenta.
Kaivan leva as mãos ao rosto, esfregando os olhos. Eu me sento ao lado dele e aperto a sua perna.
— Cansado? — Ele assente. — Mas o lançamento foi tudo o que você esperava, pelo menos?
— Acho que sim. — Kaivan joga a cabeça para trás e fecha os olhos. — Desculpa. Só estou com a cabeça cheia hoje.
Pego a mão dele e dou um beijo.
— Quer conversar?
Ele recolhe a mão.
— Não é nada.
Sinto uma nota de ansiedade tocar no peito. A minha pele começa a formigar.
— Eu fiz alguma coisa?
Ele grunhe e passa mão pelo cabelo.
— Você não fez nada — diz, mas não olha para mim.
A minha boca fica seca.
— O que foi?

Ele suspira.

— Já viu a última fofoca?

— Não. Qual?

Ele me entrega o celular e me mostra o artigo.

— "A batalha pelo coração de Hunter"? — Dou uma lida rápida. — Só a mesma palhaçada de sempre.

— É, só que está bombando. Só falaram disso na minha entrevista hoje. Sobre você.

— Que saco. Eles fazem isso às vezes.

Kaivan grunhe e fica de pé. Ele coça a nuca.

— É, mas hoje era para ser o meu dia. Era para os meus irmãos e eu falarmos. Trabalhei demais nessa música, e tudo o que os outros querem saber é se você terminou comigo.

— Eu jamais faria isso — digo. Mais notas se juntam à ansiedade no meu peito, medo e preocupação combinados em um acorde menor. — Não tem nada rolando com Aidan. Você disse que confiava em mim.

— O problema não é esse! — grita. — Eu nem sei qual é. É tudo um saco, só isso.

— Eu sei — digo, e então me levanto e tento abraçá-lo, mas ele se afasta. — Kaivan?

— Desculpa — diz ele. — Preciso de um minuto. Do meu espaço.

Fecho a garganta até ter certeza de que não vou deixar nenhuma tristeza dentro de mim escapar.

— Tudo bem. Vou te deixar sozinho. — Dou uma fungada e pisco algumas vezes. — Se quiser conversar, só me avisar.

Fecho a porta ao sair e respiro fundo. Não vou chorar por causa disso. Kaivan nem está chateado comigo, só está chateado com a imprensa. Ele vai superar.

Não é comigo.

TRANSCRIÇÃO DA ENTREVISTA EM VÍDEO COM KAIVAN PARVANI

Exibida em Lionheart.com
15 de abril de 2022

LH: Esse tem sido um ano e tanto para a PAR-K, né? Um álbum de sucesso inesperado, um novo single excelente, sem falar nos shows de abertura para a Kiss & Tell! E, inclusive, você está namorando um dos membros!

KP: Pois é, tem sido uma loucura. Acho que nenhum de nós esperava a recepção que o nosso álbum acabou ganhando. Quer dizer, somos apenas três garotos de Ohio. Mas temos muito orgulho de tudo o que conquistamos, e espero que todo mundo goste muito de "Memories".

LH: Falando em memórias, você tem feito várias com Hunter Drake ultimamente, não é mesmo?

KP: Sim, com certeza. Ele é um cara ótimo, talentoso e corajoso. Mas...

LH: Você ficou com ciúme?

KP: Ciúme?

LH: Das matérias sobre ele e Aidan. Os dois foram flagrados juntos várias vezes ultimamente.

KP: Ah, não. É difícil se evitar durante a turnê, sabe? E Aidan está viajando com o irmão, então não tem o que fazer. Mas estamos de boa. Na verdade...

LH: Você já se sentiu como uma válvula de escape, já que Hunter saiu de um relacionamento tão comentado antes de te conhecer?

KP: Não. Sinto que nós temos uma conexão genuína.

LH: Hunter escreveu algumas músicas sobre o ex. Ele está trabalhando em alguma música nova sobre você?

KP: Haha, não sei te dizer. Mas sabe o que é engraçado? Eu escrevi "Memories" antes de conhecer Hunter e agora é como se a música encaixasse perfeitamente com a gente.

LH: Deve ser coisa do destino! O que o futuro reserva para vocês dois?

KP: Hum, tipo, ainda temos muitos shows da turnê pela frente.

LH: Planejando outros passeios românticos de gôndola?

KP: Haha, tentamos só deixa rolar mesmo.

LH: Bom, mal vejo a hora de conferir o que vocês têm reservado para nós!

29

ST. PAUL, MN • 15 DE ABRIL DE 2022

Seguro as pontas como posso.

Depois da passagem de som, Ashton me pergunta se estou bem. Respondo que só estou cansado.

No intervalo, Ethan passa o braço ao redor do meu pescoço.

— A sua garganta está bem? Quer um chá de mel, gengibre e limão?

— Tô bem. Obrigado.

Antes do *meet & greet*, Ian dá um tapinha no meu ombro.

— Ótimo show — diz ele. — Tá tudo bem?

Odeio quando as pessoas perguntam se estou bem. É como se estivessem cutucando as rachaduras das minhas paredes. Se me deixassem eu paz, eu ficaria bem.

Troco um olhar com Kaivan enquanto embarcamos nos ônibus. Ele acena com a cabeça e abre um meio sorriso antes de me dar as costas e embarcar. Só isso.

Enquanto os caras se reúnem na área comum para jogar mais *Overcooked* (sério, acho que já dá para chamar de vício), me escondo no estúdio.

Owen gravou mais duas demos com a porra do Gregg. São boas, mas não tão boas quanto "Over & Out". Prometi a ele que daria algumas sugestões e ideias. Gregg não é tão ruim assim, e parece disposto a colaborar e garantir que está nos ajudando a concretizar a nossa visão criativa, e não a dele, mas, ainda assim, ele é alguém de fora.

Eu escuto de novo e de novo, com o caderno na mão, mas não penso em nada.

Sou inútil.

E ainda não consegui escrever nenhuma composição para compartilhar.

— Merda — murmuro, tirando os fones de ouvido.

Encaro a tela do computador, todas as alterações que fiz no arquivo. Seleciono tudo e deleto.

— Hunter? — Aidan está na porta. — Trabalhando?

— Não. — Fecho a sessão sem salvar. — Só brincando.

Ele se recosta no batente da porta.

— O que está rolando contigo?

— Nada.

Aidan abre um sorriso engraçado.

— Mentira. Você está fazendo aquela coisa com o maxilar.

Levo a mão ao maxilar e massageio. Eu estava rangendo os dentes.

— Não estou, nada.

— Entendi — diz ele. — Não quis te deixar desconfortável.

— Não deixou. Você me conhece muito bem, só isso.

Ele ri.

— Pois é. Bom, você também me conhece muito bem.

— Pois é. — Suspiro. — Conheço mesmo. Já passamos por poucas e boas juntos, né?

— Nem me fale.

O ônibus passa por um buraco e Aidan tropeça até o banco ao meu lado.

— Olha. Sei que você não quer mais ser meu amigo. Mas, tipo, a gente se conhece desde sempre. Eu posso ouvir, se você quiser conversar.

— É só que... Nem sei se quero ser amigo de Aidan. Mas ele passou pela mesma coisa que Kaivan está passando. Talvez saiba como posso melhorar as coisas.

— Acho que eu e Kaivan brigamos. Ou, no mínimo, ele está chateado. Tipo, não foi culpa dele, eu entendo os motivos e tal. Sabe?

Aidan arregala os olhos.

— Hum, não. Pode me contar o que aconteceu de verdade?

— Ele lançou um single hoje, rolou uma entrevista e eu acho que o entrevistador só queria falar de mim, de você, da minha relação com Kaivan, e ele se sentiu meio... Ofuscado?

— Entendo.

— Pois é. Acho que isso rolou com você também, né?

Ele assente.

— Rolou. Era um saco viver na sua sombra.

— Eu não queria que fosse assim.

— Eu sei, Hunt. Não te culpo por ser talentoso. Mas às vezes era barra, sempre me sentir deixado para trás. Sempre com aquela sensação de que eu precisava lembrar às pessoas que eu existia.

— E você acha que Kaivan está se sentindo assim também?

Aidan enche as bochechas de ar antes de suspirar lentamente.

— Acho que ele se importa muito com a carreira. E está precisando resolver algumas paradas.

— Tipo o quê?

Aidan mexe os lábios.

— O quanto você o conhecia antes de começarem a namorar?
— Não muito, na real. Eu conhecia algumas músicas da PAR-K. Mas nem sabia que ele era queer até ele me contar.

Aidan passa a língua em uma rachadura do lábio inferior. Ele mal me olha.

— Que foi?
— Só umas entrevistas que ele deu e tal. Algumas das coisas que ele disse sobre você e os meninos.
— Que tipo de coisas?
— Melhor eu ficar quieto — diz, ajeitando a postura. — Não quero me meter.
— Aidan. — Apoio a mão no joelho dele para impedi-lo de se levantar. — Que coisas?
— Hunter...

Eu o solto e me viro para o computador.

— Me mostra.

Ele morde o lábio por um segundo. Chego para o lado, abrindo espaço, e aponto para o teclado.

Ele suspira e começa a abrir alguns sites para mim, artigos e entrevistas do ano passado. Não é preciso ir muito fundo para começar a identificar um padrão.

Os meus olhos ardem enquanto eu leio, mas Aidan já me viu chorar antes, então nem me dou ao trabalho de secar as lágrimas.

Kaivan acha que a minha banda é um lixo.

Acha que somos bobos e sem sal.

Merda.

Todas aquelas coisas que ele me disse — a surpresa por eu saber tocar violão, ou quando achou que dançarinos não

sabem cantar — não eram apenas piadas. Ele realmente acredita naquilo tudo.
Ele acha que eu não tenho talento.
Esfrego o joelho. Eu me sinto como se estivesse no meio do acidente de novo.
— Nossa — digo, finalmente.
— Sinto muito, Hunt.
— Tudo bem.
Uso o ombro para secar os olhos e o nariz. Quero me deitar em posição fetal.
Ele disse que gostava de mim. Mas como pode ser verdade se é isso que ele pensa de mim, dos meus amigos e das músicas que fazemos?
Eu me sinto usado para caralho.
Aidan apoia a mão no meu ombro enquanto eu choro.
— Tá tudo bem — diz ele, me puxando para um abraço.
Aidan sempre deu abraços muito bons. De todas as coisas, essa é a que eu mais sinto falta, acho.
Relaxo e deixo ele me abraçar, choro no ombro dele, mas aí ele se estica para trás e olha para mim. Ele me dirige um olhar que eu já vi antes e começa a se inclinar na minha direção.
— O que você está fazendo?
Aidan fica branco e se afasta.
— Não sei. Desculpa.
— Nós não... Eu não vou te beijar.
— Eu sei. Eu sei.
— Merda. — Eu me levanto, envolvo o meu corpo com os braços e vou para o canto do estúdio. — Você me mostrou todas essas coisas só porque achou que seria mais fácil me pegar se eu estivesse pra baixo? Foi isso?

— Não. Juro. — Aidan se levanta também, passa mão no cabelo e o joga para trás. — Eu sou todo fodido da cabeça. Desculpa. Sei lá. — Agora ele também está chorando. — Eu estou destruído, Hunt. Sou um desastre. E você é a única coisa que me parece certa. Ou, pelo menos, familiar.

— Eu não posso consertar você, Aidan — digo. — Só você pode fazer isso.

— Eu sei. Desculpa. Desculpa. — Aidan olha rápido pelo estúdio como se estivesse preso, como se estivesse perdido. — Eu só... Merda, melhor eu ir embora. Desculpa, Hunt. Sério. Foi mal mesmo.

Ele vai embora, fechando a porta ao sair.

E eu fico sozinho de novo.

ENTREVISTA COM KAIVAN PARVANI

Ohio State Radio
7 de novembro de 2021

LOCUTOR: Estamos de volta, ao vivo com Kaivan Parvani, da banda local PAR-K, que fez sucesso nas paradas desse último verão. Kaivan, seja bem-vindo ao programa.

KAIVAN PARVANI: Obrigado pelo convite. Não acredito que estou aqui. Sempre ouço o programa.

LOCUTOR: Puxar saco assim vai te levar longe, rapaz. Me diga, como foi ver o seu primeiro álbum estourar desse jeito?

KAIVAN PARVANI: É demais, não vou mentir. Às vezes nem parece verdade.

LOCUTOR: Bom, você tem apenas dezessete anos. Ainda está no colégio?

KAIVAN PARVANI: Tive que trocar para o ensino à distância e já estou quase conseguindo o diploma. Mas até pouco tempo atrás eu ainda estava no colégio.

LOCUTOR: E o que os seus colegas de classe achavam disso tudo?

KAIVAN PARVANI: Sendo bem sincero, acho que ninguém nem ligava para a gente até entrarmos no *America's Best Band*. Mas, depois disso, o pessoal curtiu bastante. A maioria.

LOCUTOR: A maioria?

KAIVAN PARVANI: Bom, a gente pode fazer o que quer que seja, mas nem todo mundo no colégio gosta de iranianos.

LOCUTOR: E vocês nunca pensaram em dar uma maneirada nesse aspecto da banda?

KAIVAN PARVANI: Na verdade, não. Queremos ser autênticos, sabe? Temos orgulho da nossa origem. O Irã tem uma história musical muito rica e uma das melhores tradições poéticas do mundo, há centenas ou até milhares de anos. Queremos honrar isso.

LOCUTOR: Bom, acho que vocês estão conseguindo. E o que vem por aí? Estão trabalhando em um novo álbum?

KAIVAN PARVANI: Estamos, e vamos dedicar um bom tempo a isso. Ainda estamos nos descobrindo, vendo como queremos que o nosso som seja e como queremos crescer. Não queremos ser uma dessas bandas enlatadas com músicas chiclete, como algumas das boy bands que vemos por aí, com membros cujo único "talento" é serem convencionalmente atraentes.

LOCUTOR: Nossa, parece que você tem opiniões fortes sobre essa coisa toda das boy bands, né? Mas a PAR-K não se enquadra como uma?

KAIVAN PARVANI: Não. Somos três garotos, mas, sabe como é, fazemos músicas com profundidade. Nós tocamos os instrumentos, escrevemos as nossas músicas. Queremos que as pessoas se lembrem do nosso trabalho daqui a cinco anos, ou seja, temos que cantar sobre verdades profundas da vida, sem apelar apenas para o mínimo denominador comum.

LOCUTOR: Bom, mal posso esperar pelo que vem por aí. A seguir, direto do álbum de estreia da banda PAR-K, "Knocking from the Inside".

30

CHICAGO, IL • 16 DE ABRIL DE 2022

Não durmo. Só fico olhando a parte de baixo do beliche de Ian e repasso todas as interações que já tive com Kaivan, tentando descobrir como pude entender tudo tão errado. Ele estava me usando? Só estava deixando rolar porque a Gravadora queria?

Acho que fiz isso também. Mas achei que ele estava falando sério quando disse que era tudo de verdade. Que nós éramos de verdade.

A raiva que sinto é fria e estridente, uma tuba apoiada no diafragma. O pior é que nem sei se estou mais furioso com ele ou comigo mesmo.

Está chovendo quando chegamos ao hotel em Chicago, o tipo de manhã nublada que me faz sentir saudade de casa. Queria estar em casa. Queria estar chegando ao nosso prédio, encontrar a minha mãe me esperando com uns pãezinhos de canela que comprou na padaria artesanal em Dunbar.

Mas, em vez disso, carrego as malas e a guitarra até a suíte com vista para o lago Michigan, que se estende por uma eternidade até sumir em meio ao cinza. Quase me acalma. Mas também me assusta um pouco.

Eu daria qualquer coisa para desaparecer agora. Não ser Hunter Drake por um dia, uma hora até.

Mas não posso. Tenho um show hoje à noite.

Sempre tem mais um show.

Uma batida rápida e firme à porta. O meu estômago embrulha. Rolo para fora da cama. Não dormi, mas consegui chegar naquele estágio meio-dormindo-meio-acordado. Já é quase meio-dia.

Atravesso a suíte e abro a porta.

É Kaivan. Claro. Ele está segurando uma sacola de papel e o cheiro de fritura faz o meu estômago roncar.

— Oi — diz ele. — Foi mal. Sei que ainda está cedo. Posso entrar?

Eu deixo. Nem sei por quê.

— Eu trouxe donuts. — Ele se senta no sofá e pega a caixinha de papel dentro da sacola. Há quatro donuts, um confeitado, um de chocolate, um cor-de-rosa e outro que é ou de geleia ou de limão. — Espero que não tenha problema.

Continuo de pé.

— Pra que tudo isso?

Kaivan suspira.

— Eu fui um babaca ontem. Queria pedir desculpas. Estava em um momento meio esquisito e não deveria ter descontado em você. Daí pensei que seria legal passar aqui, dividir uns donuts e relaxar. Se você quiser, claro.

— Tem certeza de que isso não seria "apelar para o mínimo denominador comum"?

Kaivan franze as sobrancelhas.

— Oi?

— Tanto faz, né? Eu sou só um garoto branco convencionalmente atraente que escreve músicas sem sal. Por que você se importaria?
— Hunter, o que... — Os olhos dele cintilam com a lembrança. Ele olha para os donuts, as bochechas corando. — Não foi isso que...
— Não foi o quê? Você disse. Isso e mais um monte de merda.
— Eu perdi a linha. Escuta...
Não estou no clima para escutar. Estou no clima para berrar, para gritar até a garganta arder e eu não conseguir me apresentar. Mas, em vez disso, a minha voz fica fria e sombria.
— Por que você fez isso? Por que disse que gostava de mim? Por que quis ser o meu namorado se eu era uma piada para você? — Pigarreio. — Prometemos ser sinceros. Honestos. Mas esse tempo todo você só estava... O quê? Me usando?
Kaivan trava o maxilar.
— Te usando? Até parece. Era você quem precisava limpar a imagem. Você que estava preocupado porque todo mundo te achava uma piranha.
Eu não sou uma piranha. E ele que se foda por dizer isso.
— Essa era a motivação disso tudo — continua.
— Não, a motivação era eu gostar de você, e você ter dito que gostava de mim também. E nós não iríamos ceder à Gravadora se decidissem que deveríamos namorar só porque somos gays. Nós estaríamos no controle.
Kaivan passa a mão pelo cabelo.
— Você é branco pra caralho às vezes. Talvez você até tenha algum tipo de controle sobre a sua carreira. Tudo chega para você de mão beijada. Tudo é fácil. Hunter Drake, o Salvador dos Gays.

— Que injustiça!

Não entendo por que, de repente, a discussão é sobre mim.

— Não. Injustiça é ter o seu nome pronunciado errado por todas as pessoas da equipe de marketing da Gravadora. Injustiça é ouvir gritos de "volta para a sua terra, terrorista" no meio de um show. Injustiça é me considerarem uma ameaça só porque sou iraniano, mas mudarem de ideia assim que descobrem que eu sou gay. Tipo, olha pra porra dessa suíte. É três vezes maior do que o meu quarto.

O meu rosto está em chamas.

— E isso é culpa minha, agora? Não posso deixar de ser branco.

— Não, não é sua culpa. Mas você aproveita bastante, né? Faz a sua caridadezinha, distribui ingressos para os abrigos e age como se estivesse salvando a porra do mundo todo. Mas não precisamos que você nos salve.

— Não é... Não é isso que eu estou fazendo. Não sei mais o que fazer. Estou tentando fazer o bem. Tentando aprender e melhorar.

— Eu não sou a porra do seu dever de casa, Hunter. Sou uma pessoa. Tenho sentimentos. Não sou uma carteirinha que você pode usar para provar que é desconstruído. Não sou um estepe para te ajudar a superar o ex.

— Eu nunca pensei em você desse jeito.

Os meus olhos estão ardendo, mas nenhuma lágrima sai. Estou furioso demais para chorar. Cada palavra que sai da boca de Kaivan é um soco no meu estômago.

Como eu acabei me tornando o vilão dessa porra toda?

— Você nunca pensa em nada além de si — diz Kaivan. — Essa é a pior parte. Você pensa que se importa com os outros. Mas só se importa consigo mesmo.

"Mentira", quero dizer. Porque ele está mentindo. Eu não sou assim.

Mas, em vez disso, o que sai da minha boca é:
— Vai tomar no cu.

E tudo o que Kaivan diz é:
— Disso você entende, né?

E isso dói mais do que qualquer outra coisa. Isso faz as lágrimas saírem.
— Merda. Não foi... Hunter...
— Vai embora — digo. — Acabou.
— Não foi isso que eu quis dizer.

Balanço a cabeça.
— Não importa. Vai embora.
— Desculpa.
— Foda-se! — grito. — Some daqui, porra!

Kaivan também parece prestes a chorar.

Quero abraçá-lo.

Quero perguntar se ele está bem.

Quero me jogar da janela, cair no lago e nadar até desaparecer.
— Vai embora — repito.

E ele finalmente vai.

KISS & TELL: O DOCUMENTÁRIO

Transcrição de imagem
061/01:02:48;00

OWEN: Uma coisa que geral não entende é como a nossa agenda é intensa. Tipo, entramos no ônibus em Minneapolis por volta da meia-noite, chegamos em Chicago às nove da manhã, temos algumas horas para gravar antes de sairmos para o United Center. Tentar lançar um álbum por ano enquanto saímos em turnê é bem puxado. A gente dorme bem pouco. Às vezes é no ônibus, com sorte é em um hotel, mas tem vezes que é em um cantinho nos bastidores mesmo.

(Elevador apita; adicionar ADR)

OWEN: Então é isso, usamos o tempo que temos. Especialmente Hunter e eu; como estamos escrevendo a maioria das músicas, os nossos horários são ainda mais puxados do que o dos outros caras, trabalhando nas demos e tal. Não me levem a mal, Ethan, Ian e Ashton trabalham muito também. Mas, tipo, temos umas gravações novas para revisar hoje e devolver para Gregg, que está nos ajudando a produzir o nosso próximo álbum. 1624, né? Isso mesmo.

(Owen bate à porta de Hunter)

OWEN: Ele deve estar dormindo, a viagem de ônibus ontem foi meio esquisita, e ele tá lidando com um monte de coisas agora.

(Owen bate de novo)

HUNTER (fora de cena): Oi?

OWEN: Oi, Hunter. Você viu o e-mail de Gregg? Ele mandou umas coisas pra gente ouvir agora de manhã.

HUNTER (fora de cena): Não estou a fim.

OWEN: Anda, Hunter. Temos um prazo.

(Hunter abre a porta, áudio questionável)

HUNTER: Me deixa em paz, Owen. Meu deus. Não posso ter um dia sequer no qual as pessoas não ficam me pedindo coisas?

OWEN: Nossa, cara, tá tudo bem?

HUNTER: Eu tô bem! Só tô cansado pra caralho de todo mundo precisando de alguma coisa de Hunter Drake, porra! As pessoas acham que eu sou tipo... uma máquina sem sentimentos, que só fica cuspindo músicas de merda que ninguém vai se lembrar daqui a cinco anos, só mais um degrau para o sucesso delas, só...

(Hunter chora, áudio inutilizável)

OWEN: O que aconteceu? Hunter, o que tá rolando? Hum, para, corta, podemos desligar as câmeras?

De: Janet Lundgren (janet@kissandtellmusic.com)
Para: Ryan Silva (ryansilvaassessoria@gmail.com), Bill Holt (b.holt@agravadora.com)
Assunto: TÉRMINO?!?!
16/04/22 12h05

Mas que porra é essa? Custava avisar que Kaivan ia terminar com o Hunter? Ele tem shows para fazer.

— Janet
Enviado do meu iPhone

De: Ryan Silva (ryansilvaassessoria@gmail.com)
Para: Janet Lundgren (janet@kissandtellmusic.com), Bill Holt (b.holt@agravadora.com)
Assunto: Re: TÉRMINO?!?!
16/04/22 12h14

Pelo que Kaivan disse, foi Hunter que terminou com ele. De uma forma ou de outra, deu merda.

— Ryan

De: Bill Holt (b.holt@agravadora.com)
Para: Ryan Silva (ryansilvaassessoria@gmail.com), Janet Lundgren (janet@kissandtellmusic.com)
Assunto: Re: Re: TÉRMINO?!?!
16/04/22 13h08

Não é o ideal, mas vamos contornar.

— BH

De: Bill Holt (b.holt@agravadora.com)
Para: Janet Lundgren (janet@kissandtellmusic.com)
Assunto: Re: Re: TÉRMINO?!?!
16/04/22 13h10

Acha que consegue reverter isso para Hunter voltar com Aidan? Pode ser bom pra mídia.

— BH

De: Janet Lundgren (janet@kissandtellmusic.com)
Para: Bill Holt (b.holt@agravadora.com)
Assunto: Re: Re: Re: TÉRMINO?!?!
16/04/22 13h38

Nem pensar. Hunter está arrasado. Se forçarmos mais, ele não vai conseguir se apresentar. Eu estava com medo de as coisas terminarem assim.

Janet
Enviado do meu iPhone

De: Ryan Silva (ryansilvaassessoria@gmail.com)
Para: Bill Holt (b.holt@agravadora.com)
Assunto: Re: Re: TÉRMINO?!?!
16/04/22 14h01

Q pena, mas queremos focar o lançamento do single. Drama vende, né?

— Ryan

O FIM DE HUNTER DRAKE E KAVIAM PARVANI

OBF (O Babado Forte)
16 de abril de 2022

OBF informa: Hunter Drake terminou com Kaviam Parvani.

Fontes próximas ao casal confirmaram o término, que aconteceu semanas depois de os dois anunciarem o namoro para o público. Ainda não se sabe o motivo, mas Hunter foi visto recentemente com o ex, Aidan Nightingale.

"Memories", o novo single da PAR-K, foi lançado ontem; a Kiss & Tell está em turnê pelos Estados Unidos, com a PAR-K fazendo o show de abertura. As duas bandas tocam hoje e amanhã no United Center de Chicago.

Owen Jogia e Mira Dillon negam boatos de namoro
Hunter Drake e Kaivan Parvani dão uma escapadinha no escape room

**ASSUNTOS DO MOMENTO:
HUNTER DRAKE
KAIVAN PARVANI
KAVIAM**

@wkxapologist: nem para escreverem o nome do @kaivanandon certo!!

@tissandkell03: nãooooooooooo 😭 eu amava Kaivan e Hunter juntos!!!

@hunterdr4kesgirl: não não não não não não Hunter e Kaivan eram perfeitos

@samalicious: será que o @hunterdrake se esqueceu de fazer a chuca de novo?

@lillybean14: espero que Kaivan esteja se cuidando!

@hashtaghashton: 💔💔💔💔💔💔 hunter

@hunterolhoverde: não consigo parar de chorar, @hunterdrake merece coisa melhor!!!

@xiyaotroll: o @kaivanandon deveria voltar para a terra dele, cuzão sem coração

ROTEIRO PRÉVIO PARA O BLOCO DA KISS & TELL NO PROGRAMA *AMERICA TONIGHT*

DANIEL (Voice over): Com ingressos vendendo como água, cinco amigos lá do outro lado da fronteira conquistaram o mundo inteiro com muito charme, visuais incríveis, letras inteligentes e harmonias doces.

Ashton Nightingale, Ethan Nguyen, Ian Souza, Owen Jogia e Hunter Drake estão em turnê pelos Estados Unidos com o seu segundo álbum, *Come Say Hello*, e vieram aqui dar um "hello" no estúdio do *America Tonight*. Não perca: Kiss & Tell depois dos comerciais.

31

NOVA YORK, NY • 18 DE ABRIL DE 2022

Estou inquieto. Ashton segura o meu joelho, que não para de tremer.

Não quero dar essa entrevista. Não quero dar entrevista nenhuma. Quero me enrolar em posição fetal e sumir.

Mas trabalho é trabalho. É só colar um sorriso no rosto e fingir que está tudo bem enquanto todo mundo especula o que eu fiz de errado dessa vez, se eu sou uma piranha, e se eu e Kaivan transamos ou não. Especulam sobre tudo, menos se eu estou bem.

Eu não estou bem. Mas preciso ficar.

O meu rosto parece um quadro pintado, e tem base até na minha alma, mas o pior mesmo é o figurino. Estou com um suéter tricotado branco com um arco-íris, literalmente, na altura do peito.

É horrível, não combina comigo, mas de que adianta discutir a essa altura? Tentar ser quem eu sou? Ninguém quer o Hunter Drake de verdade, afinal.

Ian está comigo, e Ashton, no sofá, enquanto Owen e Ethan ocupam dois bancos atrás da gente. O apresentador do *America*

Tonight, Daniel Swenson, está sentado a uma mesa de madeira escura, que tem apenas um iPad e alguns cartões com anotações.

— Sessenta segundos — anuncia alguém no alto-falante.

Por instinto, ajusto a postura, o que é difícil de fazer enquanto tento parecer relaxado ao mesmo tempo. Ashton acerta a pose em cheio: pernas cruzadas, braço apoiado no recosto do sofá, por trás da cabeça de Ian. Ele está de calça jeans preta e camisa branca desabotoada até metade do peito para mostrar a tatuagem. Ian, na outra ponta do sofá, veste uma camisa de botão amarela e calça branca. E, atrás da gente, Ethan e Owen estão bonitos também. Não é como se eles obrigassem Owen a vestir um *kurta*, nem nada do tipo.

Daniel confere os botões do terno enquanto o diretor de palco faz a contagem regressiva. Janet está de pé logo atrás, de braços cruzados e celular na mão.

Tudo corre como esperado. Ashton é charmoso, e fala sobre como Nova York é uma cidade incrível e enorme. Tipo, é incrível e enorme mesmo, mas não é como se Vancouver fosse uma cidadezinha pequena.

Ethan é engraçado e tímido. Ele está usando um daqueles óculos pretos de mentira, que ajeita no nariz enquanto responde a perguntas fáceis sobre as pegadinhas que ele inventa durante a turnê. O sorriso dele fica um pouco mais pensativo quando Daniel pergunta se ele vai voltar com Kelly K, mas ele não menciona nada das coisas que comentou comigo, da verdade. Ele só inventa um monte de coisa.

Ian é sincero e soa empolgado com a turnê, comentando sobre como tem sido legal conhecer tantas arenas, como os nossos fãs são incríveis e também sobre os momentos de conexão que tivemos durante os *meet & greets*.

Owen passa a mão pelo cabelo enquanto fala do novo álbum, de estarmos trabalhando bastante nele, de estarmos superempolgados.

Tudo parece um teatro.

Kaivan estava certo sobre nós.

Porém, a plateia está adorando: rindo das piadas cafonas, aplaudindo nos momentos certos. Mas há uma certa pressão aumentando nos meus ouvidos, um amplificador zumbindo com o sopro de uma tuba.

— Por último, mas não menos importante, Hunter Drake. Você não sai das manchetes ultimamente, não é mesmo? Parece que o seu último namoro mal começou e já terminou.

— Pois é. Que saco — respondo.

Daniel fica sem reação.

Eu não deveria dizer isso. Não lembro o que mais eu deveria dizer.

O zumbido no meu ouvido só piora.

— É um saco ver a minha vida amorosa sendo comentada na internet. Ter a minha sexualidade examinada nos mínimos detalhes por desconhecidos. Todo mundo queria saber se eu e Aidan transávamos, mas ninguém ficou feliz com a resposta. Não sobrou nenhuma parte da minha vida que eu consiga guardar só para mim. Cada pedacinho é para consumo do público. Sabia que eu recebo umas vinte fotos de pau por dia?

— Hunter — diz Ashton, em um tom de alerta, mas eu continuo apesar de Janet estar acenando para mim por trás das câmeras e os olhos do Daniel estarem prestes a saltar da cara.

— Sem falar na quantidade de merda que ouvimos por sermos uma boy band. Ninguém nos leva a sério. Nem mesmo outros colegas da indústria. Nem mesmo a banda que abre os nossos shows! Todo mundo acha que somos uns fantoches sem talento, só porque escrevemos músicas para garotas adolescentes. As pessoas agem como se as nossas fãs fossem malucas. Sabia que os nossos fã-clubes arrecadaram mais de um milhão de dólares para a contenção dos incêndios florestais no ano passado? Mas não, nada disso importa. A única coisa que importa é que eu sou a porra de um passivo!

— Hunter! — diz Ashton, segurando o meu joelho. — Estamos ao vivo!

— Ah, me desculpe se estou cansado de ser tratado como se eu não fosse um ser humano de verdade. Desculpa se estou passando por uns probleminhas. Vocês não têm ideia de como é.

Ashton infla as narinas.

— Somos os únicos que sabem do que você está falando. Se você nos desse um tempo e pensasse em outras coisas, perceberia que tá tudo mundo aqui passando por dificuldades. Tem noção de quantas vezes Owen e Ethan, e até mesmo Ian, recebem insultos racistas? Você acha que é o único que tem problemas. Todos nós temos. E não estamos descontando uns nos outros, então por que você está descontando tudo na gente?

É como se ele tivesse enfiado a lâmina no meu joelho de novo. Escroto.

Talvez todos nós sejamos escrotos.

Sou uma granada prestes a explodir em uma cacofonia de ar, som e metais. Eu me levanto e tiro o microfone, mas o fio acaba agarrando em uma das minhas mangas, então eu tiro o suéter horroroso e o jogo no chão do estúdio.

— Não aguento mais.

Ninguém tenta me impedir de sair do set batendo o pé.

ASSUNTOS DO MOMENTO:
HUNTER DRAKE
KISS & TELL
AMERICA TONIGHT

@maccattacc: Meus filhos ficaram acordados até tarde para assistir a isso. Hunter deveria criar vergonha na cara.

@haidanfan12: ARRASA BICHA @hunterdrake

@orgulhohetero: Hunter Drake da Kiss & Tell passa vergonha ao vivo na TV, assista ao vídeo abaixo

@sapa_cantora: ALGUÉM FAZ UMA VERSÃO REMIX DISSO, A GENTE MERECE

@samalicious: canadense esquece a educação no churrasco

@magggs_rt: Nunca me imaginei concordando com o @hunterdrake mas ele tem razão: a sociedade estruturalmente menospreza garotas adolescentes.

@hdidi04: Um brinde à pessoa que deveria ter apertado o botãozinho de "piiii" durante a entrevista e não fez nada.

@xiyaotroll: a música deles continua sendo um lixo

32

NOVA YORK, NY • 18 DE ABRIL DE 2022

Encontro a saída mais próxima e abro a porta com um puxão. Ela leva a uma escadaria com iluminação alaranjada, e eu desço os degraus ouvindo os passos ecoando pelas paredes de tijolinho. Não sei aonde estou indo, só quero fugir: dos meninos, das câmeras, de tudo.

Fugir da porra de Hunter Drake.

— Hunter! — grita alguém do alto, mas eu continuo descendo as escadas o mais rápido que consigo.

O andar seguinte tem portas cinza pesadas com uma placa de saída. Não sei se vou disparar algum alarme, mas também não me importo.

Saio no meio de uma rua lotada. O vento gelado me atinge de imediato, e eu pisco para todas as luzes. Só estou com uma regata branca simples, e uma chuva leve cai sobre os meus braços e a minha nuca.

Ando pelo menos uns cinco metros antes da gritaria começar.

Merda.

A gente tinha combinado de encontrar os fãs depois do programa. Eles passaram o dia acampados em frente ao estúdio, pegando chuva até, na esperança de nos ver. E eu dei de cara com eles.

As pessoas mais próximas, um trio de garotas, começam a chorar de alegria ao me ver, mas são empurradas para o lado rapidamente por uma onda de pessoas vindo de trás. Eu deveria ter pensado melhor nisso.

Nem tenho tempo de abrir um sorriso antes de ficar cercado. Pessoas estão empurrando pôsteres e CDs na minha direção. Dedos desconhecidos passam pelo meu cabelo. Mãos gentis tocam as minhas. Mãos grosseiras apertam a minha bunda. Alguém puxa a minha camisa por trás, mas outra pessoa tenta impedir, e eu acabo sendo enforcado pela gola. Começo a tossir e mais mãos tocam as minhas costas.

Sou engolido pela multidão, um mar faminto de gente. Não sou mais humano: sou um pedaço de carne. Um bolinho de canela sendo despedaçado e consumido.

Acho que escuto a voz de Nazeer, mas é impossível entender qualquer coisa no meio de tanto barulho. Mais mãos me apertam. Celulares por toda parte, flashes disparando na minha cara, luzes constantes de vídeos sendo gravados, enquanto tento chegar à barricada, onde um monte de funcionários da segurança tentam entender o que fazer.

Dois deles finalmente enfrentam a multidão e forçam uma pequena bolha ao meu redor. Tento agradecer, mas acho que ninguém me escuta. Eles me tiram de rua, me levam à barricada. Um deles, baixinho, com cabelo loiro preso em um rabo de cavalo, fala ao rádio enquanto outro tenta acalmar a multidão.

A minha camiseta está rasgada na axila. Nem sei dizer o que rolou. Chuva gelada cai pelos meus ombros, transformando o pó no meu rosto em uma pasta. Limpo com a barra da camiseta estragada.

Carros se arrastam pela avenida, que eu tenho quase certeza de que é a Broadway, e as calçadas estão cheias de gente normal a caminho de sabe-se lá onde.

Assim que o segurança solta meu braço, me misturo naquela maré de humanos e começo a andar, me escondendo atrás de um homem alto com um casaco bufante. Estremeço e sigo o fluxo do quarteirão até o som dos fãs finalmente sumir.

Então, estou livre.

Eu envolvo o corpo com os braços enquanto ando. Os meus mamilos estão tão enrijecidos que poderiam cortar vidro.

Ninguém me dá bola, exceto por um olhar torto ou outro para a camiseta rasgada e suja. Sou invisível, um garoto aleatório andando pela Times Square à noite, encarando os letreiros luminosos e aproveitando as lufadas de ar quente ocasionais que sobem das grades do metrô.

Não sei ao certo aonde estou indo. Achei que estava na Broadway, mas de alguma forma acabo indo parar na Sétima Avenida. É quase meia-noite, mas as calçadas ainda estão lotadas, e todos andam com passos firmes. Eu me forço a desacelerar, admirando a cidade.

Nova York é quase como um rito de passagem para gays.

É o lugar dos sonhos: Stonewall, Broadway, pizza e carrinhos de cachorro-quente.

Da última vez que viemos aqui, só ficamos um dia, tempo o suficiente para algumas fotos publicitárias ensaiadas no Empire State Building. Não consegui ver nada.

Agora, passo pelas lojas, restaurantes, estações de metrô e carrinhos de comida. Ninguém repara em mim, só quando paro na faixa para esperar o sinal fechar em vez de ziguezaguear pelos carros.

Não me lembro da última vez que consegui apenas passear por aí. Ser uma pessoa normal. Cada minuto dos últimos dois anos foram preenchidos pela Kiss & Tell. Pelos meus amigos. A culpa borbulha no meu estômago. Ashton tem razão, eu não deveria descontar as minhas frustrações nos meninos. Mas eles simplesmente não entendem. E eu estou muito cansado. Talvez eu tenha estragado tudo. Talvez esse seja o fim. E eu nem ligo mais.

As bandeiras de arco-íris começam a aparecer pouco a pouco, e levo uns dois quarteirões para perceber que encontrei o bairro gay. Lembra a rua Davie na minha cidade. Pessoas formam fila na calçada para entrar no que me parecem ser boates, porque, conforme me aproximo, a batida da música toma conta do ar. Balanço a cabeça no ritmo e solto uma risada.

Nunca fui a uma boate gay.

Será que consigo entrar em alguma? Provavelmente sou novo demais, mas sou famoso, né?

Então, entro em uma fila para uma porta que diz BOIZ em letras purpurinadas. Todo mundo está vestido com roupa de balada, camisetas justas e calças jeans mais justas ainda, alguns de cropped apesar da noite fria. Esfrego os braços e travo o maxilar quando um casal à minha frente se vira e olha para mim. Elus se voltam para a frente e depois para trás de novo. Arregalam os olhos.

— Ai, meu Deus — diz a pessoa mais magra e loira, com o cabelo bem curtinho.

— Você é o... — começa a outra pessoa, com a pele mais escura, que brilha sob as luzes da rua.

— Sou — digo, porque essa é a minha galera, e também porque está um frio da porra e talvez ser famoso me faça entrar na boate mais rápido.
— Ai, meu Deus! — a pessoa loira grita de novo.
Elu me pega pelo braço, e sue parceire (acho?) apoia a mão nos meus ombros e me guia enquanto saímos da fila e vamos até o segurança na porta.
Eu digo "segurança", mas a pessoa não tem nada a ver com aqueles seguranças de filmes, os caras fortões de óculos escuros e camisa preta coladinha. Esse é jovem, com a pele marrom-clara, cabelo cacheado de um azul-vivo e calça jeans preta, as pernas enfiadas para dentro de botas na altura do joelho.
— Olha quem a gente encontrou! — diz a pessoa loira.
Abro o meu melhor Sorriso De Imprensa.
— Oi.
A pessoa da segurança pisca. Atrás de mim, o pessoal que está na fila que furamos nos fotografa. Eu me viro para trás, peço desculpas e depois me volto para a porta.
— Amore, o vale vai te comer vivo lá dentro — diz elu.
— Tudo bem.
— Você não tem dezessete anos?
— Só por mais dois meses — digo, como se isso importasse.
Elu pisca de novo, depois levanta o dedo indicador para que eu espere um segundo enquanto se vira para falar no radinho.
— Com licença — diz a pessoa atrás de mim. — Podemos tirar uma foto?
— Com certeza!
Estico o corpo e sorrio.
— Podemos tirar uma mais engraçadinha?
— Claro!

Coloco a língua para fora enquanto ganho um beijo na bochecha.

— Ei! — diz a pessoa da segurança, e eu dou meia-volta. — Você pode entrar, mas vai ter que usar isso aqui.

Elu coloca uma pulseira laranja no meu pulso esquerdo.

— Isso aqui é para ninguém me dar bebida?

— Toma cuidado lá dentro — sussurra elu enquanto abre a porta.

— Valeu.

Dou um passo para dentro e espero o casal que chegou comigo mostrar a identidade na porta. Finalmente, elus me alcançam.

— Isso foi demais! — diz a pessoa com a pele mais escura. — Valeu, meu anjo.

Então elus saem por um corredor escuro e estreito, me deixando sozinho.

Acho que acabei de ser usado, mas, surpreendentemente, não me importo.

Caminho pelo corredor e o grave toca uma batida familiar sob os meus pés. Mais uma porta e eu finalmente entro.

Só rindo mesmo.

Tem *go-go boys* dançando no bar e em plataformas altas que provavelmente nunca passaram por uma inspeção sanitária. Pessoas dançam, se beijam e se pegam na pista. Os cheiros de vodca, suor e muitos perfumes diferentes enchem o ar.

Um remix de "Heartbreak Fever" toca pelos alto-falantes no volume máximo.

Não acredito. Fecho os olhos por um segundo, sinto o grave vibrando em cada célula do meu corpo, até que alguém me puxa pelo braço para poder passar.

— Desculpa.

O meu coração estremece enquanto caminho até o meio da pista e me perco.

Está escuro, então ninguém repara muito bem. Somos apenas um monte de pessoas queer, nos divertindo em comunidade, rindo, dançando e existindo.

Euforia. Não há outra palavra.

Alguém esbarra em mim. Outra pessoa desliza as mãos pelo meu braço ao passar, a caminho do bar. É um gesto casual, mas carregado. Um cara aperta a minha bunda por um segundo, mas eu não me sinto sujo. Não me sinto uma piranha.

Eu me sinto sexy, vivo, em casa.

Danço mais ainda, tiro o cabelo molhado do rosto, sorrio para as pessoas ao redor, que finalmente me reconhecem. Celulares começam a disparar flashes, pessoas cutucam os amigos, os parceiros, mas eu não estou nem aí.

— Canta! — grita o cara mais perto de mim, a plenos pulmões, e eu obedeço.

Ninguém vai me ouvir, mas, ainda assim, a boate inteira começa a cantar junto, desafinados, vibrantes, gays e lindos.

Essa é a minha galera.

Um dançarino de cropped de redinha (não sabia que as pessoas usavam isso de verdade) se aproxima, combinando os passos com os meus. Outro chega por trás, sorrindo para mim, ou, talvez, me comendo com os olhos. Sinto a pele dele contra os braços e deixo outro dançarino me rodopiar. Alguém está sarrando atrás de mim; sinto uma ereção pressionada contra o meu corpo.

— A sua camiseta tá rasgada — grita uma voz no meu ouvido.

— O que rolou?

— Nada — digo, arrancando a camiseta, porque, com a dança e todos esses corpos ao meu redor, não estou mais com frio. Alguém me entrega um drinque. Sei que não tenho permissão para aceitar, mas também sei que não ligo. O gosto é meio qualquer coisa, só limão espremido, mas as bolhas formigam na minha língua e o álcool aquece a garganta, o estômago, a ponta dos dedos.

Viro o copo antes que alguém possa me impedir; outro dançarino ri, tirando o copo vazio da minha mão.

Rebolo enquanto a música muda para algo mais sombrio e agressivo. Tem um cara a alguns passos de distância que está encarando o meu peito nu. Prendo a barriga sutilmente e o encaro de volta: ele é branco, porém bronzeado, de cabelo castanho com algumas mechas loiras, e nariz empinado e bonito. Ele também está sem camisa. O peitoral dele é liso, brilhante e torneado. Tem até uma veia bem visível por cima do "V" da barriga. Meu Deus.

Volto a olhar para o rosto dele e os nossos olhares se encontram. Ele me flagrou espiando. Mas ele sorri e eu sorrio de volta, e estou corado porque ficou óbvio como eu o estava secando e ele estava me secando também. Ele vem na minha direção, balançando a cabeça, se desviando da multidão, e eu dou um passo para trás para abrir espaço. Ele apoia a mão na minha cintura.

— Você é ainda mais gostoso pessoalmente — comenta ele.

Eu mal escuto por causa da música.

— Você também — respondo, porque o meu cérebro não está funcionando e a minha boca ficou seca.

Ele ri e pressiona a pele contra a minha. Os nossos corações batem no ritmo da música. A mão do Garoto Gostoso desce, até chegar na minha bunda. Ele não aperta nem nada do tipo, mas eu não me importaria se fizesse isso.

Alguém coloca outro drinque na minha mão, outra coisinha gasosa com limão, e dessa vez eu bebo devagar enquanto danço. O perfume do Garoto Gostoso é sutil, fresco e cítrico, a não ser que isso seja só o cheiro da minha bebida. As bochechas dele estão coradas e duas covinhas aparecem quando ele sorri.

Bebo mais um gole do drinque, pressiono o copo contra o pulso para sentir o geladinho, já que estou todo suado, e o calor da minha barriga está descendo. A ereção está presa dentro da calça, e a dança não está ajudando em muita coisa.

— Qual é o seu nome?
— Quê? — pergunta.

Ele agora está me segurando por trás, o queixo apoiado no meu ombro e o peito colado nas minhas costas.

— Qual é o seu nome? — grito, me virando um pouquinho para ele me ouvir melhor, mas isso aproxima os lábios dele da minha orelha e ele dá uma mordiscada.

O meu joelho fica fraco.

— Jared — diz ele.
— Eu me...
— Eu sei quem você é. Amo as suas músicas.
— Valeu.

Outra mordida. Dou uma risadinha e tento terminar o drinque, mas acabo entornando tudo.

— Ai, não. — Acho que era vodca. Com certeza algo mais forte do que aquelas cervejas ruins com que estou acostumado.
— Entornei.
— Tudo bem.

Ele esfrega a mão na minha barriga, onde o líquido está escorrendo em direção ao elástico da cueca.

— Tô com sede.
Ele ri.
— Ah, é?
— É. Preciso de água.
— Vem comigo.
Ele segura a minha mão e me puxa pela pista até o corredor lateral, onde há um bebedouro ao lado do banheiro. Eu me abaixo e bebo alguns goles.
— Melhorou?
Está mais silencioso aqui e ouço melhor a voz de Jared. É meio rouca de um jeito legal.
Assinto e seco a boca com o dorso da mão, mas Jared chega mais perto e passa o polegar pelo meu lábio.
— Faltou uma parte aqui.
— Ops — digo, porque o meu cérebro já virou mingau.
Estou altinho, com certeza, mas não ligo.
As mãos de Jared continuam se movendo até ele chegar na minha nuca. Sei o que ele quer. Eu me inclino para a frente, ele faz o mesmo, e de repente estamos nos beijando.
O beijo é gostoso e incrível, o hálito dele preenche os meus pulmões, a minha língua passeia pelos dentes dele, as minhas mãos deslizam pelas costas dele, e ele desce com a mão por dentro da calça para apertar a minha bunda por cima da cueca.
Sei o que está acontecendo e estou super a fim.
— Você quer...? — Ele perde a voz no meu pescoço.
— Não tenho camisinha.
— Tem um monte no banheiro.
— Tá bom.
Ele pega a minha mão e sorri para mim.
E me puxa até a porta do banheiro.

CHAT DO GRUPO

Ashton, Ethan, Ian, Owen
Ter, 19 de abr, 2022, 1h18

ASHTON
Nazeer mandou notícias. Nada ainda.

Ethan mudou o nome do grupo para "Mutirão de Busca por Hunter Nome do Meio Drake"

OWEN
Vocês não acham que ele saiu da banda, né?
Ao vivo, na TV?

ASHTON
Eu não deveria ter discutido com ele

ETHAN
Cara ele só dá ouvidos a você!!

IAN
Acho que ele só estava meio sufocado. Ele nunca foi bom em pedir ajuda. Às vezes parece que ele acha que precisa carregar a banda inteira nas costas, só porque foi ele quem começou.

OWEN
Faz sentido

OWEN
Vi Kaivan no hotel, ele parecia preocupado também

ETHAN
Uepa!!!
Ele foi visto numa balada kkkk!!
Vai, Hunter!!

           ASHTON
           Sério?
          Manda o link!!

ETHAN
<u>Hunter Drake da Kiss & Tell flagrado dançando na BOIZ</u>

           ASHTON
         Vou ligar pro Nazeer

OWEN
É uma balada gay, cara, manda Aidan

IAN
Você não disse que Kaivan tava preocupado? Talvez ele possa ir.

HUNTER DRAKE DA KISS & TELL FLAGRADO DANÇANDO NA BOIZ

Rainbow News Now – Notícias Bafônicas
19 de abril de 2022

Depois de uma aparição polêmica no programa *America Tonight* com Daniel Swenson, Hunter Drake, o *twink* rebelde da banda Kiss & Tell, foi flagrado entrando na BOIZ, uma boate em Chelsea inaugurada no verão passado. Hunter tirou um tempo para posar para fotos na porta antes de garantir um acesso VIP e se jogar na pista para mostrar os passinhos. Confira o vídeo abaixo. (CUIDADO: Cena contém luzes piscantes).

<u>Quer se afiliar ao site?</u>
<u>Clique aqui e saiba mais.</u>

33

NOVA YORK, NY • 19 DE ABRIL DE 2022

Já vi séries de TV (e filmes pornô) o suficiente para saber como o banheiro de uma balada deve ser: luz fraca, meio nojento, talvez uma porta quebrada, ou algo do tipo.

Esse aqui tem a luz fraca, mas é bem limpinho. Tem um daqueles difusores de aroma iluminados no canto, ao lado da pia, soltando cheiro de cookies de chocolate, o que é meio horrível e meio hilário. Ao lado, há uma tigela de camisinhas. Tem de vários tipos: com sabor, com textura, umas com gel anestesiante, gel gelado ou gel quente. Eu e Aidan só usávamos as normais, que ele comprava pela internet, porque nenhum de nós queria ser flagrado comprando camisinha na farmácia. Balanço a cabeça para mandar a lembrança para longe.

Esquece Aidan.

Esquece todo mundo.

Jared estende a mão até a tigela, pega uma de embalagem dourada tamanho XG e dá uma piscadinha para mim.

Engulo em seco.

— Brincadeira.

Ele solta, e pega duas com sabor e duas que esquentam.

Não ligo. Só quero voltar a beijá-lo, sentir o corpo dele.

— Tanto faz — digo, esmagando os lábios contra os dele.

Ele me puxa até um cantinho entre os mictórios e a pia, o que me parece devasso e excelente. A luz projeta um brilho rosado nas bochechas dele. A nossa respiração ecoa pelos azulejos. Beijo o maxilar dele, descendo pelo pescoço, até chegar com a minha língua naquele espacinho da clavícula. Ele ri e aperta a minha bunda de novo, começando a abaixar um pouquinho a minha calça, deixando a cueca à mostra.

— Não tem problema a gente bloquear a pia? — pergunto. — E se alguém precisar lavar as mãos?

Tudo bem se pegar no banheiro, mas não custa ter bons modos. Jared ri. Os dedos dele escorregaram por dentro do elástico da cueca, quentes e firmes contra a minha pele.

— Vem.

Sem me soltar, ele nos guia até uma das cabines, me fazendo andar de costas até as minhas pernas atingirem a privada, onde eu caio e começo a rir.

Ele me ajuda a levantar e eu afundo o rosto no peito dele. É firme e quente.

— Tudo bem? — pergunta ele enquanto eu rio.

— Tô bem — respondo. — Não tô bêbado. Juro. Só altinho.

— Certeza?

Tudo em mim está quente, e eu estou irritado porque ele parou de me beijar, então esfrego o rosto no dele, curtindo o jeito como a barba por fazer dele arranha o meu queixo.

Ele me quer.

E eu nem me importo mais se ele me quer porque gostou da minha bunda, ou porque me acha bonito ou porque pensa que seria maneiro comer um cara famoso.

Não importa.

Ele me quer, sexo é divertido e eu gosto, e foda-se Aidan, foda-se todo mundo que fez com que eu me sentisse mal por gostar. E foda-se Kaivan também, por fazer com que eu me sentisse mal por... Sei lá. Mas foda-se ele também.

Foda-se o mundo.

Beijo o peitoral do Jared, mordo o mamilo dele, mas ele parece não sentir nada de mais, então volto para o côncavo do peito dele, beijando cada vez mais para baixo.

A porta do banheiro se abre, mas nós ignoramos. Jared firma os pés no chão enquanto eu continuo descendo e descendo, me ajoelhando para ficar em um ângulo melhor em relação ao zíper dele. Ele passa a mão pelo meu cabelo e solta o ar, ofegante.

— Hunter? Você tá aí?

Levo um susto e dou uma cotovelada na borda da privada, daquelas que dá choque. Puxo o braço para massagear o ossinho, mas empurro Jared contra a cabine.

— Merda — sussurro.

— Hunter?

É Kaivan.

Que caralhos ele tá fazendo aqui?

A porta da cabine balança, mas Jared a mantém fechada.

— Hunter? É você? Tá tudo bem?

— Eu tô bem — digo, usando o suporte de papel higiênico para me ajudar a levantar.

— Você conhece esse cara? — pergunta Jared.

— Quem tá aí com você? — A voz de Kaivan sai baixa e impiedosa.

Pigarreio e dou a volta em Jared para manter a porta fechada.

— Não é da sua conta. Vai embora.

— Você bebeu?

— Não — respondo, mas aí começo a rir.

Kaivan empurra a porta. Ele é forte, mas eu sou teimoso. Ele desiste.

— Ei! — diz Jared. — Tem gente aqui.

— Deixa ele sair — rosna Kaivan.

— Estamos ocupados.

— Ele tem dezessete anos, seu babaca. É crime.

Jared me analisa por um segundo.

— Bem pensado.

Em um piscar de olhos, todo o calor vai embora. Ele abre a porta, se espreme para passar por Kaivan, e me deixa com frio e sem camisa enquanto me sento de novo na privada.

Talvez eu possa dar descarga em mim mesmo e desaparecer no esgoto.

— Ele te machucou?

— Não. Eu tô bem. Por que você se importa?

Tento me levantar e só consigo na segunda tentativa.

— Você está bêbado.

— Não tô, nada. — Passo por ele para lavar as mãos. Força do hábito. — O que você tá fazendo aqui?

— Eu estava preocupado. Todo mundo está.

— Que se dane. — Me viro para encará-lo. — Preocupado que eu ia pegar aquele gostoso. Tá com ciúme, né?

— Não. Quer dizer, fico feliz que não tenha acontecido nada, mas...

— Você só tá puto porque eu nunca te dei uma mamada — digo. — E deveria. Porque eu dou mamadas maravilhosas.

— Hunter...

— Vai embora. Tô me divertindo.

— Nazeer está lá fora te procurando. — Ele tenta me segurar, mas eu me solto. — Hunter, por favor.
— Não. Me deixa em paz. Você não estava nem aí para mim antes. Não vem fingir que se importa agora.
— Beleza. Quer que eu vá contar para Nazeer que você está aqui e fazer ele te arrastar para fora?
— Nem ouse.
— Ele provavelmente te carregaria sem nenhum esforço.
Mordo o lábio. É capaz de Nazeer me jogar por cima do ombro e passar o caminho inteiro me dando sermão.
Dou uma risada só de imaginar, porque seria bem engraçado, mas quando rio o banheiro começa a girar. Eu me seguro na pia para não cair.
Talvez eu esteja mais bêbado do que imaginava.
Merda.
Pigarreio.
— Beleza — digo, caminhando até a porta, mas aí começo a cambalear e Kaivan tenta me segurar, mas eu me endireito. — Não encosta em mim.
— Tá bom. — Ele abre a porta para mim. — Vamos sair daqui, pelo menos.

Nazeer está com o carro estacionado em cima do meio-fio e o pisca-alerta ligado, o que eu tenho quase certeza de que é ilegal. As regras de estacionamento em Nova York são ainda piores do que as de Vancouver.
Ele não diz nada quando entramos no carro. Só abre a minha porta, se certifica de que estou de cinto e começa a dirigir. São duas da manhã, de acordo com o relógio no painel. Estremeço mais uma vez no banco de couro. O calor de antes está dando lugar para calafrios.

Fecho os olhos, mas o movimento do carro está me deixando tonto. O silêncio é sufocante.

— Como vocês me encontraram, afinal? — murmuro.

— A internet toda só fala de você dançando com aquele pervertido — diz Kaivan ao meu lado.

A parte bêbado-triste de mim quer se deitar nele e absorver o calor. A parte bêbado-furioso de mim quer jogá-lo para fora do carro.

— Ele não era um pervertido. Ele era...

Nem sei. Agora que não estou mais na balada, Jared não me parece mais tão legal e gostoso.

— Ele não deveria ter encostado em você — diz Nazeer, do banco da frente.

A voz dele é monótona, nenhum toque de raiva, o que mostra que ele está puto de verdade.

Não pedi para que ele viesse me buscar. Também não pedi para Kaivan.

— Eu estava de boa.

Kaivan ri com deboche.

— Você andou bebendo. E se alguém colocasse alguma coisa na sua bebida? Como você sabe que aquele cara não ia te machucar? Ele devia ter uns 25 anos. Talvez trinta. Nojento.

— Nojento é você. Ele nem era tão velho assim. — Kaivan revira os olhos. — Por que toda essa preocupação, afinal? Você nem quer mais saber de mim.

— Eu ainda me importo com você.

É a minha vez de rir com deboche.

— Sei que te magoei, mas é verdade. Você acha que tudo é preto no branco.

— Não acho, nada.

— Acha, sim. Você é o único que tem nuances. O resto do mundo é bom ou mau. Não podemos cometer erros, dizer coisas sem pensar, ou... — Kaivan se perde nas palavras.

Ou o quê?

Não sei se é a vodca ou o movimento do carro, mas sinto o estômago se revirar, como se eu fosse vomitar.

— Tô passando mal.

— Água — diz Nazeer.

Kaivan me entrega uma garrafinha. Bebo tudo de uma vez e seco a boca com o dorso da mão.

— Eu tô encrencado?

— Encrencado é pouco. Mas não comigo. Só estou feliz que você está bem.

— Por quê? Você deveria estar puto comigo.

— Porque você é jovem. Porque eu me lembro de todas as burrices que os meus filhos fizeram quando tinham a sua idade. E às vezes eles não precisavam de bronca. Só precisavam de alguém que os escutasse.

Balanço a cabeça.

Nazeer chega ao portão de carga do hotel e passa um cartão no sensor. O portão se abre e ele entra.

— Chegamos.

Abro a porta e sinto ânsia assim que o cheiro de lixo me atinge.

— No carro, não — alerta Nazeer.

Cambaleio para fora e chego em um canto antes que o meu estômago tente virar do avesso. Nada sai, só bile. Cuspo algumas vezes para tirar o gosto ruim da boca.

— Sabe — diz Nazeer, apoiando a mão quente e calejada nas minhas costas. — Sempre pensei que Ethan acabaria sendo o garoto-problema. Não você.

Isso faz com que eu me sinta meio merda.

— Desculpa.
— Desculpado. Mas não apronta uma dessas de novo.
Olho para cima. Ele não parece bravo, mas está sério.
— Eu me preocupo com você.
— Vou ficar bem — digo, mas não consigo encará-lo.
— Sei que vai. Vamos logo. Não aguento mais esse fedor.
Nazeer me guia até o elevador e Kaivan permanece atrás de mim, como se estivesse se certificando de que não vou fugir de novo. Mas não planejo ir a lugar algum. Só quero me arrastar para a cama e me esconder.
— Tô sem a minha chave — digo quando chegamos à porta.
Nazeer me entrega a mochila que deixei no estúdio.
— Obrigado.
— De nada. Dorme um pouco, Hunter. De manhã a gente conversa.
— Tá bom.
Entro no quarto e começo a fechar a porta, mas aí me viro de costas. Kaivan ainda está ali.
— Obrigado por ter ido me buscar.
— De nada.
Por um segundo, acho que ele vai pedir para entrar.
Não sei se quero que ele entre.
Talvez eu devesse convidá-lo.
Mas aí, ele diz:
— Boa noite, Hunter.

MUTIRÃO DE BUSCA POR HUNTER NOME DO MEIO DRAKE

Ashton, Ethan, Ian, Owen
Ter, 19 de abr, 2022, 2h25

ASHTON
Ele chegou ao hotel
Encontraram ele no banheiro com aquele pervertido
Não aconteceu nada

Ethan mudou o nome do grupo para
"MISSÃO CUMPRIDA"

IAN
Nossa, sério?

ETHAN
Ele vai ficar nos devendo tanta pizza!!

OWEN
Feliz que ele tá bem

IAN
Eu tb

ASHTON
Vou conversar com ele

34

NOVA YORK, NY • 19 DE ABRIL DE 2022

Eu estou fedendo. Não sei se é por causa da balada ou se é o álcool evaporando da pele. O meu rosto parece uma pizza.

Tomo um banho e depois me enrolo na toalha felpuda do hotel para me secar. Estou tremendo, apesar de o quarto não ser tão frio assim. Visto as minhas leggings favoritas, aquelas com estampa de camuflagem cinza, e o meu moletom mais quentinho do Canucks.

Reviro a mochila e pego o celular. Tem, tipo, um milhão de mensagens, mas ignoro todas elas, exceto as da minha mãe. Mando uma resposta rápida avisando que estou seguro e que ligo para ela de manhã.

Eu me jogo na cama de barriga para baixo, pego o chocolate que deixaram no travesseiro e coloco na boca. Acho que estou com fome, mas talvez seja só a adrenalina indo embora do meu corpo. Agora que estou ficando sóbrio, estou meio assustado com tudo o que fiz. Kaivan tinha razão. E se a minha bebida estivesse batizada? E se…

Alguém bate à porta. Solto um grunhido com a cabeça enfiada no travesseiro. Não quero que ninguém me veja.

— Hunt? — A voz de Ashton é silenciosa, abafada. — Tá acordado?

Não quero que Ashton me veja assim de forma alguma. Mas é melhor acabar logo com isso. Abro uma fresta da porta.

— Oi.

— Oi, Hunt. — Ele passa a mão pelo cabelo bagunçado. — Posso entrar?

Eu deveria dizer que não. Depois de tudo o que ele fez, eu deveria estar furioso com ele.

Mas aquilo que Kaivan disse, sobre como eu só enxergo preto no branco, alugou um triplex na minha cabeça. Então eu concordo e o deixo entrar.

Eu me jogo na cama, de rosto para baixo, e, depois de um segundo, Ashton se joga ao meu lado.

— Que susto que você deu na gente, hein?

— Desculpa — digo, abafado pelo travesseiro. Estou arrependido. Fui um escroto com todo mundo. Não queria deixar ninguém preocupado.

Só queria ficar sozinho por um tempo.

— Me desculpa também. Eu não deveria ter te respondido daquele jeito.

— Enfim... — O silêncio se arrasta entre nós até ficar sufocante demais. — Acho que você até que tinha razão. Todos vocês tinham. Os meninos tentaram me alertar. Kaivan também. E eu simplesmente... — Suspiro no travesseiro. — Vocês agem como se não fossem afetados por nada. Os shows, as entrevistas, a vida. Parece que vocês amam tudo.

— E eu amo, Hunt. Mas também fico cansado. E magoado, às vezes. Todos ficamos.

— Você nunca me disse nada.
— Oi? — Eu me viro para Ashton. Ele está deitado de barriga para cima, com as mãos atrás da cabeça. — Você nunca me contou quando ficou magoado.

Ashton assente.

— Acho que a gente não é muito bom em falar dessas coisas.
— Mas você poderia ter conversado comigo. Sou o seu melhor amigo.
— É. — Ele puxa a barra da camiseta. — Sabe por que eu desisti de jogar hóquei, Hunt?
— Não. Quer dizer, Aidan sempre disse que foi porque você se sentia culpado.
— Me senti culpado, e provavelmente vou me sentir assim para sempre.
— Foi um acidente bizarro.
— Mas ainda assim. Eu destruí o seu sonho.
— Mas eu não te culpo. Nunca culpei. Já disse isso a ele um milhão de vezes, mas acho que ele nunca irá acreditar em mim.
— Eu sei. Mas não foi por isso que eu desisti.
— Foi por quê, então?
— Larguei o hóquei porque eu te conhecia. E sabia que, se não pudesse mais jogar, você iria encontrar outra coisa para fazer muito bem. E eu queria fazer parte do que quer que fosse essa coisa. — Os meus olhos começam a arder. — E você é o meu melhor amigo. Depois do que aconteceu no hóquei, eu não iria deixar nada atrapalhar o seu novo sonho. Então, talvez eu não tenha te contado todas as vezes em que eu enfrentei dificuldades. Mas não é por que essas coisas não eram difíceis. Era porque eu não queria que você pensasse

que eu não estava contigo. Porque eu estou, pelo tempo que você quiser.
Ele morde o lábio. Viro o corpo até me deitar de barriga para cima e ficar com o ombro grudado no dele.
— Mas e se você não quiser mais fazer tudo isso? Eu te apoio. Se você quiser sair, se quiser acabar com a banda, eu tô contigo. Porque não vale a pena ser infeliz. Não vale a pena... Seja lá o que tenha acontecido esta noite.
— Na indústria, acho que eles chamam de "surto" mesmo.
Ashton ri.
— Mas, sério. Eu tô contigo. Sempre.
— Obrigado. Eu quero acabar com a banda? Não sei nem o que eu faria. E não é de todo ruim. Eu amo ver fãs felizes nos shows. Amo sustentar a minha mãe e Haley. E ajudar tantas instituições beneficentes. E sentir que estou fazendo alguma diferença.
— Acho que eu quero continuar mesmo. Que talvez seja isso que eu tenha a oferecer para o mundo. E eu preciso me esforçar para entregar o melhor.
— Você não deve nada a ninguém, Hunter. Não precisa oferecer nada que não queira. Nem a sua vida, nem a sua sexualidade, nem a sua música. Nada.
— Eu sei. Mas isso me faz feliz. Acho que eu só não estava conseguindo enxergar direito.
— Tá bom.
— Melhor eu pedir desculpas para os meninos também.
— Sim. Acho que você está nos devendo um mês inteiro de pizza.
— Imaginei.

— Mas isso pode esperar até amanhã. Melhor você dormir um pouco.
— É.
— Quer que eu durma aqui?
— Você não liga?
— Que nada.
Ashton se enfia embaixo dos cobertores. Ele é o maior rouba-coberta do mundo.
— Deixa um pouco pra mim.
— Você já está de moletom!
— Mas ainda estou com frio!
Finalmente, a gente se acomoda.
— Boa noite, Hunt.
— Boa noite, Ashton. E obrigado. Por tudo.

ABAIXO-ASSINADO ONLINE PEDE DEMISSÃO DE HUNTER DRAKE

NewzList
19 de abril de 2022

Um abaixo-assinado está circulando na internet, pedindo para que a Gravadora demita Hunter Drake da Kiss & Tell.

Na noite passada, Hunter apareceu ao lado da banda no *America Tonight* com Daniel Swenson, para divulgar a turnê *Come Say Hello*. Durante um bloco breve, Hunter, bem agitado, discutiu com os colegas de banda, esbravejou uma série de palavrões sobre a pressão de ser famoso, e saiu do set batendo o pé, deixando a banda se apresentar sem ele.

Mais tarde na mesma noite, apesar de ser menor de idade, Hunter foi flagrado bebendo e dançando em uma boate gay, antes de desaparecer dentro do banheiro com um homem mais velho.

A equipe da Kiss & Tell soltou uma nota afirmando o comprometimento de Hunter Drake com a banda, que fará hoje o primeiro de três shows no famoso Madison Square Garden, em Nova York.

Os 18 melhores tuítes sobre o vídeo de Hunter Drake na balada

O quão populares são as suas opiniões sobre a Kiss & Tell?

35

NOVA YORK, NY • 19 DE ABRIL DE 2022

Acordo com frio. Ashton roubou todas as cobertas no meio da noite.

Penso em puxar tudo de volta para mim, mas me parece um agradecimento bem mesquinho por ele ter me feito companhia. Por ter me aturado.

Já passa do meio-dia. Perdi uma ligação da minha mãe, duas mensagens de Janet e uma de Nazeer.

— Merda. Ashton, acorda. — Ele grunhe e cobre a cabeça com a coberta. — A coletiva de imprensa.

Ele joga a coberta para longe.

— Merda!

Sai rolando da cama, calça os sapatos às pressas e vai embora correndo enquanto vou para o banheiro me arrumar.

Nazeer bate à porta enquanto estou falando com a minha mãe.

— Tenho que ir, mãe — digo, enquanto ele aponta para o relógio.

— Tá bom, Hunter — responde ela. — Até mais. Te amo.

— Até. Te amo. Tchau. — Desligo e me viro para Nazeer. — Desculpa. Estou pronto.

— Vai vestido assim?

Estou com uma camiseta desbotada do Pink Floyd e calça jeans. Vou fazer isso como eu sou de verdade.

— Vou.

— Preparado, então?

— Só... Me desculpa por ser um pé no saco. Prometo que nunca mais vou fugir.

Nazeer ri.

— Obrigado.

— E obrigado por cuidar bem de mim.

— Não tem de quê.

Os meninos estão quietos ao entrar no carro. Espero pegarmos a estrada para pigarrear.

— Ei, gente — digo, e engulo o medo. — Hum... Queria me desculpar pelo meu comportamento ontem. Desculpa pelas coisas que eu disse, e por ter ido embora, abandonando vocês sozinhos. Desculpa por todos esses transtornos que tenho causado ultimamente. As coisas não estão fáceis para mim, mas não é justo descontar em vocês. Então, peço desculpas. Não vai se repetir.

— Obrigado, Hunt — diz Ashton.

Os outros continuam quietos. As minhas sardas começam a formigar. Até que Ian diz:

— Para ser sincero, achei que a essa altura você já teria descolorido o cabelo.

— Ou feito uma tatuagem no pescoço — provoca Owen.

Ethan aperta o meu ombro.

— Mas você ainda está nos devendo pizza, tá?

— Valeu, gente.

— É melhor já pedir a pizza agora, só para o caso de Janet te matar.

— Relaxa. Eu coloco tudo no meu testamento.

Ethan bagunça o meu cabelo.
— Bem pensado.

Felizmente, Janet não me mata.
— Estou puta pra caralho com você, Hunter — diz ela enquanto arrumam o meu cabelo. — Mas obrigada pelo pedido de desculpas. E, no fim das contas, não sou a sua chefe. Sou a sua empresária. Então, se você está com dificuldades, precisamos conversar e mudar algumas coisas.
— Sério?
— Sério — diz ela. — A estrela é você.
— Tá bom. — Olho para a minha camiseta. — Quero que a Gravadora pare de ditar o que eu visto. E de se meter na minha vida amorosa.
— Mais alguma coisa?
Penso no que Kaivan disse sobre ele não ser o meu dever de casa. Penso em Masha Patriarki, e em como elu fez com que eu sentisse que posso fazer o bem.
Penso na pessoa que quero ser.
— Quero fazer o bem. Com a minha visibilidade. Ainda não sei como, mas...
— Que tal expandir a taxa de inclusão da equipe que trabalha com a gente? — Owen sugere ao meu lado. — Ou, tipo, realizar umas mentorias?
— Isso seria legal — digo.
— Perfeito. Mais alguma coisa?
— Não sei — admito. — Ainda estou tentando lidar com tudo isso. E sei que temos um monte de problemas para resolver. Tipo, para pessoas racializadas, por exemplo. Tipo, os outros meninos provavelmente têm ideias melhores que as minhas.

Olho para Ethan e ele assente.

— Não precisa lutar as nossas batalhas — comenta ele. — Pode ficar no banco de trás às vezes.

— Tá — digo.

— Vamos resolvendo juntos — responde Ian. — Mas eu estava pensando em distribuição de alimentos. Sabe, sempre rola tanto desperdício de comida nos shows.

Ethan assente.

— E bebidas também.

— Talvez a gente possa fazer algo para tornar esportes mais inclusivos para pessoas queer. Que tal? — sugere Ashton.

Owen passa a mão no cabelo.

— Nossa, isso seria maneiro mesmo.

Janet anota tudo no celular enquanto a gente vai falando, listando uma ideia atrás da outra.

Tenho os amigos mais incríveis do mundo. Não acredito que não percebi isso antes.

Finalmente, Janet levanta a mão.

— Tá bom, vamos dar um tempo aqui para eu pesquisar. E vou conversar com a Gravadora, Hunter. Vamos mudar as coisas.

— Fácil assim?

— Fácil assim. — Janet sorri. — Sou muito boa em fazer coisas acontecerem, você sabe. Agora se preparem. A coletiva começa em cinco minutos.

TRANSCRIÇÃO DA COLETIVA DE IMPRENSA COM A KISS & TELL

19 de abril de 2022, 13h UTC-4

ASHTON NIGHTINGALE: Muito obrigado pela presença de vocês aqui hoje. Antes de começarmos, Hunter quer dar uma palavrinha.

HUNTER DRAKE: Valeu por já começar colocando os holofotes em mim, cara.

ASHTON NIGHTINGALE: Não tem de quê.

HUNTER DRAKE: Gostaria de pedir desculpas pelo meu comportamento na noite de ontem, no *America Tonight*, e mais tarde na boate. Fui egoísta e nem um pouco legal, e quero me desculpar com as pessoas que eu possa ter decepcionado. Mas estamos mudando algumas coisas, e eu tentarei melhorar na hora de articular quando estiver passando por dificuldades, em vez de só ir acumulando tudo até estourar. Então, peço desculpas, só isso.

ETHAN NGUYEN: Nossa, que climão. Enfim, os boatos de que Hunter vai deixar a banda ou de que ele será expulso são puro exagero. Não vamos nos livrar dele. E vocês também não.

IAN SOUZA: Enfim, estamos aqui hoje para compartilhar algumas novidades incríveis. A primeira delas é que... Owen, por que você não conta?

OWEN JOGIA: Começamos oficialmente as gravações do nosso terceiro álbum. Estamos explorando novos horizontes com esse projeto e trabalhando com um produtor incrível chamado Gregg G. Jones para expandir o nosso som. Eu e Hunter adoramos trabalhar nos primeiros dois discos, mas estamos animados para aprender, crescer e evoluir como artistas.

ETHAN NGUYEN: Vai ser demais!

IAN SOUZA: Vai mesmo. E agora, para a segunda novidade... Ashton?

ASHTON NIGHTINGALE: Beleza. Bom. É com muita alegria que viemos anunciar as novas datas da turnê *Come Say Hello*. Faremos uma breve pausa em maio e, depois, começando em junho, vamos tocar em estádios na América do Sul, Europa, África, Ásia e Oceania.

ETHAN NYUGEN: TURNÊ MUNDIAL, BABY!

OWEN JOGIA: Tentamos fechar um show na Antártica mas não rolou.

IAN SOUZA: A agenda completa será divulgada hoje à tarde, e a venda de ingressos começa na semana que vem. Somos gratos aos nossos fãs do mundo todo, e esperamos que eles apareçam para dar um oizinho!

HUNTER DRAKE: Obrigado!

36

NOVA YORK, NY • 19 DE ABRIL DE 2022

Depois da passagem de som, Owen volta comigo ao camarim para repassarmos as últimas demos, incluindo uma de Ashton.

— Quando ele arrumou tempo para gravar isso?

— Já faz um tempinho que ele está trabalhando nessa música. Achei que ele tivesse te contado.

Balanço a cabeça.

— Não. Acho que passei muito tempo olhando para o meu próprio umbigo.

Owen me empurra de brincadeirinha.

— Que bom que você finalmente levantou a cabeça, né?

— Pois é.

Ouvimos juntos. Começa bem, mas está faltando alguma coisa.

— E se acrescentarmos uma segunda ponte? — Pego a guitarra e toco um riff, acompanhando a melodia. — Algo assim?

Owen balança a cabeça no ritmo.

— Curti.

— Ashton deu um nome?

— "Crossover".

Dou uma risada e começo a cantar.

— O seu cheiro em mim para sempre vai ficar, oh, eu quero atravessar para te encontrar...

Owen inclina a cabeça.

— Até que é bem bom.

— Eu só estava zoando.

— É, mas as suas melhores letras sempre surgem quando você não se leva tão a sério.

— Acha mesmo?

— Acho. Manda mais.

Escrevo alguns versos. São pouco refinados e nem sempre rimam, mas já é um começo.

— Isso. Muito bom. Deixa eu mostrar para Ashton.

— Não diz que fui eu que escrevi, tá? Ele vai gostar de cara se souber. Quero que ele seja honesto.

Owen franze os lábios.

— Beleza. Mas ficou bom, Hunter.

— Achei que eu tinha esquecido como escrever letras boas.

— Eu penso nisso toda vez que me sento para escrever. Talvez seja só parte do processo.

— Talvez. Só queria que não fosse tão difícil.

Alguém bate à porta.

— Ei. Tem um minutinho? — pergunta Aidan.

Owen fecha o notebook.

— Preciso lanchar, de qualquer forma. De boa?

— Sim. Valeu, Owen.

Eu e Aidan nos entreolhamos por um bom tempo. Ele está vestindo um boné com I ♡ NEW YORK estampado e um par de óculos de sol enorme pendurado na gola da camiseta.

— Foi turistar?
— Fui com a minha mãe. Queria aproveitar antes de voltar para casa.
— Como assim?
— O meu voo é na quinta.
— Ah.

Aidan olha o espaço vago no sofá deixado por Owen, e eu me arrasto para o lado, deixando-o se sentar.

— Achei que você iria comemorar.
— Eu não te odeio, Aidan.
— Mesmo depois daquela parada que eu fiz no estúdio?

Balanço a cabeça.

— Aham. Quer dizer, eu também não estava muito bem da cabeça.
— Sinto muito. Juro que não vim para cá para tentar, tipo, voltar com você.
— Por que você veio, então?
— Bom, o meu pai estava muito puto comigo, então em boa parte foi por causa disso. Mas. — Ele suspira. — Desde pequeno, sempre fomos eu e Ashton. E de repente passou a ser nós três. E depois era só você e eu. E do nada eu fiquei sozinho. Eu não soube lidar muito bem.
— Entendo.
— Mas não é justo, nem com você nem com Ashton. Acho que preciso lembrar como ser Aidan de novo. Passei tanto tempo sendo o seu namorado, sendo o seu ex, sendo um problema... Acho que preciso apenas ser eu mesmo por um tempo. Faz sentido?
— Faz, sim. — Dou um batidinha no joelho dele. — Talvez eu também precise entender como voltar a ser Hunter.

— Não sabia que você tinha problemas com isso — diz Aidan.
— Você sempre soube exatamente quem queria ser.

O som abafado da passagem de som da PAR-K estala nos alto-falantes enquanto Kaivan afina a bateria.

— E sempre soube o que queria.
— Como assim? — pergunto.
— Você ainda gosta dele, não gosta? Eu vi o clima de vocês.
— Era tudo mentira.
— Acho que não. Eu, hum, conversei um pouco com ele ontem à noite, enquanto a gente te procurava. Ele estava surtando. Kaivan gosta muito de você. Por que você acha que ele foi com Nazeer te buscar?
— Porque ele perdeu no pedra, papel e tesoura?
— Hunt.

Suspiro. Tá tudo de cabeça para baixo. Com a Gravadora, com as nossas carreiras. Pra que inventar de voltar com ele? Será que vale a pena tentar?

— Pelo menos conversa com ele.
— Vou tentar. — Observo o rosto de Aidan. Tem um pouquinho de brilho nos olhos dele de novo. — Senti saudade da sua amizade. Tudo mudou depois que a gente começou a namorar. Mas éramos bons amigos, não éramos?

Ele aperta o meu ombro e se levanta.

— Sim. Éramos mesmo.

A placa do camarim de Kaivan está escrita errada: K-H-A-I-V-A-N, com letras garrafais por cima de uma silhueta azul do Madison Square Garden. Balanço a cabeça e bato à porta.

Hora de mais uma parada na Turnê de Desculpas de Hunter Drake.

— Ah. Oi, Hunter.

— Oi. — Levanto um saco de papel. — Oferta de paz?

Kaivan ri e me deixa entrar. O camarim dele é basicamente idêntico ao meu, só que o lavabo é na esquerda, e não na direita.

Deixo a sacola em cima da mesinha de centro.

— A moça da loja disse que esses são bons.

Ele puxa a caixinha de papelão e fica surpreso ao ver os bolinhos cortados em losango.

— Você achou *loz*?

— Ela disse que são bolinhos de amêndoa.

— *Loz badoom*.

Kaivan coloca um na boca e sorri.

— Legal.

Engulo em seco. Ele ainda está de pé atrás da mesa, então não tenho onde me sentar. Sendo assim, me recosto na parede, mas me parece casual demais, então eu arrumo a postura.

— Olha — digo. — Eu queria te agradecer. Por ter ido me buscar. Acho que não te agradeci propriamente, mas... Bom, obrigado.

Kaivan assente. Olho os músculos do pescoço dele em vez do rosto, porque não sei o que vou encontrar. Não sei o que eu quero encontrar.

— Você não precisava ter ido. Eu nunca te culparia se não tivesse ido.

— Mas eu quis — murmura.

— Por quê?

Então eu o encaro. Castanho-escuros, cheios de aconchego, mas suas sobrancelhas estão franzidas.

— Precisa mesmo perguntar?

— Preciso — digo. — Eu não entendo. Achei que... Sei lá o que eu achei.

Kaivan finalmente se senta, apoiando os cotovelos nos joelhos.

— Desculpa. Eu fui um babaca.

Eu me aproximo, me apoiando no braço do sofá.

— Desculpa também.

— Peraí. Deixa eu terminar, tá?

Assinto.

— Eu tinha me esquecido de verdade de todas aquelas entrevistas antigas. São de antes de eu me assumir, e eu estava tentando me passar por hétero, sabe? E era fácil falar merda de vocês, de músicas como as de vocês, porque era isso que todos os caras héteros do colégio faziam.

— Kaivan...

Ele levanta a mão.

— Sabe quando me chamaram de viadinho pela primeira vez?

Fecho os olhos. Odeio essa palavra.

Eu sempre me senti confortável em ressignificar *bicha*, por exemplo. Mas essa palavra com "v"... Sei lá. É muito violenta.

— Eu tinha dez anos e estava no ônibus da escola voltando para casa, e uma das garotas estava cantando One Direction, daí eu comecei a cantar com ela. O meu melhor amigo na época se virou para mim e perguntou se eu era viadinho.

O meu rosto começa a queimar.

— Eu sinto...

— Não precisa. Só quero que você entenda. Eu nem sempre fui tão corajoso quanto você. Tive que fazer e dizer certas coisas porque, na época, me parecia ser o único jeito de sobreviver.

— Tudo bem. — Estico a mão para tocá-lo e ele não se afasta. Apoio a mão em cima da dele. — Eu entendo.

— Como?

— Bom, eu joguei hóquei por dez anos. Já tive que dizer algumas coisas para sobreviver também. Então, eu entendo. Talvez não do mesmo jeito ou na mesma intensidade, mas...

— Tudo bem.

Ele relaxa a mão embaixo da minha e, gentilmente, entrelaça os nossos dedos, e eu deixo.

— Desculpa por não ter te ouvido antes. Por não ter entendido o seu lado.

— Tranquilo. Não foi justo da minha parte descontar tudo em você também. Eu estava bravo com o sistema, sabe? Racismo, capitalismo, a merda toda. Não foi você quem criou o sistema. Mas você se beneficia dele. E era mais fácil ficar bravo com você.

— Eu aguento — digo, e estou surpreso comigo mesmo por estar falando sério.

Porque quero aguentar mesmo.

— Você não deveria.

Foco no maxilar de Kaivan, porque os olhos dele são intensos demais.

— Você ainda não me disse por que foi atrás de mim. Na boate.

Kaivan ri.

— Porque eu ainda me importo com você. E ainda gosto de você. E não por achar que você fez bem para a minha carreira, nem nada.

Ele repousa a mão livre na minha bochecha.

— Você é doce. Engraçado. Corajoso. Um furacão, às vezes. Mas eu gosto disso. Sem falar na sua bunda de hóquei.

Fico corado.

— Eu também continuo gostando de você. Você me faz querer ser alguém melhor.

A expressão de Kaivan se suaviza.

— E agora, o que a gente faz?

— Sei lá — respondo. — O que você quer?

— Eu quero você. — Os olhos de Kaivan estão brilhando. — Você também me faz querer ser alguém melhor.

— Mas e aí? A gente simplesmente decide que somos namorados de novo?

Kaivan puxa a minha mão até o peito dele e a segura na altura do coração, mas então dá uma risadinha.

— A não ser que você queira combinar com a Gravadora e fazer uma coletiva de imprensa.

Solto um grunhido, depois uma risada, e escondo o rosto corado nos ombros dele.

— Não. Eles não têm mais permissão para interferir na minha vida amorosa.

— Então tá bom.

Kaivan se vira de lado, segura o meu queixo e, de repente, os nossos narizes estão coladinhos.

Perco o fôlego.

Ele se aproxima tão, tão devagar.

Que se foda.

Colo os lábios nos dele e sinto uma risada e um sorriso.

Eu o beijo. O aperto. Murmuro enquanto ele me envolve com os braços e me pega no colo. Ele interrompe o beijo, com as bochechas vermelhas.

— E aí? Turnê mundial?

— Pois é. Tudo bem por você? É só daqui a uns dois meses. Temos tempo para organizar as coisas.

— Tudo bem. Estou tão feliz. Você merece.
Balanço a cabeça.
— Merece mesmo. Sei que eu disse umas merdas. Mas você trabalha muito e é talentoso. E talvez tenha um pouco de sorte envolvida. Mas isso não significa que você não mereça.
— Obrigado.
Apoio a cabeça no peito dele.
— Hunter? — diz ele.
— Oi?
— Tem certeza de que eu não posso te chamar de baby?
— Nem pensar.
— Mas...
Eu o calo com outro beijo.

SET LIST

Ginásio do Ibirapuera – 11 de junho de 2022

Heartbreak Fever
Found You First
Young & Free
By Ourselves
Find Me Waiting
Competition
No Restraint
Kiss & Tell

INTERVALO

Come Say Hello
Missing You
Wish You Were Here
Prodigy
Euphoria
Your Room
Crossover
Over & Out

BIS
Poutine

EPÍLOGO

SÃO PAULO, BRASIL • 11 DE JUNHO DE 2022

— Obrigado, nós amamos vocês! — grita Ian em português, e a multidão vai ao delírio. Todo mundo o adora. Com a camisa amarelo-canário da Seleção Brasileira, ele parece estar em casa, apesar de nunca ter vindo ao Brasil. — Estamos tão felizes!

Ethan para ao lado de Ian. Ele está de óculos sem lente hoje, apesar de ter que ficar empurrando as hastes para cima toda hora por causa do suor escorrendo pelo nariz.

— Tudo isso por causa de vocês. Os nossos fãs mais lindos.

Mais gritos.

Owen se aproxima do outro lado de Ian, jogando o braço sobre o ombro dele.

— Temos só mais algumas músicas para vocês. E a próxima é um superlançamento!

Desta vez os gritos são tão altos que eu até me encolho, porque os meus ouvidos começam a zumbir.

Owen espera a multidão se acalmar.

— Foi escrita pelo nosso queridíssimo Ashton Nightingale.

Um holofote ilumina Ashton, que está corado.

Ashton nunca fica corado.

— Eu só compus o instrumental. A letra é de Hunter.

O holofote me ilumina também, atrás da pedaleira, e eu aceno.

— Não acredito que a gente nunca compôs uma música juntos. E somos amigos há, o quê? Nove anos?
— Quase dez — responde Ashton.

Coloco o microfone no pedestal, passo a alça da guitarra pelo ombro.

— Bom, tá sendo incrível estar aqui com todos vocês. Cantando junto com os meus amigos. Sendo gay sem vergonha.

O público cai no riso.

— É, concordo — diz Ethan.
— A parte do "sem vergonha" você entende muito bem, né? — comenta Ian, empurrando Ethan.
— Ei!

Ethan e Ian fingem brigar até Ian prender Ethan em um mata-leão.

— Não liguem para eles — diz Owen.

Ashton pigarreia.

— Enfim! Essa aqui é para vocês. E se chama "Crossover".

A multidão aplaude. A luz muda. A bateria começa.

Confiro a configuração da pedaleira.

As luzes nos atingem, um por um. Ashton, depois Ethan, Ian, Owen e, por fim, eu.

Toco o primeiro acorde, deixo ecoar.

Na outra ponta do palco, Ashton olha para mim e sorri, antes de levar o microfone à boca e começar a cantar.

A minha pele pulsa. O meu coração explode.

A multidão grita, balança bandeiras do Brasil, bandeiras do Canadá, bandeiras de arco-íris, cartazes dizendo o quanto nos amam.

Eu os amo também. Amo poder fazer isso.

Amo estar com os meus amigos.

Não tem palavra melhor para definir.

Euforia.

KISS & TELL
TURNÊ *COME SAY HELLO* 2022

O AUTOR GOSTARIA DE AGRADECER A...

AGENTE	MOLLY O'NEILL
	& EQUIPE DA ROOT LITERARY
EDITORAS	DANA CHIDIAC
	ELLEN CORMIER
COMERCIAL	KAITLIN KNEAFSEY
PUBLISHER	LAURI HORNIK
DIREÇÃO EDITORIAL	NANCY MERCADO
DESIGN DA CAPA	SAMIRA IRAVANI
	KAITLIN YANG
	THERESE EVANGELISTA
ILUSTRAÇÃO DA CAPA	SUNSHEINE
DIAGRAMAÇÃO	JASON HENRY
COPIDESQUE	REGINA CASTILLO
EDITORA-CHEFE	TABITHA DULLA
MARKETING	BRI LOCKHART
	EMILY ROMERO
	CHRISTINA COLANGELO
	KARA BRAMMER
MARKETING DIGITAL	ALEX GARBER
	FELICITY VALLENCE
	JAMES AKINAKA
	SHANNON SPANNER
PUBLICIDADE	SHANTA NEWLIN
	ELYSE MARSHALL
ESCOLAS & BIBLIOTECAS	SUMMER OGATA
	VANESSA CARSON
	CARMELA IARIA
	TREVOR INGERSON

VENDAS	DEBRA POLANSKY
	JOE ENGLISH
	TODD JONES
	MARY MCGRATH
DIREITOS AUTORAIS	HELEN BOOMER
	KIM RYAN
	SIAU RUI GOH
	MICAH HECHT
AGENTE DE FILME E TV	DEBBIE DEUBLE HILL
TÍTULO	NATALIE C. PARKER
LEITORES BETA	TESSA GRATTON
	LANA WOOD JOHNSON
	JULIAN WINTERS
APOIO EMOCIONAL	O GRUPO DE MENSAGENS
	O SLACK
	THE UNTAMED
	WORD OF HONOR
	TED LASSO
AULAS DE VIOLÃO	MICHAEL JUDD
AULAS DE PATINAÇÃO	CHRISTY TURNER
AGRADECIMENTOS ESPECIAIS	TARA HUDSON
	ALEX LONDON
	JULIE MURPHY
	SIERRA SIMONE
	JANDY NELSON
	& AS MUSAS DA HORA MÁGICA
	RETIRO DE ESCRITA MADCAP
	MEUS AMIGOS
	MINHA FAMÍLIA
APOIADORES E FÃS	LIVREIROS
	BIBLIOTECÁRIOS
	EDUCADORES
	INFLUENCIADORES
	LEITORES COMO VOCÊ

Este livro foi impresso pela Vozes, em 2023, para a HarperCollins Brasil. A fonte do miolo é Neutraface Slab. O papel do miolo é Avena 70g/m², e o da capa é cartão 250g/m².